누가
무화과나무
꽃을
보았나요

누가
무화과나무
꽃을
보았나요

김저운 소설집

예옥

차례

개는
어떻게
꿈꾸는가

*

"빨리 오란 말야. 늦으면 큰일 나는 거 알지? 오늘이면 모든 게 결정난다구. 우리 생계가 걸린 일이야. 알았어?"

"알았어."

다른 때 같았으면 아내의 말투에 버럭 성질이라도 냈으련만, 얼떨결에 그대로 응하고 말았다. 알았어? 하고 아내가 닦아세우듯 말끝을 올렸다면 나는 알았어, 하며 내렸을 뿐이니 앵무새가 된 셈이다. 샷을 날리던 통쾌는 순식간에 사라지고 부아가 치밀었다. 당신 미쳤어? 무슨 말을 그렇게 해? 한마디라도 해줄 것을.

휴대폰 속 아내 목소리는 낮고 단호했다. 병원 복도로 나와서 주변을 의식하며 말하는 게 분명했다. 나는 다시 아내에게 전화를 걸었다.

"그리고 있잖아. 어머니가 무슨 말하시면…… 바로바로 녹음하라고. 핸드폰 녹음 기능 알지?"

"알고 있다니까."

아무리 급해도 집에는 들러야 했다. 골프복 차림으로 병원에 갈 수는 없다. 오늘내일하는 어머니를 두고 골프나 치러 다닌다는 눈총을 받을 필요까지는 없지 않은가. 집에 들른다 해도 이삼십 분 정도 소용될 것이다. 오늘따라 옷을 가지고 나오지 않은 게 후회되었다.

작년에도 몇 번을 그렇게 병원으로 달려갔었다. 그러나 어머니는 쉽게 숨을 놓지 않았다. 요 며칠은 상태가 썩 좋았다. 병세가 뜻밖에 호전되면, 되레 마지막이 가깝다는 증거라던 말이 스쳐갔다.

갑작스런 일은 아니다. 가슴 한쪽을 절개한 후 폐까지 암세포가 퍼지면서 이삼 년밖에 못 살 거라던 의사의 진단이 무색하게 어머니는 십 년 가까이 버티었다. 아니, 버틴다기보다 더 적극적으로 삶을 누렸다. 여행도 자주 갔고, 화초를 가꾸었으며, 문화센터 노래교실도 거의 빠지지 않았다. 그러던 것이 지난여름부터 아예 병원 신세를 지게 된 것이다.

사실 나는 어머니가 암 환자라는 걸 수시로 잊고 지냈다. 지인으로부터 어머니의 근황에 대한 질문을 받으면 그때야 생각나는 경우가 허다했다.

주말이라선지 정체가 심했다. 신호등 앞에 늘어선 차량 행렬에 끼여 멀건이 기다리기를 반복했다. 뇌리 속을 박의 말이 자꾸 떠다녔다.

"정말이라니깐. 개한테 유산을 다 물려준다고 분명히 썼어. 싸인까지 했다구."

나는 코웃음을 쳤다.

"인마, 뭐 개가 사람이냐? 재산은 사람만 가질 수 있는 거야. 법을 공부했단 놈이 몰상식하긴…… 그 계통에서 사기 치는 것도 배웠구만?"

헌데 박은 한술 더 뜬다. 동유럽의 어떤 사람은 자기 개한테 전 재산을 다 주었다고. 나는 혀를 차면서 우스갯소리로 넘기려 했다. 그런 화제로 날 놀리는 것 같아 몹시 불쾌했다. 손사래를 치며 화제를 돌리려는데, 박은 벌게진 얼굴을 내 코앞에 바짝 들이댔다.

"아, 씨발. 이 새끼 진짜 멍청하네."

박은 셔츠 단추를 풀면서 고개를 저었다.

"사람인 네가 동물인 개보다 못하니까 너한테 안 주고, 동물인 개가 사람, 그것도 아들인 너보다 나으니까, 개한테 준다는 거 아냐?"

순간 내 주먹이 탁자 위로 내리꽂혔다. 빈 맥주병이 바닥으로 굴러 떨어졌다. 카운터에 있던 가게 주인이 인상을 쓰며 다가왔다.

"야, 구라. 박구라! 그만 해라. 너는 뭐, 아들 노릇 제대로 하고 사냐? 재수 없어."

깨진 병 조각을 구둣발로 짓밟으며 발딱 일어났다. 박의 손이 내 옷깃을 잡아당겼다. 박은 내 어깨를 돌려세우더니 눈을 부릅떴다. 웃음기가 싹 가신 얼굴이었다. 장난이 아닌 것 같았다.

"내 말 잘 들어. 너 위해서 내 직업을 걸고 전하는 거야. 이건 사실이야. 그런데, 개한테, 아, 표현을 바꾸자. 반려견한테 유산을 남긴다는 게 어머니 뜻인데, 개는 동물이잖아. 그치? 유산 상속은 자연인,

즉 사람에게만 주도록 법률화돼 있어. 돈을 사용할 줄 아는 존재는 지구상에 인간밖에 없으니까. 그렇잖아? 그 대신 말야, 법인 같은 단체는 가능해."

"박 소장. 너 내 친구 맞지? 초등학교 때부터 사십 년 지기 친구. 지금 이 상황은 절대 장난 아니다, 응?"

"그래서 말해주는 거잖아. 이건 사업상의 비밀이야. 천기누설이라구, 우리 변호사 알면 나 모가지 짤려. 당연하겠지? 그러니까 흥분하지 말고 차분히 대처하라고. 까딱하면 넌 개털 된다고, 개털!"

막 올라오던 취기가 순식간에 사라졌다. 길을 가다 영문도 모르고 난데없이 얻어맞은 듯 뒤통수가 얼얼했다.

박은 말했다. 어머니는 당신이 죽으면 전 재산을 개를 위한 재단을 만드는 데 쓰라는 사전 유언서를 변호사 사무실에 맡겼다는 것이다. 재단은 유기견을 모아 잘 관리하고 입양시키는 일, 반려견 또는 유기견에 대한 교육 사업을 하게 된단다. 거기에 덧붙여 어머니의 반려견 모리의 양육, 그리고 모리가 죽을 때까지 돌보는 사람에 대한 급여 등도 포함되어 있다고 했다. 이 모든 것들은 이미 문서로 작성되었고 재단 구성과 운영 방침까지 준비해놓았단다. 그러니까 박의 말은 어머니가 죽기 전 내 쪽에서 어떻게든 수습을 하라는 것이다.

가장 좋은 방법은 상속이다. 사망과 동시에 법률에 규정된 비율대로 재산이 승계되는 것. 이것은 유언이 없어도 당위성을 가진다. 법적으로 해결하면 된다. 헌데 어머니는 이 세상에 하나밖에 없는 아들을 외면했다. 당신이 생전에 번복을 하지 않는 한 나에겐 한 푼도 돌아오지 않을 게 분명하다.

마지막 순간을 놓치기 전 아들인 내가 직접 유언을 받아내야 한다. 어머니 마음을 돌려놓아야 한다. 만약 어머니가 뜻을 굽히지 않는다면, 모리 그 개놈을 위한 법인을 만들어 직접 운영을 하는 것도 차선책이다. 그것도 안 되면, 박이 알려 준 유류분 제도인가 뭔가 하는 것에 따라 법의 결정을 기다리는 수밖에.

"언제 돌아가실지 모르니까 서둘러. 막대한 유산 받으면 밥이나 한 번 사. 천기누설한 대가로 직장 잘리면 네가 책임져야 하고. 알았지? 그래도 법률가 친구 됐으니까 이런 도움 받는 거야."

"법률가는 무슨, 사무장 주제에……."

어머니는 유언장에 대해선 함구했다. 아니, 아예 까맣게 잊어버렸는지도 모른다. 요즘 치매 증세도 보였다. 당신이 누구인지, 자식이 있는지 없는지, 어디에 사는지, 어떤 과거를 가졌는지…… 모리만 이따금 찾았다. 나를 모리로 착각하고 쓰다듬으려 해서 난감한 적도 있었다. 속이 타는 건 나보다 아내가 더했다.

박의 말을 듣기 전에도 어머니 의중이 궁금했다. 아니 그 마음속을 어느 정도 읽고 있었다고나 할까. 오래전부터 내게 냉정해진 어머니. 집안일이라든가 당신의 건강에 관해서 일체 상의를 하지 않았다. 어머니 재산이 하나뿐인 아들에게 상속되는 건 기정사실이건만, 혹 다른 계획을 가지고 계신지도 모른다는 생각이 들었다. 그것을 유언으로 남긴다면 그때는 속수무책일 터. 막연히 기다릴 수만은 없단 불안감이 발가락 무좀균처럼 들락날락했었다. 유증으로 확실히 해둬야 한다는 조바심도 있었다.

전전긍긍하는 사이 어머니는 나도 모르게 개를 위한 재단 설립에 유산 전체를 넘기겠다고 했다니……. 배신감마저 들었다.

그런 사실을 알고도 차일피일 미루는 사이, 암세포는 내 게으름보다 빠르게 어머니 뇌까지 침범했다. 어머니가 회복될 가망이 없음을 알고부터 아내는 골프 레슨도 팽개치고 입원실로 출근했다.

옷장에서 대충 옷을 찾아 입고 현관을 나서려는데 다시 핸드폰 벨이 울린다.

"둘째가 집에 없지? 걔부터 집에 데려다 놓고 와. 피아노 학원, 아니 태권도장에 있겠네?"

"아니, 지금 병원 오라면서?"

"아직 괜찮으신 거 같아. 밤을 새울지도 모르겠고. 당신 오면 난 집에 다녀와야겠어. 목욕탕에 좀 다녀와야지 꿉꿉해서 죽겠어. 빨리 와."

"뭐야? 도대체."

아내는 잠시 어이없단 듯 대답을 안 했다. 그러더니 천천히 말했다.

"당신 참 이상하네. 그럼 어머니가 빨리 돌아가시길 바라는 거야? 아직 아무것도 해결되지 않았는데?"

그렇다. 또 아내한테 당했다. 아내는 확실히 나보다는 고수다.

　　　　　　　　　　　　　*

　해가 저문다. 나는 베란다 창가에 앉아 우두커니 서쪽 하늘을 지켜
보고 있다. 식어가는 노을빛이 어수선하다. 어둠은 야산 기슭에서부
터 산등성이를 타고 기어올랐다. 그러다가 마지막 햇살이 잠깐 강한
빛을 내어 한순간 하늘이 환해지더니, 이내 사방이 어두워졌다. 마미
와 함께 이 의자에 앉아서 늘 바라보던 풍경이다.
　나는 흔들의자 아래로 축 늘어진 마미의 무릎담요에 코를 묻었다.
　오늘도 마미는 오지 않았다. 집에 다녀간 지 한참인 걸로 보아 병
이 더 심해진 것 같다. 목에 건 단말기에서 마미 목소리가 들리지 않
은지도 오래다. 마미는 이제 스마트폰도 사용할 수 없게 된 모양이
다. 어쩌면 우리는 영원히 못 만날지도 모른다.
　석 달 전 집에 들렀던 마미의 모습은 충격적이었다. 간병인에 의지
해 휠체어에서 내렸을 때 나도 몰라볼 정도였다. 뼈만 앙상했고 피부
는 푸석푸석해서 말라비틀어진 파 같았다. 모자를 벗는데 박박 깎았
던 머리에 흰머리칼이 삐죽삐죽 돋아나 있었다.
　"모리, 이리 와. 나 알아 보겠니? 마미가 완전 마귀할멈이 됐지?"
　그렇다고 내가 몰라볼 리 없다. 나는 단지 겉모습으로 사람을 구분
하지 않는다. 내게는 시각보다 후각이, 후각보다 한눈에 사람을 보는
감각이 있다. 전에 본 적이 있는지 없는지, 기질이 선한지 악한지. 혹
은 그 사람이 품고 있는 기운 즉 기쁨과 슬픔, 사랑과 분노 같은 것들

을 본능적으로 식별한다. 아니 식별한다기보다 감각한다. 그런 내가 십 년이 넘도록 함께 산 주인을 몰라볼 리 있을까.

우리는 언제나 같이 있었다. 식사할 때면 마미는 나를 맞은 편 의자에 앉혔다. 나를 위해 특별히 제작된 높은 의자였다. 마미의 주식은 밥이었고, 내 주식은 사료였다. 매주 한 번씩 염분이나 양념을 전혀 넣지 않고 익힌 쇠고기도 나왔다. 내 생일엔 당신이 직접 만든 케이크가 놓였다. 내게 좋다는 고구마 단호박 당근으로 만든 것이다. 썩 좋아하진 않지만, 주인의 정성을 생각해 맛있게 먹는 척하곤 했었다.

어떤 때는 미안할 지경이었다. 마미의 것보다 내가 먹는 게 호사스러워서. 오늘도 밥맛이 없다, 하면서 마미는 밥을 뜬 수저에 명란젓이나 조금 올려 겨우 넘기기 일쑤이건만. 내 접시에는 유기농 사료와 쇠고기와 사과까지 골고루 챙겨져 있었으니까.

마미는 내게 끊임없이 말을 걸었다. 밥을 지을 때도 청소를 할 때도 꽃에 물을 줄 때도 나를 데리고 다니며 내가 알아듣든 말든 중얼거렸다. 나 또한 어디든 따라다녔다. 마미가 화장실에서 일을 보고 있으면 문 앞에 앉아서 기다렸다.

내 머리를 쓸어주며 버릇처럼 중얼거리는 마미의 레퍼토리를 나는 외울 수 있다.

"인간처럼 간사한 것들이 없단다. 남편도 자식도 마찬가지야. 지들 필요할 때만 옆에 있지. 모리! 넌 안 그렇지? 아암! 그렇고말고. 만년에 네가 없었으면 내가 무슨 낙으로 살았을까!"

우리는 잠도 한 침대에서 잤다. 폭신한 침대에서 부드러운 이불을 덮고, 마미의 팔에 내 얼굴을 묻고 자는 순간이 내겐 가장 행복했다.

마미는 내 등을 천천히 쓰다듬으며 자장가를 불렀다. 우리 아기 자장자장 엄마 품에서 자장자장 우리 강아지 자장자장······.

나는 곧잘 꿈도 꾸었다. 행복한 꿈도 무서운 꿈도 있었다. 마미와 공원을 산책하면서 흙이며 풀 낙엽 속에서 뒹구는 꿈을 꾸면 기분이 아주 좋았고, 낮에 다녀간 도둑고양이나 간혹 들르는 마미의 아들 꿈을 꾸면 아주 불쾌했다.

내가 꿈을 꾸다가 잠꼬대를 하면, 마미는 금세 알아챘다.

"우리 강아지 또 꿈꿨니? 기분 좋은 꿈이구나? 엄마 여깄어, 모리 놀라지 마. 그건 꿈이야, 꿈!"

그리고 당신 얼굴을 내 얼굴에 대고 비볐다. 말할 수 없고 웃을 수 없는 내 특성상 그저 멍, 하고 대꾸는 했지만, 사실 졸음에 겨운 눈이 자꾸 감겼던 적이 한두 번이 아니다.

마미는 자주 한숨을 쉬었다.

"모리, 나 죽으면 어쩌니? 누가 널 데리고 살까? 외로워서 어째? 가여운 녀석!"

나는 죽음이 뭔지 모른다. 그래도 마미의 그 말과 표정은 나를 슬프게 했다. 나는 이해한다는 듯 까만 눈으로 마미를 올려다보았다. 그러면 마미는 좀 지나치다 싶게 나를 와락 끌어안고 내 콧등에 당신의 입술을 비벼댔다.

"요놈 좀 봐라. 내 맘을 다 아네? 에구 기특한 것! 에구 이쁜 것! 아주 내 옆에 딱 붙어서 나만 보구 사네. 넌 선물이야, 선물!"

사실 이 세상에서 우리는 일생일대의 가장 중요한 여행을 준비했었다. 어느 날 마미가 박수를 치며 말했다.

"모리는 먼 지중해에서 왔지? 너희 조상이 몰타 섬에서 살았다더라. 우리 거기로 여행 갈까?"

내가 무슨 말인지 몰라 눈만 깜박이는데, 마미는 우리 모리 좋아하는 것 좀 봐, 하면서 여행사로 전화를 걸었다. 여행 일정과 애완동물 동반에 따른 질문들이 오갔다. 여행을 계획하면서 마미는 내내 감정이 고조되어 있었다. 마미와 대화를 가장 많이 나누는 상대는 나 하나뿐이다. 마미는 사람들과 거의 소통을 안 한다. 이웃도 친척도 왕래가 없다. 파출부 아줌마한테도 집안 살림에 관한 것 말고는 거의 얘기를 나누지 않는다. 심지어 아들과도 담을 쌓고 지낸다. 물론 겉으론 내색하지 않지만, 나는 알고 있다.

예를 들면 이렇다. 간혹 아들네 식구들이 온다. 키 큰 며느리와 고등학생 중학생 손자. 그들이 와서 식사하고 부산스럽게 뭐라 떠들고 놀다 돌아갈 때까지 마미는 담담히 대한다. 음식도 나눠주고 아이들 용돈도 준다. 하지만 가고 나면 나한테 다 털어놓는다.

"저것들 다 필요 없어. 내가 죽기만 바랄 걸? 왜? 돈이 필요하니까. 짐승 새끼는 부모한테 바라는 게 없는데, 사람 새끼는 달라. 무엇보다 나에 대한 진심이 없는 게 보여. 모리, 네가 봐도 그렇잖니?"

나는 마음속으로 묻는다. 그들의 진심을 어떻게 알아요? 마미 생각만큼 꼭 그런 것만은 아닐 수도 있잖아요?

마미는 어떻게 내 질문을 알아들었는지 이내 대답한다.

"진심? 그건 말 안 해도 통하잖니? 마음도 보이는 법이야. 어미가 자식 마음을 모를까……."

사실 나처럼 이 집 주인의 마음을 잘 아는 존재는 없을 것이다. 마미의 아들 내외도 나만큼 알지 못한다. 아니, 알려고도 하지 않는다.

오래전 마미와의 첫 인연을 나는 지금도 기억하고 있다.

내 첫 주인은 나를 버렸다. 그 당시엔 버림을 당한 줄도 몰랐다. 태어난 지 몇 달이 지났을 무렵, 주인은 승용차에 날 태우고 와서 이 동네 길에 슬그머니 놓고 달아나 버렸다. 내 생모가 낳은 다섯 마리 중 세 마리가 하나씩 없어진 이유를 비로소 알 것 같았다.

공원 근처를 배회하다 나하고 비슷한 강아지를 만났다. 그 강아지를 따라갔는데, 집 주인이 나를 쫓아내고 대문을 닫아버렸다. 나는 대문 밖에서 어슬렁거렸다. 그 아이가 짖으면 나도 따라 짖었다. 제발 문이 열리기를 빌었다. 어디로 가야 할지 막막했다. 그 아이와 함께 놀고 싶었다. 주인은 연신 대문을 열고 나와서 나를 쫓았다. 나는 도망갔다가 다시 그리로 가곤 했다. 사흘째 되던 날, 주인이 일회용 접시에 사료를 담아 대문 앞에 놓았다.

그렇게 또 며칠이 지난 후였다. 자잘한 꽃무늬 모자를 쓰고 흰 원피스를 입은 여자가 지나다 걸음을 멈추고 나를 가만히 바라보았다.

나도 그 여자를 말끄러미 바라보았다. 마침 집 주인이 내게 먹을 것을 가지고 나왔다가 그 여자와 얘기를 주고받았다.

"어머 예뻐라. 말티즈네요. 이제 겨우 젖 뗀 것 같은데요?"

"유기견인가 봐요. 집을 잃은 건지, 일부러 버렸는지, 갑자기 나타났는데요. 며칠째 우리 대문 앞에 저러고 있네요. 딱하긴 하지만 우리도 강아지 한 마리를 키우고 있어서 들여놓지 못하고……."

그 여자는 나를 품에 안았다.

"가자. 나한테도 식구가 필요하단다. 나하고 살자."

그때만 해도 마미는 건강하고 예뻤다. 원피스에 챙 넓은 모자와 긴 스카프가 잘 어울렸다.

그 생각을 하며 무릎담요에 코를 대고 킁킁거리는데…… 대문 여는 소리가 들린다. 파출부 아줌마인가 보다.

이 사람은 못됐다. 마미가 분명히 말했다. 병원에 입원해 있는 동안 매일 집에 오라고, 무엇보다도 나를 잘 챙겨주라고 신신당부했다. 헌데 이 아줌마는 언젠가부터 사흘에 한 번꼴로 온다. 아마 내 목줄에 달린 단말기에서 마미 목소리가 들리지 않게 된 후부터였을 것이다. 산책도 잘 시켜주지 않았고, 목욕 횟수도 팍 줄었다. 간식도 대충 던져주는 식이다. 마미의 건강이 악화돼 더 이상 스마트폰으로 나를 관찰하지 못하게 되었다는 걸 알게 된 모양이다.

아줌마는 먹이그릇에다 사료를 한꺼번에 쏟아 붓는다. 내가 알아서 먹으라는 뜻이겠지. 그래도 그건 괜찮다. 배변판을 그때그때 갈아

주지 않는 게 딱 질색이다. 아줌마는 배변판 두 개를 펼쳐놓고, 그 위에 기저귀를 깔아놓는다. 그러면 나는 사흘 동안 거기다 일을 본다. 그럴 수밖에 없다.

현관문 여는 소리가 들린다. 이제 이 아줌마는 코를 막고 들어서면서 투덜대겠지.

"요놈의 똥강아지. 무슨 놈의 똥오줌을 한 번도 안 빼먹고 싸니? 사료를 줄여야겠어."

아, 마미가 보고 싶어 죽겠다.

*

아이가 태권도장에 오지 않았다는 걸 사범은 모르고 있었다. 출석체크도 안 했는지 기본 동작을 익히고 있는 조무래기 무리를 향해 몇 번이나 이름을 불렀다.

"집에 있는 건 아닐까요?"

"집에 들렀다 오는 길인데요."

사범이 먼저, 그리고 내가 잇따라 전화를 했지만 녀석의 전화기는 꺼진 채였다.

"뭐, 어디서 노느라 깜박 했겠죠. 별일 있겠어요?"

무성의한 태도, 그보다 건장한 체격이며 퉁명스런 말투에 아예 기가 질려 나는 바로 도장을 나와 버렸다.

아내한테 전화해서 둘째의 담임선생 연락처를 물어 거기로 수차례 접촉한 끝에 겨우 통화가 됐지만 여느 날과 똑같이 하교했단 말만 들었다. 담임은 식당인지 술집인지 뭘 먹고 있나 본데, 워낙 시끄러워서 통화도 잘 안 되었다. 일단 더 찾아보고 무슨 일 있으면 전화할 테니 걱정 말라 해두었다.

학교 근처로 차를 몰고 갔다. 도로는 어디나 막히고 혼잡했다. 몇 번이나 반복해서 전화를 걸어도 통화가 안 되었다. 빌어먹을. 팍. 엿 같은 놈…… 나오는 대로 씨부렁대며 학교 앞까지 갔다. 학교 근처 피시방에도 분식집에도 들어가 보았다.

아내한테 전화를 걸었다. 아내의 목소리가 금세 자동차 급브레이크 밟는 파열음보다 거칠게 돌변했다.

"아니, 아들 하나 못 찾으면 어떡해? 나는 여기 붙잡혀 있는데?"

"행방을 알아야 찾지. 도대체 애를 어떻게 키웠길래 지 맘대로 돌아다니게 해?"

"뭐? 애는 나 혼자 키워? 미쳐 버리겠네."

"끊어."

핸드폰을 조수석에 내던져버렸다. 아내가 미치기 전에 내가 먼저 미칠 것 같았다. 그새 날은 저물었고, 기다렸다는 듯 불빛들은 너울대기 시작했다. 벌레가 다 갉아먹고 잎맥만 남아 대롱거리는 나뭇잎처럼 도시는 허공으로 붕 떠오를 것만 같다.

다시 아내의 발신음이 들렸다.

"신고해. 지구대에 실종 신고하라고. 휴대폰 위치 추적하면 바로 찾아."

"어머니는 어쩌고?"

"아니, 지금 어머니가 문제야?"

"내 참. 언제 숨이 멎을지 모르는 어머니 앞에서 그런 말을…… 어머니의 유언을 듣는 일이 우리 인생에서 가장 중요한 일이라며 다그치더니…… 너 아예 환장했……."

이번에는 아내가 먼저 전화를 끊어버렸다. 머리가 폭발할 것 같다.

지구대로 가야 하나 어쩌나 하면서 잠시 학교 담에 기대고 서서 담배를 물었다. 까맣게 잊고 있던 기억이 갑자기 확 밀려왔다.

같은 반 친구와 함께 집을 나갔다. 무작정 서울로 간 것이다. 홍제동 어디쯤 가죽 공장에 다니는 동네 형을 찾아갔다. 시키는 대로 뱀장어 가죽 자르는 일을 했다. 한 달여나 있었을까. 경찰이 어머니를 데리고 찾아왔다. 어머니는 나를 보자 그 자리에서 쓰러졌다.

왜 가출했느냐고 물었을 때, 나는 집이 싫어서라고 말했다. 아버지는 가난하고 근본도 없는 아이들과 어울려 다닌다고 자주 호통을 쳤다. 게다가 아버지의 외도가 들통 나는 바람에 집안 분위기가 엉망이었다. 어머니는 원래 아름다운 여자였다. 자태도 빼어났고 성격도 온화했다. 그런 어머니가 당시엔 가시덤불처럼 헝클어져 있었다. 집안

관리는커녕 심신도 추스르지 못했다.

무엇보다 공부가 가장 싫었다. 이유는 만들면 되고, 어디로든 공처럼 튀고 싶던 나이였다.

그때의 나도 중학교 이학년이었고, 지금의 둘째도 중학교 이학년이다. 소위 흔히 말하는 중2병? 애비는 그렇다 치고, 녀석에게 무슨 일이 있었던가? 사춘기? 요즘 뭐 별다른 문제가 없었는데? 아무리 생각해도 그럴 만한 일은 떠오르지 않았다.

그 후 어머니는 한동안 실어증에 걸렸다. 그때는 우울증이란 병이 있는지도 몰랐다. 아버지가 불륜 사건에 이어 갑자기 교통사고로 세상을 뜨고 회사를 정리해야 할 상황이 되면서 어머니는 정신을 차렸다. 그 대신 내게 집착했다. 나한텐 너밖에 없다, 너 아니었음 죽었을 게야…… 그런 말들을 입에 달고 살았다.

유학을 빙자해 외국에서 호사를 누렸던 게 내 생애 가장 큰 실수였다. 공부보다는 자유와 모험을 즐겼다. 아무것도 모르는 어머니는 나를 믿고 기다렸다. 졸업장도 받지 못하고 귀국했지만 어머니는 나를 반겼다. 그 후로도 실패는 그림자처럼 따라다녔다. 증권도 말아먹고, 사업도 무너졌다. 계속 어머니한테서 자금을 가져다 썼다. 어머니에게 아들은 환상이었고, 아들인 내게 어머니는 현실이었다.

프로골퍼인 아내를 따라 골프에 빠진 것도 어머니를 실망시킨 큰 이유였다. 골프연습장에서 받는 아내의 수입은 그녀의 용돈으로도 부족한데, 우리는 전국의 골프장을 거의 다 누볐다. 내겐 돈 많은 어머니가 있으니까 걱정 없었다. 환상이 깨지면서 어머니는 다시 우울증에 걸렸다.

어머니가 딱 한 번 제안한 적이 있다. 어머니 집으로 들어와 함께 살자고. 나는 그러고 싶었지만, 아내가 완강히 고개를 저었다. 변두리 학교에 아이들을 보낼 수 없는 데다 시내에 있는 골프연습장까지 출퇴근하기가 번거롭다는 것이었다. 무엇보다도 아파트에서만 살아왔는데, 교외의 주택은 너무 힘들 거라고, 시어머니 밑에서 눈치 보며 사는 것도 싫다고 했다.

암세포가 뇌까지 뻗쳤다는 진단을 받았을 때 우리 내외가 자진해서 어머니 집으로 가겠다고 했다. 이번에는 어머니가 거절했다.

어머니는 애완견 한 마리만 품고 살았다. 처음엔 강아지라도 어머니 곁에 있는 게 다행이다 싶었다. 하지만 고작 개 한 마리에 온갖 정성을 다하고 마치 당신 스스로를 대하듯 연민과 집착이 커지는 걸 보면, 정상이 아닌 것 같았다. 바짝 마르고 작아진 어머니가 아이처럼 변해가는 동안 애완견 모리는 노인처럼 늙어갔다.

좀 망설였지만 혹시나 해서 단축번호를 눌렀다. 첫째가 야간자율학습을 앞두고 학교에서 저녁을 먹고 잠시 쉴 시간이다.

"아마 학원 수업 중이겠죠? 걔 오늘 도장에 안 간댔어요. 내일부터 시험이라고, 영어학원에서 보충수업 한댔는데?"

둘째. 영어학원에 있대. 낼 시험이라고^^

아내한테 문자를 찍고 전송한 순간 갑자기 쿵 소리가 났다. 신호가 바뀐 것을 몰랐는데, 뒤차가 성급히 출발했던 모양이다. 뒤차 운전자가 깜박이를 넣고 길가로 차를 세웠다.

내 차는 뒤 범퍼 한쪽이 살짝 흠이 나 있는데, 상대방 차는 앞 범퍼가 일그러져 있었다. 중형 승용차였지만 구식이었다. 그 차의 남자는 내 차를 대충 보더니, 휴! 한숨을 쉬면서 담배부터 꺼내 물었다. 내 벤츠 승용차를 수리한다면, 그 비용만으로 저 정도의 차를 거뜬히 살 수 있을 것이다.

"어이구, 이만해서 다행이네요."

나는 웃는 얼굴로 선수를 치며 들어갔다. 남자는 내 웃음에 오히려 인상을 쓰며 허공에 담배 연기를 내뿜었다.

"아무리 바빠도 그리 서둘러서야······."

핸드폰을 보느라 출발이 늦겨졌다고는 절대 말하지 않을 작정이었다. 남자는 담배를 빗길에 내던지며 뻣뻣한 목소리로 말했다.

"어디 아는 데 카센터 있으면 가시지요."

보험에도 들지 않은 차량으로 짐작되었다. 게다가 남자의 얼굴은 몹시 초조해 보였다. 나도 지금 길거리에서 네가 잘했네 내가 잘했네 따질 겨를이 없다. 나는 흔쾌한 표정을 지으며 제안했다.

"나는 괜찮으니 알아서 수리하실랍니까?"

남자의 얼굴에 안도의 빛이 흘렀다. 빗물에 젖은 머리를 손등으로 두어 번 훔치며 연신 고개를 주억거렸다.

"그래도 어떻게……."

"쌤쌤으로 치죠, 뭐. 몸 안 다친 게 다행 아뇨?"

"죄송합니다. 급히 갈 데가 있어서……."

"그래요. 나도 바쁘네요. 그럼, 이만."

차에 오른 나는 왼쪽 깜빡이를 넣고 차선으로 진입했다. 남자는 일그러진 범퍼를 내민 채 서둘러 내 차를 스쳐갔다.

어차피 이 차는 바꿀 요량이다. 어머니 장례식이 끝나면, 신형 벤츠로 갈아탈 것이다. 그런 생각이 들자 나도 모르게 휘익 휘파람이 나왔지만 이내 멈췄다. 차 안에 나만 있는 게 다행이었다. 곧 안도의 한숨이 흘렀다.

접촉사고로 어쩌고저쩌고 하는 사이 핸드폰에는 부재중 문자가 여러 번 찍혀 있었다. 아내였다.

"그걸 해야겠어."

"뭘?"

"요전에 우리 말했잖아? 고거……."

"뭘?"

짐작을 하면서도 시치미를 뗐다. 갑자기 핸들을 잡은 손에 힘이 더해졌는지 차체가 부자연스럽게 휘청거렸다.

"모리."

"……."

"어떻게 해버려. 더 미루면 안 될 것 같아."

"그렇다고 무슨 소용이 있겠어? 이제 와서……."

"당신은 그게 문제야. 뭐든지 결단을 못 내리고 미루는 거. 답답해 미치겠어. 걍, 죽었다든지 집을 나갔다든지 해. 그러면 어머니도 생각을 바꾸시지 않겠어? 진즉 그랬어야지."

"음……."

"그까짓 강아지 한 마리 어떻게 했다고 무슨 일 나? 이 판국에 누가 그걸로 시비 걸겠냐구? 동물학대? 그 정도야 별것도 아니지. 그래도 그게 나아. 그놈의 개 한 마리가 화근이라고."

"알았어."

"지금 가. 어머니 집으로. 그래도 될 것 같아. 좀 전에 의사가 다녀갔는데 고비는 넘겼대. 오늘 밤은 그냥 지나갈지도 몰라. 그러니까…… 그 일부터 하고 와. 그 후에 어머닐 설득하든지 법대로 어떻게 하든지."

아내가 섬뜩하게 느껴졌다. 그러면서도 나는 고분고분할 수밖에 없었다. 어차피 우리는 필드로 나갔다. 플레이 오프라고 생각하자. 아직 경기는 끝나지 않았다. 나는 유턴 방향 표시를 보며 차의 방향을 바꿨다.

어머니의 재산이 얼마인지 아무도 모른다. 하지만 삼백 평이 넘는 전원주택과 시내에 삼 층짜리 건물이 있으니, 부동산만 해도 십억은 넘을 것이다. 그리고 현금도 뭐 몇 천 정도는 가지고 있지 않을까? 몇 년 전 내 사업이 실패했을 때 은행에서 찾아 쓸 수 있는 돈이 삼억이었다. 이억을 내가 썼어도 나머지 돈은 남아 있겠지. 게다가 보험도 두어 개 들어 있을 테고. 그것들을 〈모리 애견 재단〉에 송두리째 넘겨 버릴 수는 없다.

빨간 신호등 앞에 설 때마다 모든 걸 단념하고 싶은 생각이 없었던 건 아니다. 그러면 또 마음을 다잡기 위해 중얼거렸다. 이것은 벙커다. 이 함정을 극복해야 마지막 홀에 들어갈 수 있다…….

*

파출부 아줌마가 가고 나는 또 혼자 남았다. 마미가 병원에 간 후부터 늘 혼자였기 때문에 익숙해졌지만, 이렇게 밤이 되면 또 분리불안 증세가 도진다. 밉더라도 이 고약쟁이가 다녀가고 나니 금세 사람이 그립다.

오늘은 모처럼 마당에서 한참 놀았더니 피곤하다. 어쩌면 잠이 잘 올지도 모른다.

주인이 없는 뜰은 스산했다. 애기사과나무 모과나무 산수유나무 낙엽들이 수북이 쌓여 있다. 잔디밭에도 자갈마당에도 낙엽이 굴러다닌다. 담장 따라 늘어선 장미 덩굴도 생기를 잃었다. 노란 꽃 몇 송이가 피어 있는데 마치 조화 같다. 돌확에서 윤기 있게 자라던 수련이랑 물양귀비 부레옥잠도 규칙적으로 물을 주지 않아 잎이며 줄기에 병색이 뚜렷하다.

마미가 집에 있을 때엔 뜰에도 생기가 넘쳤다. 마미는 아침에 일어
나면 나를 데리고 정원과 텃밭을 한 바퀴 돌았고, 틈이 날 때마다 화
초나 채소에 물을 주었다. 일손이 필요할 땐 파출부 아줌마나 동네
일꾼을 불러왔다. 그러던 것이 수술과 항암치료를 받기 위한 입원이
반복되면서 집 안이 을씨년스러워지기 시작했다.

내 정서도 불안정해진 지 오래, 단지 마미에 대한 기다림으로 버티
고 있다. 애완견의 습성이라고? 아니다. 애완견도 천차만별이다. 먹
을 것이 있으면 금세 따라가고, 쓰다듬는 손길이 있으면 발랑 누워버
리는 놈들이 얼마나 많은데? 하지만 나는 다르지. 의리와 충직과 인
내가 내 근본이다. 더군다나 일찍이 버림을 받았던 나를 선뜻 데려다
길러준 사람을 잊어버리는 배은망덕한 존재가 아니다. 마미가 보고
싶어 죽겠다.

집 안이 너무 적막하다. 마미도 간병인도 없는 집이 이렇게 넓고
공허하게 느껴질 줄 몰랐다. 마미와의 여행이 생각난다. 마미의 흰색
승용차를 타고 둘이서 여행한 곳이 헤아리기 어려울 정도다. 여행갈
때면 마미는 내 물건들을 한 짐이나 되게 챙겼다. 사료, 간식거리, 기
저귀는 물론, 플라스틱 배변판, 푹신푹신한 담요가 깔린 내 집, 음식
그릇, 물그릇, 목욕 샴푸, 수건, 심지어 내가 안전하게 뛰어 놀 철망
으로 된 울타리까지.

나를 데리고 다니기엔 버거운 일도 많았다. 일반 숙박업소에선 강

아지 동반 투숙이 안 된다. 마미는 여기저기 전화를 걸었다. 애견동반이 가능한 곳을 찾기 위해서. 마음 넉넉한 사람들이 있기 마련이라 곳곳에 한두 개쯤 우리가 머물 수 있는 곳이 있었다. 마미는 그런 사람들에게 거듭 고마움을 전하며 무언가 선물을 주곤 했다. 산골에도 바닷가에도 갔다. 마미는 그렇게 나한테 그리고 다른 사람들에게도 지극했다.

헌데, 마미의 유일한 핏줄인 아들에게는 언제나 차가웠다. 아들 역시 어머니에게 무관심했다. 이 집에 오는 일도 어쩌다 한 번. 집에 와서도 단 한 번 어머니를 위해 수고하는 걸 본 적이 없다. 파라솔 그늘 아래 손님처럼 쉬면서 의자에 팔을 걸치고 손가락으로 장단 치는 시늉이나 하며 하품을 하거나, 잔디밭에서 골프채를 들고 스윙 연습을 하거나, 집 안의 구석구석을 휘 둘러보며 빈둥거리다가, 식사가 끝나면 서둘러 돌아갔다.

나는 안다. 아들이 찾는 홀이 무엇인지를. 무엇을 향해 그렇게 수없이 두 팔을 모아 공을 쳐대는지를.

마미는 언젠가 아들에게 이렇게 말했다.

"나 죽거든 화장해서 뿌리는 수고까지만 부탁한다. 아무도 부르지 말고. 그리고 날 잊어라. 기억하지 마라."

그 말을 듣는 순간 나는 소스라치게 놀랐다. 그 바람에 맛있는 오리 육포를 씹다가 꿀꺽 삼켜 버렸다. 그런데도 아들의 얼굴엔 별다른 표정이 나타나지 않았다. 노인네의 푸념 정도로 여기는 것 같았다.

아니면, 당혹감을 감추려고 딴전을 부렸는지도 모른다.

마미의 아들은 나를 싫어했다. 싸늘한 눈빛으로 째려보았고, 어쩌다 옷자락이 스치기라도 하면 은근히 신경질적인 반응을 보였다. 마미가 없는 자리에서 나를 구박한 적도 있다. 배변판 위 기저귀에 응가를 하고 있는데 내게 발길질을 한 것이다. 그때 마침 마미가 커튼을 젖히며 들어왔다.

"개라고 막 대하는구나?"

아들은 엉뚱하게 거짓말을 했다.

"기저귀 밖에다 쌀 뻔했잖아요. 개는 엄하게 가르쳐야 돼요."

나와 마미의 눈빛이 교차했다. 마미는 다가와서 내 등을 두어 번 쓰다듬었다.

"불가에선 윤회를 거듭하다 사람으로 태어나기 직전에 개로 산다더라. 전생에 덕을 닦아야 개로 태어날 수 있단 얘기지."

아들은 잘됐다는 듯 툭 내뱉었다.

"헌데 어머닌 왜 그렇게 개한테 집착하세요? 아들보다 개새끼가 더 좋아요?"

의외로 마미는 심드렁하게 대꾸했다. 감정을 꾹 누르는 게 분명했다.

"항상 내 곁에 있잖니. 나하고 같이 밥 먹고 자고……."

"나는 절대 개로 태어나진 않을 거요."

"지금 사는 모양새로 봐선 개로 태어나지도 못할 수 있지."

"어머니!"

32

아들은 의자를 박차고 일어났다. 차를 마시던 며느리가 찻잔을 탁자 밑으로 떨어뜨렸다.

아들이 다녀간 날이면 마미의 얼굴은 내내 딱딱한 빵처럼 굳어 있었다. 나는 마미의 발아래 엎드려 그가 움직일 때까지 꼼짝도 안 했다. 어느 날은 그렇게 새벽이 오기도 했다.

나는 안방 침대에 누웠다가, 거실 소파 위로 올라가 앉았다가, 다시 마미가 즐겨 앉던 흔들의자 밑에 웅크리고 있기를 반복한다. 배가 살짝 고픈 듯해 먹이그릇 앞으로 갔지만 그다지 구미가 당기지 않아 돌아섰다가…….

전에는 마미가 밖에서도 스마트폰으로 내 일거수일투족을 살펴볼 수 있었다. 내 목줄에 장착된 최신형 단말기를 통해서다. 처음엔 나도 그게 뭔지 몰랐다. 모처럼 현관에 놓인 마미의 구두를 잘근잘근 씹고 노는데, 마미의 목소리가 들리는 게 아닌가?

"모리! 너 뭣해? 그러면 안 돼. 하지 말라니까? 혼 나?"

어리둥절했다. 분명 마미가 외출한 걸 알고 있는데? 베란다에서 봤을 때 담장 옆 흰색 승용차도 없던데? 그런 일을 몇 번 겪은 후 영리한 나는 알아챘다. 마미가 나를 지켜보고 있다는 걸. 그리고 내 목줄에 분홍색의 조그만 단말기를 붙인 후부터 그런 일이 벌어졌다는 걸.

그 후부터 나는 얌전히 행동했다. 마미가 지켜보고 있단 생각에 혼자 있어도 무섭거나 외롭지 않았다. 일부러 활발하게 뛰어놀았다. 말썽도 부리지 않았다. 그러면 마미의 목소리가 들렸다.

"어이쿠 우리 강아지 잘 노네. 모리, 이제 자야지? 자장자장 우리 애기 잘도 자네!"

하지만 나도 점점 우울해졌다. 언제까지 혼자 견뎌야 할까? 마미는 언제 올까?

나는 고독한 섬에 갇힌 신세가 되었다. 마미도 마찬가지일 것이다. 처음엔 규칙적으로 나에게 신호를 보내오던 마미가 이따금 소식이 끊겼다 이어졌다 하더니, 요즘엔 이에 연락두절이다.

무섭다. 만약 마미가 영원히 오지 않으면 어떡하지? 나는 엎드려 앞발을 뻗고 거기 코를 묻는다. 무섬증을 느끼니까 진짜로 불안해진다. 저만치 불빛이 흐르는 집들을 두고 이곳은 무인도가 되어 버렸다. 저 어둠을 커튼처럼 걷어낼 수 있다면 얼마나 좋을까. 사람처럼 말할 수 있다면 이 답답한 마음을 하소연이라도 할 수 있을 텐데. 마미 말대로라면 다음 세상에 나는 사람으로 태어날 것이다. 마미는 나 같은 강아지로 태어나고 싶다고 했다. 그럼 나는 마미 강아지에게 아주아주 잘해줘야겠다.

나는 안방 침대로 가서 마미의 체취를 맡는다.

*

저녁 무렵부터 떨어지기 시작한 빗방울이 이젠 장대비다. 자동차 불빛에 어지러운 빗줄기를 와이퍼로 끊임없이 닦아내며 시외로 빠져 나갔다. 무심코 가다 보면 속도계가 오르고 있어 늦추기를 여러 번 반복했다. 도심에서처럼 차량이 많진 않지만 사방이 어둡고 길이 번 들거려 운전에 집중해야 했다. 아무것도 들리지 않았다. 와이퍼가 빠르게 움직이는 소리뿐. 그것은 마치 시계의 초침처럼 나를 다그치는 것 같았다.

핸드폰 액정의 빛으로 열쇠고리에 달린 어머니 열쇠 중 가장 큰 것을 찾아 대문을 열었다. 철컥, 쇠빗장을 여는 소리도 치잉, 대문을 여는 소리도 오늘따라 유난히 크게 들렸다. 잔디밭을 낀 자갈마당을 가로질러 현관 앞에 이르니 센서등이 환히 켜졌다. 어둠 속에서 내 몸뚱이가 환하게 드러나자 갑자기 몸이 움츠러들었다. 그때야 보안업체의 감지기가 떠올랐다. 내가 뭔가 해선 안 될 일을 저지르는 게 아닌가 싶은 생각이 들었다. 하지만 늦었다.

나도 모르게 기도문이라도 외듯이 중얼거렸다. 나는, 아들이다, 어머니가 낳아 기른 자식이다. 그럴 권리가 있다…….

현관문을 따고 들어가 거실의 불을 켰다. 모리란 놈이 안방에서 달려 나오며 큰 소리로 짖는다. 주객전도라더니. 놈은 짖던 걸 멈추고 내 눈치를 살피며 천천히 꼬리를 흔든다. 그다지 내키지 않는 표정이다.

나는 빤히 올려다보는 놈의 시선을 외면하고 주방으로 갔다. 조리대 서랍을 뒤적거리는데 거실 쪽에서 느닷없이 전화벨이 울렸다. 가슴이 벌떡거리고 손이 후들후들 떨렸다. 받아야 하나 어쩌나 하는 사이, 자동응답기로 바뀌면서 그쪽 목소리가 들렸다.

"블루스카이여행사입니다. 핸드폰을 계속 안 받으셔서요. 출발이 얼마 남지 않았는데 어찌 된 영문인지…… 낼모레 사이로 연락을 주셔야겠습니다. 그래야 환불이 가능합니다. 저희가 다시 연락드리겠지만, 확인되는 대로 전화 좀 부탁드립니다."

담배를 한 대 피울까 하는데, 모리와 눈이 마주쳤다. 놈은 나를 따라다니며 눈치를 본다. 나는 담배를 다시 주머니에 넣고 검은 비닐봉지를 찾았다. 삼사 초 바라보다 시선이 마주치는 걸 외면하고 재빨리 놈의 얼굴에 비닐봉지를 씌웠다. 내 손은 놈의 목을 힘껏 조였다. 미끌거리면서도 완고한 비닐봉지 속에서 산 것의 꿈틀거림이 손바닥에 적나라하게 전해졌다. 버둥대는 몸짓의 절박함만큼 숨통을 열려는 숨소리도 사나웠다. 그럴수록 손아귀에 힘을 주었다.

버둥거리던 몸짓이 멈췄다. 내 얼굴에서 흐른 식은땀이 비닐봉지 위로 떨어졌다.

캄캄한 빗길 어디쯤에 차를 세웠다. 마침 도로변에 수로 같은 게 흘렀다. 놈이 담겨진 비닐봉지를 던져버렸다. 저 아래쪽에서 풍덩, 소리가 났다.

운전대를 잡은 손이 부들부들 떨렸다. 내 목구멍으로 침 넘어가는 소리가 들렸다. 컴컴하던 길이 시내로 접어들면서 조금씩 환해지고 차량도 늘어났다. 오히려 가슴이 진정되었다.

아내에게 전화를 걸려던 순간 아내의 것인 전화벨이 울렸다.

"어디? 빨리 와야 하는데? 어머니가 지금……."

"가고 있다니깐. 한 십오 분만 기다려."

"안 돼. 지금 와야……."

"가고 있다니까? 그리고 핸드폰! 녹음기능 빨리 찾아!"

가속기를 밟았다. 경고등을 켰다. 신호고 뭐고 무시하고 달릴 참이었다. 속으로 간절히 외쳤다. 어머니, 기다려주세요. 조금만 더 기다리세요. 내 생애 이렇게 어머니를 향해 전속력으로 달려간 것은 아마 처음일 것이다.

대학병원이 빤히 바라다보이는 지점에서 차량은 다시 꼼짝달싹 못한 채 정차하고 있었다. 다시 아내에게서 전화가 왔다.

"돌아가셨어."

"뭐?"

"어머니 돌아가셨다구."

"안 된다니까?"

"그걸 내가 어떻게 해?"

"녹음했어? 뭐라고 안 하셨어?"

무너져 내리는 듯한 아내의 목소리는 자못 비장하게도 들렸다.

"없었다니까. 그냥 허공만 바라보시더니 그대로 눈을…… 감으셨어."

"나를 찾지도 않으셨어? 이름을 부르거나……."

"없었어. 아무것도."

갑자기 얼굴에 뜨거운 것이 느껴졌다. 전혀 예상치 못했던 상황이었다. 뜨거운 그것은 볼을 타고 주르륵 흘러내렸다.

바람이 거세어지는지 길가 은행나무에서 은행잎들이 한꺼번에 우수수 떨어졌다. 차창에도 이파리 몇 개가 날아와 달라붙었다. 노란 손바닥들이 나를 향해 마구 덤벼드는 것 같았다. 와이퍼를 움직여 그것들을 밀어냈다.

청학동
가는 길

청학동 가는 길은 멀었다. 곡성에서 섬진강을 끼고 달려 구례를 거쳐 하동에 이르러서야 비로소 청학동을 알리는 이정표가 보였다. 이정표를 발견하자 거의 왔는가 싶어 반가웠다.

그러나 또 한참이었다. 저수지를 끼고 돌아 계곡을 타고 거슬러 올라갔다. 산굽이를 몇 번이나 돌았는지 브레이크를 밟는 오른쪽 다리가 저려왔다. 산속으로 들어서니 금세 서늘해져서 에어컨을 끄고 창문을 내렸다. 줄곧 듣던 음악도 껐다.

"아, 시원해. 바람으로 샤워하네요."

올해 첫 발령을 받은 차 선생이 비음 섞인 목소리로 말했다. 서너 시간 장거리 여정에 모두 졸고 있는데, 그가 침묵을 깨며 터뜨린 말은 얼핏 노래처럼 들렸다. 시들시들하던 일행이 부스럭거리며 잠에서 깨어났다.

빽빽이 들어선 소나무 숲에 가려져 하늘은 보이지 않았다. 잡목의 거친 가지들이 뒤엉켜 산속의 그늘은 더 깊었다. 산굽이를 돌 때마다 비릿하면서 들큼한 풋것들의 냄새가 차창을 넘어왔다. 깊은 숨을 들이쉬었다. 선글라스도 벗었다. 시야는 온통 진초록이었다. 운전대를 잡은 손목도 훨씬 부드러워졌다.

"흠. 흠. 그놈의 음악 꺼버리니까 좋고만 그랴."

옆 좌석에서 박 선생이 허리를 세우며 고쳐 앉았다. 고개를 떨군 채 시계추처럼 좌우로 흔들리는 자세가 몹시 신경이 쓰였었다. 그는 말을 시작할 때마다 흠, 흠, 목청을 다듬는 습관을 가지고 있다.

"음악이 거슬렸나 봐요? 제가 듣는 게 이런 거밖에 없어서요."

"거슬린다기보다 잘 모르니까 지루했던 거지, 뭐."

박 선생은 다소 멋쩍었는지 머리를 매만지며 얼버무렸다. 그러자 차 선생이 뒷좌석에서 천연덕스럽게 말했다.

"전 아주 좋았는데요. 처음 듣는 것들이라 낯설면서도 풍부한 느낌이었어요. 클래식처럼 형식에 매이지 않고, 대중음악처럼 가볍지도 않고…… 김 선생님은 음악에 조예가 깊으신가 봐요?"

"저도 음악에 푹 빠졌어요. 나중에 졸긴 했지만."

보건 선생이 거들었다.

연달아 하품을 내지르던 박 선생이 마땅치 않은 듯 뒤를 힐끗 돌아봤다. 육십이 넘은 원로교사답지 않게 어느 자리에서나 시비를 잘 걸고 이기려 드는 성미를 가진 사람이다. 특히 아무 자리에서나 여성을 비하하는 발언도 서슴지 않아, 여교사들은 그를 여성혐오증 환자라고 은근히 비아냥대곤 했다.

오늘도 젊은 여선생들에게 지지 않을 기세다. 되로 주고 말로 받는다더니 한 마디 툭 뱉었기로서니 이렇게 역성을 들 필요까지야, 싶은가 보다.

"흠, 그래도 나는 뽕짝이 좋습디다. 팝송은 영어로나 돼 있지, 국적 불명의 음악을 뜻도 모르며 듣고 다니는 걸 보면……."

마뜩찮은 심사가 노골적으로 드러나기 시작한다.

딱. 딱. 딱. 따르르르. 딱따구리 소리가 차바퀴를 따라왔다.

학생들은 담임과 함께 전세버스 다섯 대를 타고 먼저 출발했다. 수련활동 도중 불시에 차가 필요할 때를 위해 승용차 한 대는 있어야 된다는 의견이 있어서, 담임이 아닌 내가 차를 가져가게 됐고, 원로 선생님을 버스보다는 승용차로 모시는 게 낫지 않겠느냐는 배려에서 박 선생, 그리고 여교사인 차 선생과 보건 선생이 동승하게 된 것이다.

"흠. 흠. 젊은 사람들은 삶의 애환을 모르니까 뽕짝이 싫은 거야. 김 선생? 그래 김 선생도 젊다고는 할 수 없는 나이지? 오십이 넘으면 옛날엔 노인 취급 받았어. 더 나이 들어봐요. 송대관의 네 박자. 이런 게 어느 날 귀에 쏙 들어올 거요. 까탈 부리지 말아요. 다 좋은 게 좋은 거지. 헛헛헛……."

이쯤에선 모두 입을 꾹 다물었다. 박 선생의 헛웃음 소리가 김빠진 맥주처럼 밍밍하게 느껴졌다.

운전을 하면서 청학동에 은거했다는 고운 최치원을 내내 생각했다. 그는 해운대로 선유도로 가야산으로 이 땅의 곳곳을 떠돌며 족적을 남겼다고 한다. 천재로서 석학이었으며 명필가였지만 중앙 권력에 가까이 가지 못하고 무수한 세월을 산으로 바다로 떠돌아야 했다. 골품제 사회였던 신라에서 신분의 제약 때문이었을까? 아니, 유불선 사상을 넘나들던 그였으니, 세상의 부귀영화나 권력이 티끌처럼 가볍다는 것을 이미 알고 있었던가?

이인로도 속세를 버리려고 지리산의 청학동을 찾아 나선 적이 있다고 전해진다. 대나무 궤짝을 소 등에 싣고 떠났다고 했다. 화엄사에서 신흥사를 거쳐 헤맸는데, 가는 곳마다 선경이었단다. 인간이 사는 세상이 아닌 것 같았단다. 그러나 끝내 청학동은 찾을 수 없어 바위에 시 한 수를 남기고 돌아섰다는 기록이 있다.

오래전부터 청학동은 이상향이었나 보다. 세상과의 인연을 끊어버리고 싶은 이들에게 지리산 어딘가에 있다는 청학동은 은둔하고 싶은 장소였는지도 모른다.

"왜 청학동이라 이름을 붙였을까요?"

어색해진 분위기를 무마하려는 듯 보건 선생이 물었다.

"초여름이 되면 몸뚱이는 파랗고, 이마는 붉고, 다리는 긴 새가 향로봉 소나무에 모였다가 날아 내려와 못물을 마시고서 날아가곤 했다는 얘기가 있어요. 그 새가 청학이지요. 그래서 청학동이라 불렀다고 해요. 그런데 또 김일손이란 사람의 기록은 불일암에서 어떤 중에게 들었다고 했어요. 그렇다면 그가 찾은 청학동은 또 다른 곳이 아니었겠느냐는 설이 있고요."

당연히 내 의무라도 되는 양 나는 선뜻 나섰다. 그러고 보면 수련회 계획이 있던 몇 달 전부터 나는 청학동을 가슴에 담고 있었나 보다.

예부터 사람들이 그리던 청학동이 어디인지는 정확히 모른다. 현재의 하동군 청암면 묵계리 학동마을을 청학동이라 부르는 것은, 이곳이 전설 혹은 옛글의 기록과 지리적 여건이나 환경이 비슷해서란다. 더욱이 한국전쟁 이후, 이곳에 들어와서 전통적인 복장과 생활방식을 고수하며 살아가고 있는 사람들의 삶이 알려지면서부터라고.

그러나 요즘처럼 수없이 많은 속세의 사람들이 끊임없이 들락거리는 판국이고 보면, 고고한 청학은 물 한 모금 마시러 내려올 것 같진 않았다.

주차장에 차를 세우고, 학생들의 행렬을 이끌고 학당으로 올라갔다. 아이들은 각자의 짐을 들고 연신 잡담을 나누면서 탄성을 질러댄다.

"와, 완전 대숲이네. 어때? 나 신선 같지?"

"신선은 무슨, 귀신같다야."

"지랄하고 있네. 그럼 전설의 고향 찍을까? 너는 구미호하면 딱이다."

그런가 하면 짜증과 원망도 불거진다.

"씨발, 너무 덥다. 에어컨도 없을 텐데…….."

"야, 그럼 낼까진 음료수 한 잔 못 마시는 거니? 죽었당!"

말미를 흐리며 선생이 들었나 못 들었나 눈치를 살폈다.

와, 어머…… 감탄사도 새어나오지만, 졸라, 씨발…… 거친 표현들이 대부분이다. 욕구불만으로 온통 짓눌린 정서는 언어에서도 극단적이다. 너, 죽을래? 짜증나. 미쳤어…….

그래도 학당에 모여서 입소식을 할 때는 다소곳했다. 예절 교육인 만큼 언행에 주의해라, 학당 교육은 엄격하다, 학교의 명예를 생각해라, 교육에 방해가 되면 벌점을 줄 것이다 등등 으름장 탓도 있지만, 낯선 분위기 때문에 조금은 긴장한 듯했다. 수염이 허연 훈장의 훈시도 제법 귀 기울여 들었다.

언젠가부터 학생들은 반듯하다, 착하다, 성실하다…… 이렇게 말하는 것을 그다지 달가워하지 않았다. 모범적인 친구들을 보면 '범생이'라고 놀렸다. 선생도 연예인처럼 재주를 부려야 좋아했다. 재미있고, 멋있어야 따랐다. 고지식한 선생은 능란한 아이들을 당해 내기 어렵다. 앞에서는 갖은 애교를 떨다가, 뒤돌아서서는 등에 대고 주먹질하는 시늉을 하는 경우가 허다하다. 어른보다 처세가 빠르고 약삭빠른 모습을 볼 때엔 아예 기가 질린다. 가치관도, 기호도, 옛날 학생들과는 판이하게 다르다. 그 변화는 특히 최근 들어 더욱 두드러진다. 십여 년 전만 해도 〈인생은 아름다워〉, 〈피아니스트〉 같은 영화를 보여 주면 감동하는 아이들이 대부분이었는데, 지금 아이들은 지루해한다. 진지한 것을 못 견뎌 하는 것이다. 대신에 왕창 깨지고 부서지는 장면이나 엽기 혹은 인형처럼 예쁜 치어리더들이 몰려다니며 편싸움하다가 적당히 화해하는, 그런 장면들에 열광한다. 그나마 성적순으로 밀려난 아이들이 다니는 소도시의 서해여고 학생들은 순수

한 편이라고나 할까.

입소식을 마치고 선생들은 계곡에 있는 산장으로 내려왔다. 학당의 숙소가 부족해 산장 민박이 예약돼 있었다. 수련활동을 학당에 위탁했기 때문에 우리가 따로 할 일도 없었다. 학당은 훈장을 위시하여 식사와 교육 그리고 각 방의 생활을 책임지는 훈사와 간호사까지 있다. 학당 측에서도 학교 선생들이 상관하지 않고 떨어져 있기를 바라는 눈치였다. 아이들 또한 생활한복을 입은 젊은 훈사들에게 벌써 눈길을 던지고 있었다. 여름방학을 맞아 아르바이트를 하는 대학생들 같았다.

산장의 냇가 평상 위에는 푹 삶은 백숙이 모락모락 김을 피워댄다. 쩍 벌린 토종닭의 가슴팍에서부터 가랑이 사이에 수삼과 대추와 마늘이 빼꼭히 채워져 있다. 닭고기와 수박과 맥주와 잡담이 뒤섞였다. 모처럼 집을 떠난 데다 학생들을 맡겨놓았으니 선생들도 홀가분한 모양이었다. 아이들 못지않게 웃고 떠드느라 시끌벅적했다.

첩첩산중에 갇혀 있던 이곳이 외부에 알려지기 시작한 것은 1980년대부터라고 들었다. 그때까지만 해도 한국전쟁 후 들어온 사람들과 그 후손들이 살고 있었다고 한다. 그들은 전기도 불러오지 않는 등 현대 문명을 거부했다. 어른들은 상투를 틀고 갓을 썼으며, 결혼하지 않은 젊은이나 아이들은 머리를 길러 땋아 내렸다. 자식들을 학교에 보내지 않고 서당에서 가르쳤다. 기능 위주인 현대 교육보다 인륜과 철학과 자연을 가르치는 것이 더 소중하다는 신념을 지키려 했을 터이다.

그러나 고요한 은둔의 평화는 부서지기 시작했다. 사람들이 찾아오기 시작한 것이다. 전기도 들어오고 길도 포장되었다. 외국인들도 찾아왔다. 현대 문명은 이 산골까지 지배했고, 이들의 삶은 호기심의 대상이 되었다.

원주민들은 다시 어딘가로 이주해야만 했다. 그들은 어디로 갔을까? 다시 둥지를 틀고 안식할 수 있는 땅을 찾았을까?

다리를 뻗고 누워서 이런 생각을 하는데, 목구멍 속에 항시 고여 있던 토막말이 저절로 흘러나왔다.

'나도 어딘가로 숨어들고 싶다. 쉬, 고, 싶, 다.'

이삼 년 전부터 '퇴직'이라는 단어를 가슴에 담고 있었던 것 같다.

"아니? 이게 뭐요? 누구 맘대로 앞면에 이걸 실어요?"

그림과 시가 커다랗게 찍힌 면을 가리키는 손가락이 부들부들 떨고 있었다. 남자처럼 굵고 큰 손가락이었다.

나도 모르게 교장의 눈썹 근처로 가는 시선을 허공으로 돌렸다. 벽면 높은 곳에 역대 이사장과 교장의 사진이 든 액자가 나란히 걸려 있었다. 흑백에서 칼라로 바뀌어왔을 뿐, 비슷비슷한 윤곽과 인상들이었다.

특히 교장의 눈썹은 요상하게 생겼다. 앞에서부터 거의 일직선으로 뻗었는데, 끝 부분으로 가면서 잠깐 쳐지다가 살짝 올라가 있다. 게다가 숱이 많다. 그래서 모두들 누에눈썹이라고 부른다. 감정 표현에 따라 흔들리는 눈썹은 정말 꿈틀거리는 누에를 연상하게 만든다.

대개의 사람들은 상대편을 바라볼 때 눈언저리에 시선이 머문다. 나도 마찬가지다. 헌데 유독 교장과 마주할 때면 나도 모르게 눈썹 부근으로 눈이 먼저 가곤 했다.

교장은 내가 내민 학교신문 초판본을 받아들고 펼치자마자 뒷면을 넘길 생각도 않고 발끈했다. 짐작했던 일이었다.

학교 축제를 기념하는 신문을 만들기로 했다. 개교 오십 주년의 일환으로 축제 신문을 제작하기로 한 것이다. 이 일은 문예를 담당하고 있는 내 몫이었다. 나는 유쾌하게 진행할 생각이었다.

달마다 한 번씩 내보내는 학교통신과는 확연히 다른 색깔로 나가기로 했다. 학교통신은 학교 운영 등을 학생이나 학부모들에게 공지하는 일방적인 성격을 가지고 있다. 이미 짜인 틀에 그때마다 필요한 내용만 집어넣으면 된다.

축제 신문은 그 성격을 달리할 생각이었다. 우선 학생 기자들을 뽑아서 스스로 기획하고 취재하고 편집할 수 있도록 가르쳤다. 학생들은 신이 나서 열심히 참여했다. 수업시간에 졸고 매사에 의욕이 없어 보였던 놈들도 막상 할 일이 주어지자 생기가 돌았다. 카메라를 들고 사진을 찍는 태도는 의젓했으며, 컴퓨터 앞에 앉아 기사를 쓰고 편집하는 모습도 믿음직스러웠다.

정작 발목을 잡는 장본인은 교장이었다. 그는 일찍부터 교장 인사 원고를 세 편이나 써서 내밀었다. 학생에게, 학부모에게, 그리고 동문회에 할 말들이 따로 있다는 것이었다. 사진도 각각 다른 것들을 첨부했다.

"이 세 편을 하나로 묶으면 어떨까요?"

내 말이 채 끝나기도 전에 교장은 손사래를 쳤다.

"그냥 그렇게 하세요."

"하지만 교장선생님의 글이 세 편이나 실린다는 것은……."

"내가 할 말이 많아서 그래요. 김 선생, 올해를 끝으로 내가 정년 퇴직하잖습니까? 그러니 하고 싶은 말이 얼마나 많겠어요? 우리 아버지가 세운 학교입니다. 비감하지요. 그보다 내가 이 학교 출신이고요. 동문회에도 꼭 전해야 할 사항들이에요. 내 위치가 그래요."

"그래도 이건 아닙니다. 읽는 사람들도 배려해야지요. 아니, 독자를 위해 발행하는 것이 신문 아닌가요? 동문회와 관련된 것은 따로 동창회 때 하시는 게 좋겠는데요."

나는 최대한 낮고 부드러운 목소리로 말했다. 억지로 미소까지 지어 보이려니 되레 얼굴 근육이 뻣뻣해졌다.

"내가 하잔대로 하세요."

교장은 일어서서 걸려온 전화부터 받았다. 나는 목례를 하고 일어섰지만, 내용을 하나로 묶어서 다듬을 작정을 하고 교장실을 나왔다. 그때 가서 막상 뭐라고 하겠는가. 큰소리만 쳤지 가끔 뒤끝이 무른 면도 있지 않던가.

동문 시인을 찾아서 축시도 부탁했다. 화가로 활동하고 있는 미술 선생에게서 축하의 그림도 한 점 받았다. 미술 선생은 시원스럽게 협조했다. 서툴더라도 아이들이 기획하고 취재한 기사가 많아 생동감이 들었다.

축시와 축화를 일면에 여유 있게 배치했다. 제법 신문다웠다. 교장의 글은 이면에 인물 사진과 함께 실었다. 아무리 생각해도 세 편은 상식에 어긋나는 일, 하나면 충분할 테지만 사달을 줄이기 위해 두 편으로 줄였다. 학생과 학부모에 대한 메시지를 묶어서 이면에, 동문회에 바라는 내용은 칠면 동문회 바자회 건과 함께였다. 거기엔 사진을 싣지 않았다.

지금 교장은 그것을 지적한다. 어느 정도 예상은 했지만 이렇게 거침없이 나올 줄은 몰랐다. 권위로 밀어붙이려는 심사다. 나는 정중하게, 침착하게, 설득하려 애썼다.

"아이들이 기획한 겁니다. 축제 신문이니만큼 학교통신과는 다르게 만들어야 하지 않겠어요? 축제의 주인은 학생들입니다. 학생들이 원하는, 학생들에게 새로운 자극을 주는, 미적이고 지적인 결과물을 보여주어야 합니다."

"그렇다고 이따위 시와 그림으로 한 면을 다 채워요?"

"격조와 멋을 갖춰 보려는 것이지요. 좋은 말이라고 무조건 들이밀면 식상합니다. 아이들이 열심히 만들었어요."

교장은 한 발자국도 물러날 기미가 보이지 않았다.

"요즘 세상에 누가 시를 읽고 그림을 본답니까?"

나도 결코 호락호락 넘어갈 수 없었다.

"그럴수록 교육현장에서 챙겨야죠. 동문의 시는 메시지도 좋고 학생들에게 자긍심을 심어 줄 거고요, 미술 선생의 그림은 신문의 품격을 높여주지 않습니까? 미술 선생님이 훌륭한 화가인데, 그런 선생에게 배운다는 데서 자부심도 생길……."

교장의 누에눈썹이 파르르 경련을 일으켰다. 내 말대꾸와 완강함에 질려 버린 모양이었다. 그는 더 이상 내화를 하고 싶지 않다는 듯 버럭 소리를 지르며 신문을 탁자에 휙 던졌다.

"무조건 안 돼욧. 일면과 이면 내용 바꿔서 재배치하세요. 이것들이 뭔데 일면을 차지해, 흥."

내 안에서 전의가 불타올랐다. 인내의 한계점까지 올라갔다가 내려오는 화를 꾹 누르고 있었는데, 여기서 물러날 수 없었다.

"이것들이라뇨? 안 듣는다고 해서 사람을 그렇게 함부로 말해도 됩니까? 시를 쓰고 그림을 그리는 사람들의 권위가 교장선생님의 권위보다 못하다고 생각하시나 본데, 그건 상식 이하입니다. 또 하나, 이 일을 맡은 사람에게 필요 이상의 지시는 월권행윕니다. 전 그렇게는 못합니다."

교장이 벌떡 일어나 삿대질을 했다.

"뭐? 상식 이하? 월권행위?"

나도 일어섰다.

"그럼요. 몰상식이지요. 전 그런 식으론 못하겠습니다. 선생들이 교장선생님의 개나 돼지가 아니니까요."

신문 인쇄물을 그대로 둔 채 교장실 문을 열고 나와버렸다. 너무 세게 닫았는지 탕, 하는 소리에 교장의 날카로운 목소리가 잘렸다.

"내참. 뭐 저런 게 있어? 이건 항명이얏, 항……."

고등학교 교장의 위엄 같은 건 어디에도 없었다. 고샅길을 지나다 듣는 동네 할머니의 악다구니와 다를 게 없었다.

열린 창문으로 행정실 직원들의 모습이 얼핏 비쳤다. 모두 일어나서 안절부절못하는 것 같았다. 인쇄실을 지나다 양 주사한테서 담배 한 개비를 얻어들고 강당 뒤 벤치로 갔다. 여름 이후 석 달 만에 금연 의지는 또 깨졌다.

몇 년 전부터 학교 건물에서는 흡연을 못하게 되었다. 교사들도 하나둘 흡연자가 줄어들었다. 건강에 좋지 않다는 점도 있지만, 우선 어디를 가나 눈치가 심해서 불편했기 때문이다.

나무 벤치 근처는 미개인처럼 남아 있는 흡연자들이 찾는 곳이다. 아마 서너 명 정도나 될까? 담배를 피우는 선생들은 쉬는 시간마다 여기까지 내려온다. 내내 서서 수업을 하는 사람들이 그나마 주어진 쉬는 시간 십 분을 또 예까지 와서 담배 한 개비 피우고 올라갈라치면 쉴 시간이 없다. 그래도 그들은 담배를 끊지 못한다.

이렇게 궁상을 떨고 피곤할 바에는 아예 끊어 버리자, 했던 나도 번번이 실패였다. 울화! 늘 그것이 문제였다. 흔히들 말하는 스트레스! 그러나 담배 한 개비로 스트레스를 달래는 행위마저도 요새 사람들은 너그럽게 보아주지 않았다.

퇴근 무렵에 들었다. 교장이 학생 편집위원들을 불렀다는 것이다. 동창회 장학금을 받는 편집부장이 선생님이 시키는 대로 했을 뿐이라는 투로 말하며 울었단다. 신문은 연구부장이 맡아서 다시 판을 짜기로 했다는 것이었다. 축제가 사흘밖에 남지 않아서 급했을 터였지만, 아무 소리 없이 받아들인 아이들이나 연구부장이 교장보다 더 서운했다.

그때부터 학교를 떠나고 싶다는 생각이 불쑥불쑥 고개를 치켜들었다.

막 풋잠에 빠지려는데 학년부장인 황 선생이 잠을 깨웠다.

"교장선생님이 오신다는데요. 그냥 쉬실래요? 운전하느라 피곤해하신다고 말씀드리죠, 뭐."

"아니, 일어나야지. 신선 흉내 좀 내보려고 했더니……."

"제기랄. 그 양반들 안 와도 될 텐데 신경 쓰이게 하네요."

황 선생은 투덜대면서도 대접할 먹거리부터 챙겼다. 주인에게 미리 부탁해놓은 듯 또 한 마리의 푹 고아진 토종닭이 다리를 벌린 채 쟁반에 누워 있었고, 김치며 과일이며 마른안주도 말끔한 접시에 새로 담겨져 있었다. 그는 배낭에서 양주도 한 병 내왔다.

내가 산장의 어귀로 내려섰을 때는 인솔교사 아홉 명 모두가 서성이며 교장 일행을 기다리는 중이었다.

산중의 해는 정말로 짧았다. 벌써 사위가 어둑해져 있었다. 도시의 어둠보다 질감이 두텁고 깊게 느껴졌다. 산골은 낮이 짧고 밤이 깊다면, 도시는 밤이 짧고 낮이 지루했다.

어둠은 숲에서 기어 나오는 것 같았다. 빽빽이 들어선 줄기들과 울창한 잎들과 얼기설기 뒤엉킨 가지들이 품고 있던 어둠을 슬슬 풀어헤치면, 화선지를 적신 먹물처럼 사방으로 스며드는 것 같았다.

어둠 저 아래쪽에서 자동차 불빛이 흔들리는 게 보였다. 불빛은 구불구불한 산길을 밝히며 거슬러 올라왔다. 굽이를 돌 때마다 헤드라이트의 섬광이 하늘로 치솟았다가 계곡으로 곤두박질치며 포물선을 그었다.

일행은 다섯이었다. 교장, 교무부장, 행정실장, 그리고 학부모운영위원과 지역운영위원이었다. 그들도 가져온 것부터 꺼냈다. 학부모운영위원은 약식과 육회와 부침개를 직접 만들었다고 했다. 지역운영위원은 와인 몇 병을 들이밀며 이것은 프랑스, 이것은 호주, 이것은 칠레에서 생산된 거라는 등 설명을 덧붙였다.

"어때요? 우리 아이들, 별 문제는 없나요?"

교장은 종이컵에 따라놓은 와인을 벌컥 들이키며 물었다. 황 선생이 대답도 하기 전에 교장은 벌써 빈 잔을 들이민다.

"다른 학교에서도 왔어요?"

"우리처럼 학년 전체가 온 곳은 없는 것 같던데요."

"남학생들 와 있으면 애들 단속 잘하세요. 지들끼리 어울려서 사고

치는 일 없도록…… 헤픈 여고생들은 골치가 아파요. 어딜 가나 사고 칠 궁리부터 하니까."

"이번 일학년들은 크게 문제 일으키는 애들이 없는 것 같습니다."

"내일 아침에 올라가서 만나 보기로 합시다. 오늘은 염려 말고 푹들 쉬세요. 와인은 다 그게 그거든데? 자아, 여기까지만 하고 난 양주로 합니다. 독한 게 좋더라구."

남자의 풍채라고 해도 손색이 없으리만큼 떡 벌어진 체격의 교장은 목소리도 걸걸하다. 관료로서의 제스츄어가 몸에 배어 있는 사람이다. 그것이 위엄이며 멋이라고 생각하는지 몰라도 과장된 모습이 오히려 측은할 때가 있었다.

얼굴도 식힐 겸 냇가로 가자는 누군가의 의견을 교장은 묵살해버렸다.

"우리 오랜만에 고스톱이나 칩시다. 옛날엔 숙직실에서 고스톱도 치고 그랬는데…… 그때가 좋았지. 자아, 한판 땡겨 볼까요?"

나는 속이 더부룩하다는 핑계를 대고 일어섰다. 아직도 나와 교장은 서로 불편한 관계다. 내가 피해주는 게 모두를 위해서 좋을 것 같았다. 축제 신문으로 볼썽사납게 부딪친 후에도 몇 건이 더 있다.

교장의 말인즉슨, 총동창회장의 동상을 교정에 세우자는 것이었다. 느닷없는 교장의 발언에 교무수첩에 메모를 하던 손들이 일제히 멈췄다. 의아스런 눈빛들이 교차했다. 교무회의를 건성으로 들으며 인터넷 기사를 탐색하던 민 선생도 손가락을 마우스 위에 올려놓은 채 목을 길게 빼고 좌중을 훑었다.

안경 너머로 교무실 전체를 쓰윽 살펴 본 후, 교장은 총동창회장에 대한 치사를 늘어놓았다. 아예 준비된 원고를 줄줄 읽었다.

"선생님들이나 이 지역에서도 다 알고 있듯이 임선녀 회장님은 그동안 많은 일을 해오셨습니다. 평생 교단을 지키면서 후학들을 길러내셨고, 교육행정가로서 훌륭한 업적을 남기셨습니다. 본교를 위해서 기여하신 바도 지대하지요. 유명무실했던 동창회를 일으켜 수년을 끌어오면서도 자신의 이름을 앞세우지 않고 항상 뒷전에 서 계셨습니다. 본교 기숙사 건립, 장학기금 마련 등 이루 헤아릴 수 없이 많은 도움을 받았습니다. 그뿐인가요? 스승의 날에는 선생님들의 은혜에 감사하는 선물을 잊지 않으셨고, 개교기념일에는 전교생들에게 한 권씩 해당하는 도서를 기증하지 않았습니까? 지난 축제 때에는 삼백만 원을 선뜻 보내주시기도 했죠. 이번에는 회장님이 운영하고 계신 선녀장학재단에서 천만 원을 쾌척하여 우리 학생들에게 큰 도움을 주었습니다. 만약 이번 입시에서 서울대에 합격하면 졸업할 때까지 등록금 전액을 내주시겠다고 약속하였습니다. 학교 재정이란 게 불 보듯 뻔한데, 이렇게 음으로 양으로 도와주시니, 회장님의 뜻을 널리 전하고 기리는 것은 당연지사라고 보아 총동창회에서 이런 결론을 내린 것입니다."

정년을 일 년 앞둔 육십 대 교장은 위압적인 평소와 달리 목소리가 나긋나긋하였으며, 얼굴에 홍조까지 머금고 있었다. 그러나 누가 건들기만 해봐라 가만 두나, 하는 심보가 도사리고 있음을 누구나 알 수 있었다.

"그러니까 그 비용은…… 모두 총동창회에서 낸다는 것이지요?"

교감이 물었다.

"그럼요. 학교 측에서는 교정에 동상을 세울 자리만 내주면 된다니까요."

짜 맞추기식의 질문과 대답이 오고간 후, 침묵이 한 바퀴 돌았다. 선뜻 발언하는 사람은 없고, 수군거리는 소리만 들렸다.

"어떻습니까? 별다른 의견이 없으시면 그렇게 결정을 할까요?"

내가 일어섰다. 교무부장이 내키지 않는 표정으로 마이크를 내밀었다. 교장의 부드럽고 호탕한 기색은 금세 딱딱하게 굳었다.

"결론부터 말씀드리면, 그건 안 됩니다."

"이유가 뭐지요?"

압박하듯 교장이 따라붙었다.

"별생각 없이 학교에 동상을 세워서는 안 됩니다. 제가 알기로 그분은, 객관적으로 모두에게서 인정받을 만한 인물은 아닙니다. 물론 학교를 돕고 학생들을 위하는 것은 미덕이라 할 수 있습니다. 하지만 미덕을 발휘했다고 해서 그 사람의 인생 전체가 훌륭하다고 할 수 있습니까? 미덕은 부분적인 것입니다. 총동창회장이라는 그분 전체의 삶이 우리 학생들에게 지표가 될 만큼 위대한가요? 그분의 삶은 아직

검증되지 않았습니다. 존경받을 인물은 그 사람의 전체적인 삶을 조명해 보았을 때 알 수 있습니다. 생존 인물의 동상을 세우는 행위는 어리석고 순진한 시대에나 있었던 일이지요. 우리에게 떡 하나 준다 해서 무조건 감사하고 떠받드는 것은 아주 비교육적인 처사라고 봅니다. 진정한 인격자라면 그쪽도 원치 않을 겁니다."

냉정히 따지면 친일파의 후손이랄 수 있겠다. 물론 기록으로 남은 뚜렷한 사건은 없지만, 조부 때부터 엄청난 재산을 거의 고스란히 지켜온 집안으로 이미 알려져 있지 않은가? 그 시절에 무너지거나 다치지 않고 가문의 것들을 송두리째 지켜왔다는 것만으로도, 그만큼 넘겨주고 또 빼앗으며 살아왔음을 증명한다. 그러니 몇 대째 부를 축적해 온 것은 자랑할 것이 아니라 부끄러워해야 한다는 게 내 생각이었다.

주변이 술렁거리는 것 같았다. 교장의 얼굴은 시뻘겋게 달아올랐다.

"또 있습니다."

"뭐죠?"

애써 참아내는 어투였지만 날카로움을 숨기지 못했다.

"이것이 더욱 중요한 이유가 되겠는데요, 내년 지자체 선거에서 그분이 시의원으로 출마한다는 이야기가 이미 떠돌고 있습니다. 그러니까 이분의 동상을 세우는 행위는 일종의 선거운동이 되는 것이지요. 그분의 정치적 입지를 위해서 학교가 나서는 꼴이 되면 누가 책임집니까?"

"옳습니다."

누군가 말했고, 어느 구석에서는 박수를 치기도 했다. 분위기에 짓눌린 교장은 꿈틀거리는 누에눈썹을 진정시키려 애썼다.

"아직 선거에 출마하지도 않았습니다. 그저 떠도는 말일 뿐이지요. 헌데 김 선생님은 너무 오버하시는 것 같아요. 매사에 부정적이시고, 편견이 심하지 않나 생각되네요."

"교장선생님은 논지에서 벗어난 발언을 하시는 것 같습니다. 그리고 저는 김 선생님 의견에 동의합니다."

차 선생이 일어나서 또렷한 목소리로 말했다. 박수 소리가 더 크게 들렸고, 쿡쿡 웃음을 참는 모습도 보였다. 흠, 흠. 박 선생이 마이크를 잡았다. 미심쩍은 눈빛으로 모두 그를 쳐다보았다.

"제가 한 말씀드리지요. 김 선생님 말씀도 일리는 있습니다만, 교장선생님 말씀도 맞습니다. 어떻게 하면 학교 운영을 잘할 수 있을까, 어떻게 하면 우리 학생들에게 도움을 줄 수 있을까 노심초사하는 마음을 왜 모르겠습니까? 현실적으로 조직을 이끌다 보면, 이상만으로 안 되는 부분도 많겠지요. 그래서 제가 다른 식으로 제안을 하겠습니다. 동상을 세우는 게 좀 모양새가 그렇다면 기념비로 대체하면 어떨까요? 회장님의 공적을 좋은 문구로 새겨놓으면, 우리 학생들이 오다가다 읽어 보기도 하고, 뭐, 은연중에 교육이 되지 않겠어요? 그러면 학교 입장에서나 동창회 입장에서나 무난하리라고 보는데요?"

투표로 하자는 제안도 들어왔다. 안건이 상정된 이상 그것이 가장 민주적인 방법이라고 했다. 결과는 기념비로 제작하자는 의견이 삼

분의 이가 넘었다. 항상 그랬다. 겉으로 드러나지 않고 침묵하는 다수가 기우는 쪽으로 일이 진행되었다. 침묵은 나약하면서 은밀했고, 은밀하면서 강했다. 침묵은 스스로 그것을 아는 까닭에 언제나 요지부동이다.

교장은 그런대로 만족스러운 모양이었다. 회의를 하느라 월요일 첫 시간 수업이 지나가버렸다. 아이들은 이게 웬 떡인가 싶어 떠들거나 잠을 자거나 숙제를 하느라 신이 났을 것이다.

제막식에는 많은 사람들이 참석하였다. 학생들과 동문들만 참석하는 조촐한 기념식이 아니라, 지역의 성대한 잔치 같았다. 교육장, 시장, 도의원, 시의원 등 지역 기관장들이 총출동하였다.

총동창회장은 교문 밖에 외제 승용차를 세워놓고 걸어 들어왔다. 학생들이 진입로 양쪽에 일렬로 늘어서서 박수를 치며 환영했다. 총동창회장은 전교생에게 초콜릿을 선물하였다. 교장은 그 사이를 누비며 돌아다녔다. 가을 햇살 아래 교장의 위엄은 더욱 드높아 보였다.

나는 뒤뜰 벤치로 가서 담배를 피웠다.

바로 전 수업시간에 다뤘던 『지봉유설芝峰類說』의 바둑돌 이야기를 되새겼다. 남추라는 사람이 심부름 하는 아이를 청학동에 보냈다. 거기 가면 두 사람이 앉아 있을 터이니 편지를 전해달라는 것이었다. 아이가 가서 보니 정말 신선과 도승이 마주앉아 바둑을 두고 있었다. 바둑이 끝난 후 아이는 답장과 푸른 바둑돌 하나를 얻어들고 돌아왔다. 그런데 속세에 와서 보니 이미 육 개월이 지났더라는 이야기였다.

"그러니까 선계의 한 나절이 인간계에서는 반년과 맞먹는 셈이란 거지."

한 아이가 질문을 했다.

"선생님! 그런 엉터리 같은 이야기를 우리가 배워야 하는 이유가 뭐예요?"

아이들이 까르르 웃었다.

"내가 해석하기로는 설화를 믿느냐 믿지 않느냐는 중요한 게 아니라고 본다. 그런 이야기를 만들어냈던 당시 사람들의 삶, 그들의 꿈을 보자는 거야. 현대인들의 욕망에 비해 얼마나 소박한 유토피아인가…… 그런 점에 의미를 두자는 거지."

"또 하나 생각해 볼 것은 시간의 개념에 관한 것이다. 현대인의 시간은 인위적인 구분에 불과하다. 이미 그 시절에도 시공간을 넘나드는 상상력이 있었단 말이지. 우리가 모르는 물리학이 그 속에 있는지도 몰라. 헌데, 나는 이 이야기에서 시간의 의미를 새겨봤으면 한다. 고통과 희열의 시간이 얼마나 다른가를……."

몇 명의 아이들은 알 듯 모를 듯한 표정을 지었고, 대부분은 벽에 걸린 시계만 흘깃거렸다.

축제의 무리로부터 떨어져 나와 홀로 있는 자리, 그것이 오히려 내겐 희열의 시간이었다.

쭈그리고 앉아 땅바닥에 '인생'이라고 썼다. 글자가 소리 없이 움직이는 듯했다. 그 위로 난데없이 떨어진 것은 예기치 않았던 내 눈물이었다. 늦가을 햇볕 아래 내 그림자를 노려보았다. 당신, 심리치료인가 뭔가 하는 것 좀 받아 보자. 아무래도 우울증 같아, 하던 아내의 말이 귓가에 걸려 대롱거렸다.

"여보. 퇴직이라니? 지금이 어떤 시대라고 그렇게 말해? 사오십 대에 직장 그만 둔 사람들 다 어떻게 되는지 몰라? 특히 선생들 말야, 쥐꼬리만 한 퇴직금 받아서 사업한답시고 말아먹는 게 대다수야."

아내는 걸핏하면 지금이 어떤 시대라고,를 달고 살았다. 취직을 못하고 있는 자식들을 염려할 때도 이런 식이었다.

"그럼 가람이한테 쬐그만 사무실에 들어가서 찻잔이나 나르고 청소나 하면서 쥐꼬리만 한 월급 받으라고 해? 마루한테 구멍가게나 차려서 일하라고 해? 대학 졸업하고 집에서 취업 준비하는 젊은 애들이 어디 한둘이야? 지금이 어떤 시대라고 그런 소릴 해?"

아이들도 물론 노력을 하지 않는 건 아니다. 늘 학원으로 도서관으로 분주하고, 집에 와서는 밤을 새우며 제 방에서 각각 무엇엔가 골몰하긴 한다. 그런데 내 의문은 도대체 그 공부들을 어디다 써 먹느냐 하는 것이다.

가람이만 해도 자격증이 한둘이 아니다. 대학을 졸업하자마자 증권해설가 자격증을 땄다고 한동안 증권회사를 들락거렸다. 하지만 반년도 못 가서 적성에 맞지 않는다며 그만두었다. 알고 보면 다 사기라고, 전문가라는 사람들도 믿을 수가 없다고 했다. 딸 덕에 우리가 금방 부자라도 될 듯이 주식에 투자를 해야 한다며 수첩을 들고 공부하러 다니던 아내의 열기도 슬그머니 주저앉았다.

한동안은 디자인 학원에 다녔다. 그것도 무슨 자격증이 필요한가 웹디자이너 자격증을 땄다는 것이었다. 어디에 써먹을 데가 없었는지 그러고 말았다. 커피바리스타가 인기라며 배우고 다니더니, 요즘은 와인 소믈리에인지 뭔지가 되겠다고 거기 빠져 있단다.

마루란 놈도 마찬가지다. 워드프로세서는 물론 컴퓨터기사, 정보처리기사 말고도 인터넷정보검색사, 웹페이지전문가, 게임프로그레밍 같은 자격증을 가지고 있다.

아내에게도 몇 개의 자격증이 있다. 신혼 초에는 꽃꽂이를 배우러 다녔다. 그저 자연스럽고 조화롭게 꽂으면 되는 거지 배울 필요가 있겠느냐니까 모르는 소리란다. 한 이태 정도 꽃꽂이에 열을 올리더니, 그 후엔 다도를 배우겠다고 했다. 퇴근 후 집에 와서 나는 한 주전자씩의 차를 마셔야 했다. 최근에는 숲 해설가 자격증도 땄다. 단지 자격증만 땄을 뿐 써먹을 일이 없다. 그러고 보니 우리 식구들 모두 나보다 훨씬 많은 자격증을 가지고 있다. 나는 1급 정교사 자격증밖에 없는데. 그러면서도 달랑 하나밖에 없는 내 자격증이 생계를 해결해 준다. 아내도 딸도 아들도 나에겐 모두 허공을 향해 손짓하는 형색으로 엉켜 있다.

은행잎들이 우수수 날렸다. 잠시 세상이 온통 노랬다.

몸을 일으켜 발끝으로 땅바닥을 비볐다. 얼룩진 '인생'이 지워졌다.

머리를 휘휘 저으며 일어서서 걸었다. 그리고 중얼거렸다. 몇 년만…… 몇 년 만 더 참자. 아직 육십도 안 되었는데, 나야말로 정신적 사치가 심한 거다. 그땐 퇴직금도 더 많아지겠지. 적금도 불어날 테고, 녀석들도 그 안에 시집 장가보내야지. 퇴직금에다 아파트를 판 돈을 합쳐 변두리에 땅을 좀 사자. 거기 내 손으로 집을 짓고, 텃밭도 가꾸자. 유실수와 야생화를 심자. 그러면 정말 아름다운 집이 될 것이다. 참, 집 둘레엔 온통 은행나무만 심어야지. 은행잎이 떨어지는 뜰에서 차를 마시며 시를 써야지.

그랬더니 서서히 화가 가라앉으며 기분이 편안해졌던가…….

아내는 한참 후에야 전화를 받았다. 이제 겨우 집에 들어온 모양이었다. 목소리에 피곤한 기색이 역력했다.

"금방 집에 왔어. 청학동 골짜기에서도 전화가 되네?"

나는 어이없다는 듯 웃었다. 청학동에 간다니까, 거기 전기도 들어가? 묻던 아내의 말이 생각나서였다.

"여기가 뭐 적막강산인 줄 알았어? 외국인 여행자도 많고, 상투 튼 사람이 지프차를 몰고 가는 것도 봤는데. 애들은 왔어?"

"그렇구나. 나중에 한 번 나 데리고 가 줘. 가람이는 진즉 와 있고, 마루는 아직 없네?"

"마루란 놈 또 당신 차 끌고 나갔지?"

"얼마나 운전이 하고 싶겠어. 운전도 간혹 해봐야 늘지. 내 차 똥차니까 걱정 마. 근데 당신, 여선생들이랑 밤새도록 놀고 그러는 거 아냐?"

"이 주책아! 애들 데리고 왔는데 어떻게 술을 마시고 놀아. 어서 자."

평상의 풍경을 그려보았다. 여선생들은 슬슬 눈치보다 방으로 들어갔을 것이고, 몇몇은 어쩔 수 없이 교장 옆에 붙어서 밤새워 화투장을 쥐고 있어야 할 것이다. 나는 홀가분하게 모처럼의 숙면을 주문했다.

그럭저럭 보내는 하루는 짧았다. 오전에 학당으로 가서 다도 체험과 점심 식사를 지켜보고, 계곡으로 숲으로 한 바퀴 빙 돌아왔다. 오후에는 직원들끼리 물놀이 하는 걸 소 닭 보듯 구경하다가 혼자 숙소로 돌아왔다. 팔베개 하고 드러누워 있으니, 맨 처음 퇴직 신청서를 썼던 기억이 스쳐간다.

서울대학교 2명 합격

플래카드가 교문에 걸렸다. 지방의 작은 도시에서 서울대학교에 합격한다는 것은 쉬운 일이 아니다. 그것도 한꺼번에 두 명이라니. 서해시에서 서울대학교에 합격한 경우는 이십 년만이라고 했다.

인접한 서해고등학교는 이 도에서 유일한 국립대학인 서해대학에 서너 명 합격자를 낸 것으로 그쳤다.

학교는 축제 분위기에 휩싸였다. 더군다나 차기 교육장 선거에 서해고등학교 교장과 서해여고 교장이 각각 출마할 예정이라 경쟁하던 터라서, 이번의 입시 결과는 아주 중요하다고들 했다. 교장의 능력과 위세를 판가름하는 잣대이기도 했다.

신문기자 몇이 다녀갔다. 기자들은 교장실로 가서 교장과 악수를 하고 차를 마셨다. 합격한 학생 둘이 교장실로 불려갔다. 교장은 두 아이의 손을 잡고 입에 침이 마르도록 칭찬했다. 기자의 요청으로 교장은 두 학생과 사진을 찍었다. 담임들은 구석으로 물러서서 박수를 쳤다.

네댓 개의 지방신문에 '서해여고 서울대 2명 합격', '서해여고 다시 명문고로 발돋움'이라는 제목으로 기사가 실렸다.

총동창회장이 다녀갔다. 회장은 선녀장학재단을 통해 두 학생에게 대학 4년 동안의 등록금 전액을 지원하겠다고 했다. 사재를 털어 각각 장학금 삼백만 원씩을 내놓았다.

총동창회장이 장학금을 기부한 것도 서해여고 대학 입시를 대서특필한 신문에 미담으로 실렸다.

아이들을 생각하면 대견하고 반가운 일인 데도, 나는 속이 편치 않았다. 학연이니 지연이니 하는 것들의 부조리를 누구보다도 앞장 서가르쳐야 할 학교가 되레 그것들을 부추기고 있지 않은가.

오늘 저녁 여섯 시 제일식당에서 서울대 합격 축하연이 있습니다. 이 터질 듯한 감격을 안고 오시어요. 꼭 참석하셔서 기쁨을 함께 나눕시다.

이 학교 출신 여선생이 메신저로 보내온 안내문은 가관이었다. 그 글을 읽고 나도 모르게 그만 혀를 찼다. 옆 자리의 오 선생이 나를 힐끗 쳐다보았다.

"아니, 엊그제 이학년 애들보고 이제 너희들 차례다 정신 차려라 했는데, 야자도 안 하고 모두 회식한다고 가 버리는 게 말이 됩니까? 아무 예고도 안 해 놓고서."

모니터에 시선을 고정시킨 채 그가 대꾸했다.

"그건 좀 그렇네요."

"그리고 우습지 않아요? 터질 듯한 가슴이라니? 집단적 광기를 보여주는 것만 같이 유치해서, 원."

오 선생이 의자를 빙 돌렸다. 교무실이 떠나가게 하품을 하더니 피식 웃으며 말했다.

"김 선생. 너무 그러지 마요. 김 선생이 갈수록 외곬으로 치우친다는 말들이 많아요. 현실이랄까, 조직의 룰이랄까, 이런 걸 자주 무시한다는…… 나야 김 선생의 이상이나 교육 철학을 높이 평가합니다. 허지만 현실이 꼭 그런 것만은 아니잖소? 뭐 좋은 게 좋은 거 아뇨? 아, 이십 년 만에 이런 경사가 났으니 들뜰 만도 하죠. 오늘은 술 한 잔 기분 좋게 합시다. 좀 적당히 해요."

"난, 안 갑니다."

모두들 서둘러 나가 버린 교무실에 혼자 남았다. 명예퇴직 신청서를 꺼내 한 칸씩 채워나갔다. 글피가 기한이라고 했다. 교직 경력 이십구 년. 정년은, 아직 육 년 남았다.

승진에 목을 매달 생각 같은 건 추호도 없었다. 그저 평교사로 아이들 잘 가르치다가 아름답게 떠날 줄 알았다. 그러나 아름답게 떠나기까지 지키기엔 이 자리가 너무 강파르게 달라져 버렸다. 늙은이에게서 꿈이 사라지듯 오래 교단을 지킨 내게서 가르치는 일에 대한 꿈은 점점 희미해져갔다. 학교란 데가 화사하게 포장된 종합선물세트처럼 되어 버렸다. 막상 열어보면 실속 없는, 그러나 구매 욕구를 일으키기 위해 보다 화사하게, 보다 값 비싸 보이게 포장해야 하는……요즘 세상에서 원칙과 철학으로 가르치려 드는 건 어리석은지도 모른다. 기능이다. 대학에 잘 붙을 수 있도록, 현실과 적당히 타협하도록 가르치는 기능. 아이들도 이제 옛날의 아이들이 아니다. 기능과 수단을 필요로 하는 아이들에게 지식과 원칙을 강조하는 선생은 케케묵은 성가신 존재일 뿐. 교단에 대한 신념도 철학도 버린 지 오래다. 수단과 경쟁만 가르치는, 가르치는 일마저도 기능이 되어 버린 시대에 나는 이미 월급쟁이로 전락해버렸다.

큰애가 서른, 작은애가 스물여덟. 대학까지 모두 마쳤으니, 취직이며 결혼은 저희들이 알아서 할 일이고, 우리 부부 근근이 살아가면 되지 않겠는가. 그런 생각을 했다가 또 버렸다가를 수없이 되풀이했지만, 퇴직신청서를 작성한 것은 그때가 처음이었다.

그러나 나는 기껏 작성해놓은 신청서를 찢어버렸다. 아직은 때가 아니라는 생각이 들었다. 감정에 쏠렸거나 섣부른 판단일 수도 있다.

신청서를 찢고 나니 가슴이 먹먹해왔다. 체념은 바로 그런 거였다. 후련함도 아니고 미련도 아닌, 어쩔 수 없다는 데서 오는 서글픔 같은 거였다.

　계곡의 물소리는 끊임없이 들려왔다. 천 년 전, 이곳에 살았던 사람들의 귓가에도 저 물소리가 흘렀을 테지. 고운 선생은 어디로 사라진 것일까? 정말로 우화등선이라도 했을까? 이십여 년 전까지 여기 살았던 사람들은?
　어쩌면 청학동이라는 곳은 고유명사가 아닌지도 모른다. 전설로 내려오던, 그렇게 마음속에 자리한 이상향이었는지도…….
　깊은 산에 들어 아무 일도 안 하고 한가로이 쉬는 이틀 동안은 마치 꿈같았다. 현실적으로 표현하면 보너스 같았다.
　저녁을 먹고 학부모운영위원과 지역운영위원들을 배웅한 후 모두 평상에 앉아서 과일을 먹으며 이런저런 얘기를 나누고 있었다. 제법 화기애애한 분위기였는데 강 선생이 큰 소리로 저쪽 구석에 있는 차 선생을 불렀다.
　"차 선생. 오늘 계곡 물 정말 시원했지?"
　수박씨를 퉤, 뱉으며 교장이 물었다.
　"왜? 이 아가씨가 수영이라도 했나요?"
　강 선생이 대답했다.
　"거 지역위원님 있잖아요? 그분이 차 선생을 기어이 물에 빠뜨렸지 뭡니까?"
　"그래요? 차 선생, 씨원했겠네?"

그때까지 있는 줄도 모를 만큼 조용했던 차 선생의 목소리가 벌처럼 날아들었다. 몹시 격앙되어 있었다.

"씨원하다뇨? 교장선생님. 저 되게 불쾌했는걸요."

모두의 시선이 그쪽으로 쏠렸다. 교장의 눈썹이 크게 흔들렸다.

"아니, 왜?"

차 선생은 웅크리고 있던 등을 곧추 펴고 똑바로 앉았다.

"싫다는데 물속으로 밀어 넣었지 뭐예요?"

"장난 좀 한 걸 가지고 뭘 그래?"

"억지로 물속에 집어넣는 게 장난인가요? 물에 빠진 제 모습이 어땠는지 아세요?"

"그럴 수도 있지, 뭘?"

"성희롱이라구요. 하얀 티셔츠 하나 입었는데, 물에 젖으니까 딱 달라붙어서 얼마나 민망했는데요."

차 선생은 엉엉, 울기 시작했다. 수도관이 터져 물줄기가 솟구치듯 감정을 주체하지 못했다. 난감한 시선들이 오고갔다. 보건 선생이 얼른 휴지를 뽑아 건네며 달랬다. 그제까지 동네 할머니 같던 교장의 어조가 달라졌다.

"아니, 성희롱이라니? 딸 같으니까 예뻐서 그런 걸 가지고. 그렇게 함부로 말하면 못 써. 요샛것들은 걸핏하면 성희롱 성추행이래."

차 선생도 호락호락 물러설 기세가 아니었다.

"그러면 그분은 자기 딸한테도 그럴까요? 싫다는데 막 물에 집어

넣어요? 자기 딸이, 그런 모습으로 남들 앞에 있어도 아무렇지도 않을까요?"

맥주잔을 내려놓으며 박 선생이 끼어들었다.

"우리도 옛날에 그런 장난 많이 했어요. 남자들이 여자들을 물에 집어넣으려고 하면 무섭다고 매달리고…… 여학생들 앞에 세워놓고 뒤에 서서 사진 찍는다고 서 있다가, 하나 둘 셋 할 때 물속에 풍덩 밀어 버린 적도 있고…… 뭐, 나 추억이지."

혀까지 끌끌 찼다. 그럼, 그럼. 교장은 고개를 끄덕이며 어린 여선생이 한심하다는 투로 바라보았다.

그들이 옥신각신하는 것을 방관하고 있자니 견디기 힘들었다. 문제의 본질은 생각지 않고 적당히 에두르는 교장의 태도라니. 내 속에 묻어둔 숯덩이 하나가 발갛게 점화되는 걸 느꼈다.

"아닌데요. 지역위원인가 하는 그분이 명백히 잘못한 겁니다. 차 선생은 그분의 딸도 아니고, 놀림의 대상이 될 수 없어요. 차 선생은 성인이고 교사입니다. 더구나 본인이 싫다는데 우격다짐으로 장난을 한 것이지요. 차 선생을 나무랄 일이 아닌 것 같네요."

교장의 시선이 내게로 와서 꽂혔다. 늙은 고양이 같은 회색빛 눈이 날카롭게 빛났다.

"김 선생! 지금 김 선생은 뭐하자는 거지요? 별것도 아닌 걸 가지고 이상하게 끌어가시네?"

내내 안절부절못하고 있던 강 선생이 자리에서 벌떡 일어섰다.

"제가 주책이었어요. 사소한 일을 화제로 올렸던 제가 잘못입니다. 교장선생님. 죄송합니다."

그는 거의 직각에 가깝게 허리를 굽히며 고개를 숙였다. 몇 사람들이 인정한다는 투로 고개를 끄덕여 보였다.

내 속의 잉걸불이 점점 세차게 타올랐다.

"나이 어려서 철없다고 차 선생을 무조건 나무라시면 안 된다는 것이지요. 차 선생이 속상하고 불쾌한 것은 당연합니다."

저런 인간의 말은 더 이상 들을 것 없다는 듯 교장은 손을 훼훼 내저으며 딱 잘라 말했다. 행여 무슨 일이라도 있을까 봐 입단속하기에 여념이 없다.

"그만 하세요. 앞으론 이 얘긴 뻥긋도 하지 마세요들."

내가 개입되고, 분위기가 험해지는 게 부담스러웠는지, 차 선생은 훌쩍거리며 코를 풀었다.

"제가 뭐 어쩌자는 의도에서 말씀드린 건 아닙니다. 그저 솔직히 토로했을 뿐이에요."

"여하튼, 오늘 일은 없었던 겁니다. 아시겠죠들? 우리 노래방이나 갑시다. 저 아래 마을에 노래방이 있다던데. 가서 스트레스 좀 풀고 오자구요. 갑시다. 학년부장, 어서 차부터 불러요. 일어납시다."

봉고차 한 대가 왔다. 자리가 부족해서 일부만 태워다 놓고 다시 데리러 온다고 했다. 마뜩찮아 하던 내 옷자락을 누군가가 낚아채는 바람에 나도 태워졌고, 이내 문이 닫혔다.

교장은 앞에 타고 남교사 몇이 들어앉으니, 차 속은 술 냄새 마늘 냄새가 진동했다.

"요즘 애들은 왜 그리 겁이 없는지 몰라. 차 선생 고거, 똑똑하다 예쁘다 하니까, 저 하고 싶은 말 다 하네? 버르장머리가 없어요."

오늘 일은 없었던 걸로 하자고, 뻥긋도 하지 말자던 교장이 먼저 말을 꺼냈다. 차 선생이 이 자리에 없으니 그예 분통을 터뜨리는 것이다. 지금껏 아무 말도 없던 학년부장이 거들었다.

"교장선생님! 이해해주십시오."

이 선생이 끼어들었다.

"정말 당돌하네요. 하룻강아지 범 무서운 줄 모른다더니……."

고 선생도 한 마디 했다.

"철이 없어서 그런다니까요. 교장선생님."

박 선생이 가만히 있을 리 없다.

"흠. 흠. 교단에 선 지 고작 몇 달밖에 안 된 애가 뭘 알겠어요?"

뒤에 앉아서 교장에겐 보이지도 않으련만, 강 선생은 다시 머리를 숙였다.

"교장선생님! 사죄드립니다. 유쾌한 자리에서 술김에 제가 실수를 했습니다."

말이 노래방이지 술을 파는 업소였다. 긴 테이블을 사이에 두고 퀴퀴한 냄새가 진동하는 의자에 앉았다. 고 선생은 벌써 마이크부터 잡고 고성방가를 풀어놓았다. 교장은 한 손엔 술잔을, 한 손에는 탬버린을 들고 통나무 같은 허리를 흔들었다.

나는 학년부장에게서 담배를 얻어들고 밖으로 나왔다.

이번에도 열 달이 못 되어 금연 결심은 무너졌다. 벌써 몇 번째인
가? 한두 달 만에, 칠팔 일 만에, 끊었던 담배를 다시 피우곤 했다.
수차례 시도를 했지만 늘 실패하고 만다. 제일 길게 간 때가 일 년이
었던가?

순진한 확신이 깨졌을 때, 감상이 이성을 덮을 때, 채이고 뒤집어
질 때…… 결심은 무너지곤 했다.

이래저래 내 걸음은 팍팍하다. 내가 원칙이라 우기는 걸 그들은 반
칙이라고 우긴다. 나에게 소중한 것들이 그들에겐 대단히 하잘 것 없
는 것으로 여겨지고, 그들이 열광하는 것들이 나에겐 별 의미가 없
다. 경제, 오락, 스포츠, 권력…….

고개를 드니 허공엔 별들이 헤아릴 수 없이 많이 떠 있었다. 손바
닥으로 쓸면 은가루처럼 잔뜩 묻어날 것 같다. 그러나 별은 아득하고
고요했다. 아득하면서 고요한 것들이 문득 그리워서 콧등이 시린 것
도 같았다.

그 새 뒤쳐진 사람들을 태우고 오는지 봉고차의 소음이 가까워졌다.
발소리가 나서 돌아보니 강 선생이었다. 열린 문틈으로 새는 불빛을
받고 잠시 서 있던 그가 나에게 다가왔다. 담배를 입에 물고 라이터
를 켜는 그의 손이 바들바들 떨고 있었다. 나는 못 볼 것이라도 본 듯
고개를 돌렸다.

"교장한테 한 소리 들었네."

"여기 와서요? 방금?"

"응. 옆에서는 몰라. 내 귀에 대고 어찌나 뭐라고 하시던지……."

"아무 말 말자고 하시더니, 또 무슨?"

"걱정이 되는 거지. 요새 애들 의외로 좀 무서운 데가 있잖아. 특히 교육현장에서 성희롱 어쩌고 하면 그거 금방 작살나요. 아무리 지역 위원이 잘못했다손 치더라도 교장이 문책당하니까."

휴, 한숨을 내쉰 후 그가 다시 손을 내밀었다. 담배와 라이터를 그에게 건네주고 고개를 돌렸다.

"나도 끊었었는데…… 괜찮아. 한두 대쯤은. 이봐요, 김 선생, 나 올해 점수 잘 따야 돼. 그래야 승진하지. 우리 교장 비위 거슬렸다간 지금까지 해온 거 다 허사라고. 내가 어떻게 견뎌왔는데 여기서 작살 나면 어쩌겠어? 나 욕하지 마. 이건 통과의례야."

나는 함묵한 채 앉아 있었다. 어서 내 옆에서 비켜주기만을 바라는 내 마음을 눈치 챘는지 그가 금세 일어섰다.

"나 들어가 볼게. 김 선생도 어서 들어와. 교장이 찾기 전에."

아내는 여전히 심드렁한 목소리였다.

"오늘이면 수련횐가 뭔가 끝나? 좋겠다아. 누구는 꼼짝도 못하고 집 지키는데, 누구는 멀리 가서 신선놀음이니."

"내가 신선이 돼서 날아가 버리면 당신은 과부가 돼. 그래도 좋아?"

흥, 아내는 싱겁게 웃었다. 그러더니 다그쳤다.

"그만 끊어. 나, 팩 하고 있어. 얼굴에 주름 생긴단 말야."

"할 얘기가 있는데……."

나는 담배 연기를 길게 내뿜었다.

"우리, 어디 조용한 데로 가서 살까? 산자락에 나지막한 집 한 채 짓고, 당신이랑 나랑, 가람이랑 마루랑……."

"당신 술 취했지? 아니, 애들이 맨날 우리 옆에 있을 것 같아? 그리고 당신이 현직에 있을 때 애들 시집 장가 보내고 그래야지, 무슨 뚱딴지같은 소리야? 지금이 어떤 시대라고 그런 소릴 해?"

이번에도 말문이 막혔다. 명예퇴직 신청서를 써서 파일에 숨겨놓았다고, 꿈도 없이, 생계를 끌어안고 겨우 지탱하고 있는 것은, 내 존재에 대한 참을 수 없는 모독이라고…… 그런 말은 하지 못했다.

이마에 금방 닿을 것만 같던 별들이 갑자기 저만큼 멀어지며 노래방 쪽에서 스피커의 소음이 밀려왔다. 문이 닫혔는지 소음이 멀어지면서 등 뒤에서 기척이 났다.

"김 선생, 뭐하시나? 혼자 숙소로 들어갔을 리 없어 한참 찾았는데."

박 선생이었다. 서늘한 밤공기 속에서 끼치는 술 냄새는 유난히 지독했다.

"흠. 역시 김 선생은 달라. 이 여름밤, 별을 보면서 고독을 씹으며 시를 구상하고 계셨나?"

"시는 무슨 …… 노래방엔 원래 취미가 없어서요."

"에이, 그래도 그렇지. 글을 쓰는 사람이 너무 고상하기만 해서 어떻게 글이 나오나? 술도 마시고, 놀기도 하고, 거 뭣이냐? 연애도 하면서 시를 써야지."

순간, 저만치 묻어 두었던 불쾌감이 토악질처럼 솟구쳐 나왔다.

"시가…… 무슨 음풍농월인 줄 착각하시네요."

마당 구석으로 향하던 발걸음이 주춤했다가 이내 두어 발짝 이어졌다.

"김 선생. 혼자 너무 바른 척, 도도한 척하지 말아요. 세상살이가 다 그런 것 아뇨? 누군 비위 맞추고 싶어서 그러나?"

"그렇다고 자발적으로 복종할 필요까지야 없지요."

오줌을 다 쌌는지 흠, 흠, 목청 다듬는 소리가 이어졌다. 거친 발걸음 소리가 내 쪽으로 되돌아왔다. 내 턱 바로 아래로 그가 고개를 디밀었다.

"지금 뭐라고 했지? 자발적 복종? 웃기고 있네. 나 같은 사람은 희생자야. 욕 먹어가면서도 서로의 화합을 위해 애쓰는 거라고. 너 같은 놈들은 사사건건 트집만 잡으려고 노리고 있지? 혼자 정직한 척, 올바른 척하고, 아무것도 아닌 걸 가지고 시비 걸며 법석을 떨지. 그게 오히려 문제라고, 게으른 위선자들!"

어느 순간 내 손이 박 선생의 멱살을 잡았다. 진즉부터 마음이 먼저 몸뚱이 속에 들어가 있었는지, 의식이 행위를 인식했을 때, 멱살을 쥔 내 손은 부들부들 떨고 있었다.

"어허! 이 새끼 봐. 그래. 나를 어떡할래? 한 번 쳐 볼 테야? 이게 순 깡패 아냐? 감추고 있던 성깔을 결국은 드러내는구만. 그래 쳐 봐라. 응?"

그의 목소리가 허공을 좍좍 찢어발기는 것 같았다. 내 분노는 거칠었지만 순진했고, 그의 대응은 나약한 것 같으면서 교묘했다.

내 후회는 늦었다. 이번엔 판단이 행위보다 앞서지 못했다.

직원들이 몰려왔다. 문득, 어둠 속에서 몰려오는 그들의 형세가 마치 좀비의 무리처럼 보였다. 멱살 잡힌 박 선생을 그들 앞에 내던지고 실컷 웃어주고 싶었다.

누군가가 나서서 뜯어말렸다. 사실 말릴 필요도 없었다. 행위를 인식한 내 의식은 이미 자신의 어리석음을 알고 기운을 잃어 버렸으니까.

"김 선생! 원로 선생님을 대하는 태도가 그게 뭐요? 보자보자 하니까 영 싸가지가 없구만."

교장의 목소리는 더욱 카랑카랑했다. 학년부장이 교장의 등을 떠밀었다.

"교장선생님, 어서 차에 오르세요. 술김에 있는 일이니까 그냥 모른척하세요. 그만 차에 오르시죠."

봉고차가 재촉하듯 시동을 걸었다. 서둘러 하나씩 차에 올랐다. 돌아갈 때는 한 번만 운행하니까 포개서 앉으라고 기사가 말했다.

흑, 울음을 터뜨리며 차 선생이 내 팔을 잡아당겼다.

"선생님! 죄송해요. 저 때문에…… 제가 가만있었으면 되는데……
죄송해요."

박 선생은 옷을 탁, 탁 털며 학년부장의 부축을 받는 시늉으로 끌려갔고, 오 선생이 다가와서 혀 꼬부라진 소리로 내 등을 밀었다.

"어서 갑시다아. 잊어야지이! 잊어야지이. 어차피 떠나알 사아라암. 자, 어서 차로, 우리들의 산장 보금자리로오, 출바알!"

정원을 초과한 차는 다시 계곡의 숙소를 향해서 기어올랐다. 일행 속에 끼어가면서 옆구리 터진 김밥을 떠올렸다. 실없는 웃음이 터질 것 같았으나, 참았다.

퇴소식을 앞두고 학당으로 올라가려는데, '백만 송이 장미'가 흘러나왔다. 아내의 신호음이다.

"여보, 어딨어?"

"청학동. 몰라서 물어?"

"어떻게 하지? 당신 지금 빨리 와야는데."

"왜? 무슨 일인데 그렇게 숨넘어가?"

"대학병원으로 와."

"병원? 무슨 일로?"

"애가…… 마루가 사고 쳤어."

"사고? 무슨 사고?"

"사람을 쳤어. 내 차로……."

"그래서? 어떻게 된 거야?"

"혼수…… 와서 얘기해. 나 무서워. 상대방 차에 있던……."

"대학병원? 응급실?"

"조심해서 와. 빨리."

아내의 목소리는 떨리고 있었다.

청학동을 뒤로 하고 혼자 내달렸다. 운전을 하면서 전화를 걸었더니, 아내는 똑같은 말만 횡설수설하다 끊었다. 그래도 조심해서 오란 말은 잊지 않았다. 배터리가 나가 더 이상 통화할 수도 없었다. 굽이 굽이 오르고 내리는 길이 내 생의 고비 같았고, 달리는 몇 시간이 몇십 년 세월 같았다.

응급실 앞은 소란스러웠다. 앰뷸런스 몇 대가 경광등을 번쩍이며 서 있고, 한 떼의 사람들이 둘러서서 웅성거렸다. 아내는 현관 바닥에 아예 주저앉아 나를 알아보지도 못하는 듯 넋을 잃은 모습이었다.

경찰이 다가왔고, 남자 서넛이 내게 몰려들어 한마디씩 던졌다.

"음주운전이라니까요. 대낮에 젊은 사람이, 원…….."

"상대편 차량에 두 사람이 있었는데, 둘 다 사망입니다."

"운전자가 깨어나는 대로 조사를 하겠지마는 우선 아버님하고 의논을 좀 해야겠네요."

"그래도 먼저 아드님 좀 보고 오시지요. 아주머니. 어디 계세요?"

응급실로 들어서는데 모든 것들이 하얗게 보였다. 목욕탕 사우나탕에 들어갔을 때처럼 앞이 뿌연해서 막막하고 어지러웠다. 흰옷 입은 유령들이 몰려다니는 것 같았다.

그 와중에서도 이런 생각이 들었다. 이제는 어쩔 수 없이 퇴직을 신청할 수밖에 없다는 것. 퇴직금을 받아야만 이 사태를 해결할 수 있다는 것. 낼모레가 마감이라고 했으니, 얼른 교무부장에게 전화를 걸어야겠다고, 이미 작성해서 파란색 파일에 끼워 두었다고…… 그게 더 다급한 것 같았다.

그때 잠깐 '청학동'이란 단어를 떠올렸다. 청학동을 버리고 더 깊은 산속 그 어딘가로 숨어들었다는 사람들, 이제 그곳에 깃들지 않는 청학.

비명과 침묵과 윽박지르는 소리와 달래는 소리와 피투성이 모습과 눈물짓는 모습들로 북새통인 어지러운 가운데로 나는 허둥지둥 헤집고 들어갔다.

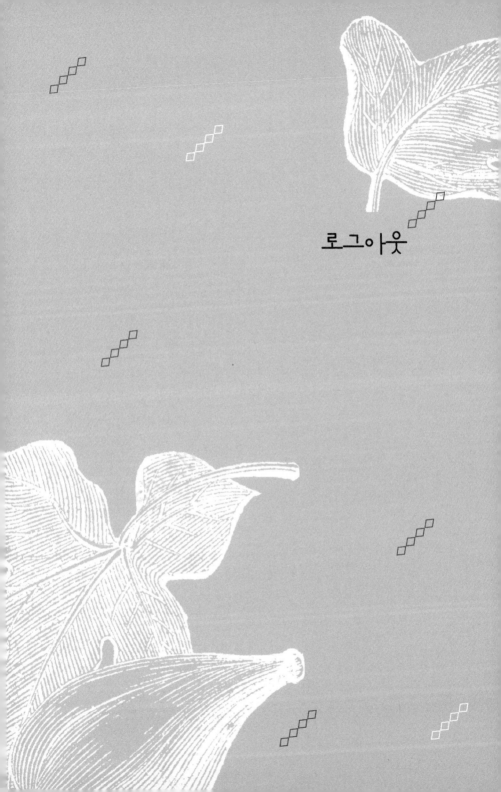

로그아웃

도시로 들어오는 입구에서 불야성을 이루고 있는 풍경은 마치 중
세의 거대한 성을 연상시킨다. 디즈니랜드 동화 속 세계처럼 뾰족뾰
족한 탑, 타지마할 사원을 흉내 낸 우아한 형태의 지붕, 하얀 드레
스를 입은 금발의 공주가 나와서 비둘기를 날려 보낼 것만 같은 창
문…… 그들은 형형색색의 온갖 현란한 불빛을 내뿜으며 유혹한다.
제각기 떨어져 있지 않고 수십 개가 집단으로 모여 있으니 그 위세가
더욱 당당해 보인다.

　캘리포니아, 꿈의 궁전, 허니문, 천년의 사랑…… 이런 간판을 달
고 있지 않으면 언뜻 누군가의 고급스런 저택으로 보일지도 모른다.
하긴 아무리 세상 물정 어두운 사람이라도 그 건물들을 가정집으로
착각할 리는 없다. 가족이 모여 밥을 먹고, 잠을 자고, 빨래를 널고,
아침이면 나갔다가 저녁이면 다시 모여드는, 그런 집이 아니라는 것
은 어린애들도 알 것이다. 만남과 헤어짐이 일상이 되는, 잠시 머물
다 총총히 떠나는 주인 없는 집들.

그 성곽을 따라 자동차들이 질주하고 있다. 풀숲으로 도망치는 꽃뱀의 꼬리처럼 빨간 후등을 흔들며 빠져나가는 행렬과 헤드라이트를 밝히고 아우성치듯 밀려오는 행렬이 끝없이 엇갈린다. 멀리서 보면 그들은 질서정연한 듯하다.

정지 신호를 받고 멈춰 선 권태는 성곽의 불빛을 한 번 힐끔 올려다보긴 했지만, 곧 좌회전 신호를 넣으며 일차선으로 진입한다. 고니의 의중을 눈치 챈 모양이다. 그 특유의 유연함과 순발력은 무안할 때 더 잘 발휘된다. 속으론 비아냥댈지도 모른다. 새삼스럽게 딴전은 왜, 그런 식으로.

좌회전 화살표에 초록색 불이 켜지자 그는 부드럽게 핸들을 꺾는다. 화려한 성곽이 기우뚱 오른쪽 차창으로 쏠리면서, 바람에 날리는 고니의 긴 머리카락 사이로 사라진다.

씹던 껌을 어떻게 버릴까 고민하던 고니는 열린 창문 밖에다 입술을 내밀어 홱, 뱉는다. 이내 천연덕스럽게 웃으며 창문을 올린다.

"운전이 너무 터프해. 좀 부드럽게 하지."

비음이 약간 섞인 목소리는 여전히 애교스럽다. 전화를 받았을 때엔 나갈 수 없다고, 아니 싫다고 몇 번이나 완강히 거절했던 그녀였는데 막상 만나서는 언제 그랬냐 싶게 살갑다. 그녀 나름대로 가지고 있는 예의라고나 할까.

요즘 들어서 고니는 권태와의 만남을 줄곧 피하려 했다. 일이 바빠졌어, 오늘이 그날이거든, 통 밖에 나가기가 싫어, 아파 죽겠어…….

그럴 때마다 권태는 상냥하게 아무 거리낌 없이 대꾸했다. 아, 괜찮아. 그럼 쉬어. 나중에 다시 연락할게.

일이 바빠졌다는데, 생리 중인데, 괜찮다? 맥없는 대답이다. 아파 죽겠다는데 괜찮다? 참 어이없는 반응이다.

단호하게 거절해버려도 아무 상관없을 관계다. 이제 다른 남자가 생겼어. 권태 씨 안 만날래, 메일도 보내지 말고 전화도 하지 마, 하면 된다. 사실 좋아서 죽고 살고 했던 처지도, 뭇 연인들처럼 투정부릴 만한 사이도 아니다. 그냥 쉽게 한두 번 거절하면 알아듣겠지, 생각했다.

그런데도 그는 아랑곳하지 않았다. 아니 시치미를 떼는지도 모른다. 오늘 고니는 아예 분명하게 딱 잘라 버릴 참이었다. 마음 내키지 않으면서 굳이 나온 까닭은 바로 그 때문이다.

도심에서 겨우 이십여 분 달렸을 뿐인데 한적한 시골길로 접어든다. 소도시에 살면서 누릴 수 있는 혜택이랄까? 도로를 따라 서 있는 가로등과 저만치 마을의 불빛들 사이를 지나면, 사방은 금세 어둡고 조용했다. 여름이 끝나고 있는가, 풀벌레 소리들이 차바퀴에 깔린다.

산자락을 타고 오르자 산등성이 위로 별들이 돋아난다.

"잠깐만…… 커피 뽑아 올게."

휴게실 앞에서 차를 세운 권태는 핸드 브레이크를 젖혀놓고 동전을 꺼낸다. 괜찮지? 하는 의미로 양쪽 눈썹 끝을 올리며 반응을 기다린다. 그 모습에 어느새 익숙해진 자신을 발견하고 고니는 속으로 실소한다.

열정이나 그리움 같은 것들로 뒤엉킨 사이가 아니다. 연민도 추억도 없이 갈라설 수 있는 관계. 그뿐이다. 그래서 오히려 편하게 만날 수 있었으니, 또 그만큼 쉽게 잊을 수 있을 것이다. 어차피 씹던 껌은 버리거나 뱉어 버리면 그만이다.

가로등 불빛으로 자동판매기 앞에 선 남자의 등 뒤에 나무 그림자가 구부정하게 걸쳐 있다. 혼자 서 있는 사람의 뒷모습은 왜 연민을 느끼게 할까? 그녀는 얼른 시선을 거둔다.

다가오는 발소리에 반쯤 내려가 있던 창문을 마저 내리고 종이컵을 받는다. 친절한 남자, 다정한 여자. 누가 보아도 조화로운 커플로 보인다.

"뜨거워. 천천히 마셔."

처음엔 이런 분위기가 싫진 않았다. 내 옆에 누가 있구나, 하는 안도감이었을까? 그런데 차츰 회의가 생겼다. 스스럼없이 대하면서도, 그게 뭐랄까, 매너? 형식? 그런 표현에 불과하다는 생각이 들었다. 일정한 틀에서 예의와 상식을 벗어나지 않는, 원하는 것만큼만 취하면 되는, 그 이상도 이하도 아닌……

인터넷으로 처음 만났을 때, '얘기 나눌 상대, 삼십대 싱글' 이런 식의 조건이 좋았다. 몇 명의 남자와 만났다 헤어진 후, 남자 때문에 고민하고 상처 받는 자신이 어리석다 느껴지고, '그놈이 다 그놈'인 것을 지겨워하던 고니에게, 온라인을 통한 교제는 흥미로웠다. 서로의 경계를 넘나들고 싶지 않았다. '진짜 나'를 굳이 내세울 필요 없이, '가짜 나' 즉 아바타 같은 분신으로 가상공간에서 사귀어 보는 것! 그것은 분명 구미를 당기게 했다. 얼마나 편하고 자유스러운가. '고니'라는 아이디로 권태와 만나게 된 동기다.

아무 남자도 만나지 않던 '휴면기'에 그녀는 다음 날 눈이 충혈되도록 컴퓨터 앞에 앉아 이리저리 사이트를 들락거렸다. 아이디만 만들면 어디든지 접속할 수 있었다. 여러 개의 아이디를 만들어 쓰다보니까 까먹는 경우도 있어 메모한 포스트잇을 모니터에 붙여놓아야 했다.

그녀 같은 사람은 무수히 많았다. 한밤중에도 수많은 사람들이 인터넷 그물망을 기웃거리고, 탐색하고, 손짓했다. 현재 접속자 35872명, 화상채팅 7403명, 미팅 신청 5618명, 러브콜 19295명…… 그중에는 심지어 65세 아유미란 사람도 있었다.

클럽에서는 테마별로 분류된 채팅도 가능했다. 애인을 만들고 싶어요, 좋은 친구를 찾습니다. 번개팅을 원해요, 같이 여행을 가요, 애견 사랑 모임……. 결혼-밀었다 땡겼다, 연애-사랑하고 같이 고민해요, 재혼-새 출발을 위한 좋은 배우자를 찾으세요, 동거-인터뷰를 통한 선택…… 그 사이를 누비고 다니다 하릴없이 엮인 셈이라 해도 무방하다. 어쩌면 상대방에 대한 관심보다 자신의 말을 하기 위해 상대를 필요로 하는 것인지도 모른다.

신상에 관한 기본적인 얘기들은 대충 둘러댄 게 많다. 회사 이름이며 하고 있는 일도 아무렇게나 생각나는 대로 말했다. 물론 앞뒤가 어긋나거나 하는 허점 같은 걸 보일 만큼 멍청하진 않다. 그것도 피차에 마찬가지일 터. 그러니 굳이 확인하러 애쓸 필요도 없다. 따라서 상대방에 대해 궁금한 것도, 섭섭한 것도 없다.

어차피 가까이 할 생각이 없으니 진지할 필요도 없었다. 기본적인 예의만 지키면 그만이었다. 그러다 싫으면 로그아웃이라는 간단한 처방이 상비약처럼 준비되어 있다.

묘한 것은 그럼에도 불구하고 매일 저녁이면 접속을 하는 것이었다. 마치 커피에 중독된 사람이 습관적으로 커피를 마시는 거나 마찬가지였다.

두 사람이 주고받는 대화 내용은 허접하기 이를 데 없었다.

권태 : 오늘 점심 뭐?

고니 : 밥버거.

권태 : 그게 뭐임?

고니 : 몰라? 밥에다 김치 케첩 옥수수 섞은 거.

권태 : 맛있었어여?

고니 : 그럭저럭. 그쪽은?

권태 : 추어탕.

고니 : 어제도 술?

권태 : 잘 아시넹? 술 마신 다음 날 그런 게 땡긴다는 걸.

고니 : 나도 술 좀 하거등 ^.^ 글구 우리 회사에 남자들이 한둘인감?

권태 : 몇?

고니 : 우리 파트에만도 여섯.

권태 : 여자는 몇?

고니 : 셋.

권태 : 이뻐영?

고니 : 나 빼고 모둥.

권태 : 고니 씬?

고니 : 그런 대로.

권태 : 섹시해여?

고니 : 그게 매력이라캄. ㅋㅋ

권태 : 음. 키, 몸무게는?

고니 : 키 165. 몸무게 49.

권태 : 와, 쭉쭉빵빵?

고니 : 빵빵은 아니고. 그쪽은?

권태 : 키는 큰데, 무게가 좀…….

고니 : 강호동처럼?

권태 : 그렇게는 아니고 근육질이라서. ^.^ 건 그렇고, 애인 있어여?

고니 : 전엔 많았는데 요즘엔 노우. 그쪽은?

권태 : 마찬가지. 그쪽은 왜 결혼 안 해여?

고니 : 재미없어여.

권태 : 해 보지도 않고.

고니 : 시집간 친구들 보면 뻔해서.

권태 : 맞아. 내 친구들도 그래여. 글구 나 역시 누구랑 사는 건 딱 질색. 간혹 찾아오는 백수 친구가 있는데 이틀 이상 안 가고 있으면 막 성질 나. 특히 여잔 친해지면 더 귀찮아여. 이래라 저래라 참견하고 신경 못 쓰면 의심하거나 서운하다고 징징.

고니 : 남잔 어떻고…… 한두 번 만나주면 지가 왕잔 줄. 그러다 떠날 때는 시침 딱 떼고 간다니까.

그러다 어느 날, 우연히 같은 지역에 살고 있다는 걸 알게 되었다.

고니 : 가끔 가는 생맥주 집이 있는뎅. 퇴근 후 거기서 생맥주 오백 하나 털고 오거등. 이름이 뮌헨. 진짜 뮌헨에 간 기분이얌. 글구 무엇보다 그 집 피아노맨이 맘에 들었걸랑. 그치가 글루미 선데이를 연주하는 걸 보면 진짜 글루미해져염.

권태 : 어? 나도 거기 아는뎅…… 술집 이름도 뮌헨. 피아노맨 혹 키 크고 머리 곱슬곱슬?

고니 : 어? 서울 산다고 안 했어여?"

권태 : ㅎㅎ 걍, 그랬져. 고니 씬 청주라고 했자나?

고니 : 나도 걍 그런 거져. 우리 둘 다 같은 시에 사네여? 지구가 좁긴 좁다.

권태 : 무슨 인연인지…… 우리 걍, 만납시당.

그렇게 쉽게 만났다. 가상공간에서 말장난이나 하다가, 막상 지척에 있다는 걸 알게 되니 호기심이 발동했던 것이다.

그날 저녁 뮌헨에서 맥주를 마시고, 노래방에 갔다가, 다시 포장마차에 들러 소주를 마신 후, 팔짱을 끼고 모텔로 들어섰다. 누가 먼저 제의한 것도, 유혹한 것도 아니다. 술과 외로움이 적절한 핑계였다고나 할까.

두 사람은 만날 때마다 섹스에만 몰입했다. 시의 변두리 부근엔 여지없이 모텔들이 성시를 이루고 있었다. 이번엔 이쪽 지역으로, 다음엔 저쪽 지역으로 전전하다시피 했다. 모텔지역에서 드나든 곳을 기억할 수 없을 정도였다. 되도록 얼굴 팔리지 않겠다고 옮겨 다녔는데 캘리포니아는 서너 번도 더 갔던 것 같다. 거긴 유난히 시설이 좋았으니까. 둥근 물침대가 있었고, 방마다 콘돔 자판기가 있었다. 같은 값인데도 생수에 음료수며 차를 마실 수 있도록 서비스가 완벽했다.

어쩌면 '얘기 나눌 상대'라는 말은 그럴 듯한 치장이고, '몸을 나눌 상대'를 찾는 게 애당초 목적이 아니었나 싶은 생각이 들 때도 있었다.

에덴동산의 남녀가 서로의 벌거벗은 몸이 부끄러워서 나뭇잎으로 가렸다면, 두 사람은 말장난으로 가렸다고나 할까. 떠들며 낄낄대기 일쑤였다. 잡지나 인터넷 사이트에서 점찍어둔 유머나 유행어를 자주 써먹었다.

"얼마 전에 들은 얘긴데 배꼽 빠질 뻔했다니까. 그래. 누가 그만 실수해서 라면에 비아그라를 빠뜨렸대. 그랬더니 라면이 어떻게 됐는지 알아?"

"글쎄……."

"라면이 모두 꼿꼿이 섰대요. 수십 가닥의 라면이 죄다……."

"어머, 어머. 장관이었겠다?"

웃고 뒹굴다 침대에서 떨어지면 다시 끌어올렸다.

"붉은 길 위에 동전이 하나 떨어져 있어. 이걸 뭐라고 하는지 알아?"

"야한 거야?"

"노우!"

"음……."

"홍길동전."

"재미없다."

입술 양끝을 추켜 올리며 가볍게 흘겨보는 그녀.

"성 폐쇄설을 누가 주장했는지 알아?"

"그런 것도 있나? 글쎄……."

"고자!"

"뭐야아!"

"성 억제설은 누가 주장했게?"

"건 또 뭐야? 말해 봐."

"참자!"

"성 개방설은?"

"몰라."

"주자!"

그런 정도로는 따분한지 썰렁한 표정의 고니.

"무지하게 야한 거 요새 뜨던데?"

권태는 늘 상대방의 기대 심리를 자극하기 위해서인지 일단 말을 던져놓고서 뜸을 들이는 버릇이 있었다.

"염라대왕에게 세 여자가 심판을 받으러 왔대요. 첫 번째 여자에게 물었어. 네 남자관계를 말해 보아라. 내가 다 알고 있으니 한 점 거짓도 있어서는 안 될 것이야. 그러니까 첫 번째 여자가 반듯한 자세로 당당하게 대답했어. 저는 혼전에도 순결을 지켰고, 혼인 후에도 남편에게 정절을 지켰습니다. 염라대왕은 그 여자에게 금 열쇠를 주며 천국으로 가라 일렀대."

"염라대왕이 수구꼴통인가 보네."

"두 번째 여자에게 물었더니, 이렇게 대답하더래. 혼전에는 애인이 있어 몇 번 육체관계가 있었지만, 혼인 후에는 남편에게 정절을 지켰습니다."

"그랬더니?"

"은 열쇠를 주더래. 너는 일단 연옥으로 갈 것이야. 거기서 죄를 씻으면 천국으로 가느니라."

"세 번째 여자는?"

"그 여자는 살짝 윙크를 하며 말하더래. 타고 난 미모 탓에 남자들이 저를 가만 두어야지요. 혼전에도 많은 성경험을 했지만 혼인 후에도 남편 말고도 다른 남자들과 바람을 피웠습니다. 그렇지만 잘한 면도 없진 않아요. 남자들이 너무 좋아서 기절할 정도로 기쁘게 해주었으니까요."

"오우! 그래서?"

"대왕이 싱긋 웃으며 말하더래. 자, 받아라. 내 방 열쇠다."

고니는 손바닥으로 권태의 등짝을 치면서 웃어댔다.

"난 그럼 염라대왕 방으로 가겠네!"

"지랄! 잘 한다아!"

힐난하면서도 가슴으로 파고드는 권태의 머리를 끌어안으면서 고니는 잠깐 생각했다. 이게 뭐야…… 코미디야, 코미디…….

한편 그럴수록 왠지 통쾌했다. 사과를 곱게 깎아 먹지 않고, 통째로 아작아작 씹어 먹는 기분이었다.

고니가 결별하기로 마음먹은 것은 권태와의 관계가 오래 지속되어서는 안 된다는 데 있었다. 한 사람을 일 년 이상 사귀지 말 것. 만약 봄에 만났으면 여름 가을 겨울을 거쳐 새봄이 오기 전에 헤어지고, 겨울에 만났으면 다음 해 봄과 여름을 보내고서 가을에 헤어지고…… 이런 식으로 사계절을 두루 함께 겪은 후, 똑같은 계절이 다시 오기 전에 헤어질 것. 이것이 그녀의 규칙이었다.

사실 권태와의 관계에서 결별이란 말도 적절하지 않다. 이 말에는 무언가 결연하고 비장한 감정이 스며 있다. 두 사람의 관계가 끝난다고 해서 비장한 감정 같은 건 없을 것이다. 시내버스에 올라 두리번거리다 구석에서 빈자리 하나를 발견하고 그럭저럭 앉아 있다가, 좋은 자리가 나오면 옮겨 앉거나 아니면 목적지에서 내리는 것과 마찬가지랄까?

여하튼 오늘은 마무리할 생각이다. 그냥 가볍게. 가볍게 만났던 것처럼. 대본은 이미 준비되어 있다.

종이컵을 기울이던 그가 문득 생각난 듯 의자를 뒤로 젖히고 뒷좌석을 향해 팔을 뻗는다.

"짠!"

장미꽃 다발을 그녀 얼굴에 확 들이민다. 순간 '또?' 하면서 멈칫한다. 하지만 이내 특유의 비음을 한 톤 높인다.

"아, 댕큐!"

만날 때마다 꽃을 주던 남자. 물론 처음엔 가슴이 짜릿했었지. 그러나 몇 차례 반복되면서부터 그 횟수에 비례하듯 감흥이 시들해지더니, 나중엔 지겨워졌다. 헌데도 그녀는 언제나 호들갑을 떨며 고마운 척했다. 내면을 주고받는 사이가 아니다 보니, 모든 일에 최고의 매너만 보이면 되는 것이다. 어쩌면 꽃을 주는 권태의 심정도 그럴 거라고 생각했다.

그 꽃들은 아무 데나 던져졌다가, 눈에 띄는 날 버려졌다. 한 번은 늦게 들어가다가 원룸 경비실 노인에게 주었는데, 눈이 휘둥그레진 노인은 그 후부터 고니를 보면 공주마마 대하듯 허리를 꺾곤 했다. 그러면서도 은근한 눈으로 엉덩이 근처를 흘끔거렸다. 그 후부터 한

동안은 후문을 사용하거나 경비실 쪽을 외면하고 드나들었다.

"이따가 잊지 않고 가져갈게."

그녀는 꽃을 품어 향기를 맡아 본 후 다시 뒷좌석에 놓는다. 다른 때 같으면 권태의 목을 껴안고 뺨에 키스를 했을 터이지만 오늘은 생략한다.

고니는 오래된 우물을 들여다보듯 기억 하나를 길어올린다. 꽃다발이란 표현이 무색하리만큼 작았던, 손바닥에 고스란히 놓였던 풀꽃다발. 그 남자가 셔츠 주머니에서 조심조심 꺼내 내민 것은, 담뱃갑 은박지로 싼 대여섯 송이의 망초꽃 떨기였다.

"추풍령을 넘어오다가 길가에 앉아 쉬는데 하얗게 피어 있었어. 네가 막 보고 싶더라."

앙증맞은 그 꽃다발은 지금도 그 남자가 준 시집 책갈피 속에 있으리라. 채호기 시집의 61페이지.

그대 몸의 캄캄한 동굴에 꽂히는 기차처럼
시퍼런 칼끝이 죽음을 관통하는
이 지독한 사랑

싯구에 아예 말라붙어 버린 망초꽃 떨기는 이제 흰 꽃잎이 갈색으로 변해 있을 것이다.

고니는 식어 버린 커피를 한 모금 남겨둔 채 자동차 컵꽂이에 꽂는다. 오래전 기억 속으로 권태가 불쑥 뛰어든다.

"고니 씬, 늘 한 모금씩을 남겨두는 습관이 있더라?"

"식후 입안을 개운하게 해주는 청량제, 이별을 장식하는 여운 같다고나 할까……."

"에이, 우리 멋 부리지 말자. 전처럼 그냥 막가파로 말해. 오늘 좀 이상하네?"

"재밌잖아?"

고니는 턱을 젖히며 깔깔 웃는다.

차는 몇 개의 산굽이를 돌아 넓은 공터에 이르렀다. 이제 더 이상 차가 나아갈 수 없다.

시동을 끈 권태는 의자를 한껏 뒤로 젖힌다. 다른 때 같았으면 그녀의 의자도 젖혀주었을 터이나 오늘은 그도 망설이는 게 분명하다. 그녀의 심중을 훤히 읽고 있는 것만 같다.

"별도 많네. 공기 좋은 곳에 오면 역시 달라."

그녀는 등받이에 머리를 기댄 채 차창 밖으로 별들을 올려다본다.

"누군가는 저 별들을 가리켜 누가 하늘에 못을 박았다고 했어. 거기 상처를 걸기 위해서라고…… 또 누군가는, 제 살점을 어둠 속에 흩어놓았다 했고……."

권태는 황당하다는 듯 껄껄 웃는다.

"누가?"

"시인이란 작자들."

"에이, 글쟁이란 것들은 과장이 심한 것 같아. 풀 한 포기에도 모래 한 알에도 별의별 수식어를 다 넣거든. 사는 것에 엄살도 많고. 안 그래?"

"그렇긴 해. 하지만 그만큼, 남이 과장이라고 생각할 만큼, 절실한 마음으로 별을 바라봤겠지. 뭐."

산속 밤공기는 춥다.

예전 같으면 두 사람은 이미 어느 모텔이나 차 안에서 정사를 나누고 있었을 것이다. 권태 역시 아까부터 도중에 시내로 들어갈까, 이제 손을 뻗어 애무를 할까 망설이면서도, 요즘 와서 달라진 고니의 태도며 오늘따라 무언가 완강하게 버티는 기세에 눌렸는지 거의 포기하고 있는 것 같다.

돌아보면 늘 수학 공식 같은 코스였다. 드라이브를 하면서 자판기 커피를 뽑아 마시고, 쓸데없는 잡담을 나누며 키들거리다가 모텔에 들어 맥주 다섯 병을 마시고, 약간의 취기가 오르면 샤워를 하고, 과장된 몸짓으로 섹스를 하고, 잠시 누워서 의미 없는 말을 주고받다가, 다시 샤워를 하고, 각자의 옷을 챙겨 입고…… 권태는 고니를 원룸 앞까지 데려다준다. 잘 가라는 손짓이 멈추기도 전 자동차 소리는 이내 멀어져 가고, 고니는 현관을 향하고…… 늘 그랬다.

그리고는 몇 날 며칠을 잊고 지낸다. 대화라는 것은, 깊은 교감이 없거나 서로에 대한 관심이 없으면 그 즉시 증발했다가, 호기심이 있을 때만 일시적으로 필요한 모양이었다. 메일도 전화도 뜸해졌다. 그 래도 섭섭할 건 없었다. 호기심은 금세 사라졌고, 교감은 처음부터 없었으니까. 그러다 열흘이나 보름쯤 지나면 몸을 섞기 위해 만나고, 또 목적을 달성했으니 가뿐히 헤어지고…… 일 년 가까이 그런 식의 관계가 이어졌다. 필요한 만큼의 상대면 된다는 무언의 약속이라도 한 듯.

사실 그게 편하긴 했다. 그 이상의 끈끈한 접착제 같은 관계는 질 색이다.

고니는 옛날의 첫 남자를 떠올려 본다. 그는 전혀 편안하지 않은 사람이었다. 오륙 년을 사귀는 동안 우여곡절이 많았다. 오랜 시간이 지나면서 보풀이 생긴 탓이기도 했지만, 그들에게 주어진 정황과 성 격 때문에 늘 위태로웠다. 열망이 강해서 순간순간이 벅찼고, 집착이 많아서 피곤했다. 천국과 지옥을 넘나드는 것 같은 날들이었다. 그래 도 이제 생각하면 그것이 오히려 살아 있음의 증거였는지도 모른다.

헤어지자고 하면서도 그게 쉬운 일이 아니었다. 부서질 만큼 부서 지고, 깨질 만큼 깨졌는데도 서로 버릴 수가 없었다.

만나지도 않으면서 전화로 싸우는 날들이 한동안 이어졌다. 나쁜 년, 개새끼, 네가 사람이냐? 지옥이나 가라…… 그렇게 욕을 해대다 한 쪽 에서 전화기를 내던져 불통이 되면 자괴감으로 서로를 찾지 않았다.

침묵으로 버티던 날들 끝에 그녀는 한 줌의 알약과 커피를 놓고 앉 아 있었다. 커피가 식으면, 그 약들을 입에 털어 넣고 마실 작정이었다. 그녀는 눈을 감고, 두 팔로 무릎을 감싸고 앉아서 기다렸다.

그 순간에 그가 왔다. 예기치 않은 일이었다. 게다가 더더욱 뜻밖인 것은 너무나 조용한 그의 태도였다. 마치 오 분만 늦었어도 일어났을지 모를 사태에 대해 이미 아는 듯, 그래서 달래기라도 하는 듯, 다정하고 조심스러웠다. 그녀의 감정을 자극하는 말은 한 마디도 없었다. 그저 슬픈 눈빛으로 하염없이 바라보았다.

텅 빈 냉장고 안을 본 그는 야채, 과일, 고등어 통조림, 구운 김, 두부, 치즈 등을 사 왔다.

저녁도 지었다. 오랜만에 집 안에 밥 짓는 냄새며 반찬 냄새가 풍겼다. 두 사람은 말없이 함께 밥을 먹고, 차를 마시고, 한 침대에서 잤다. 예전과 다른 게 있다면, 느릿느릿한 행동과 침묵이었다. 의혹과 질시로 펄펄 끓던 애증의 말들은 죄다 증발해버렸는지 마치 진공 상태에서 오가는 것 같았다.

다음 날 오후 그는 조용히 갔다. 손가락으로 그녀의 머리카락을 쓸어주고, 어깨를 한 번 으스러지게 껴안아 주고.

그가 간 후에야 알았다. 그녀가 간직하고 있던 둘 사이 추억의 증거물들, 즉 편지며 사진 같은 것들이 송두리째 없어져 버린 것을. 함께 여행하며 찍었던 사진. 두 사람의 노래를 녹음해 둔 노래방 시디. 어느 섬에서 주워 온 조약돌이며 조개껍데기…….

그것들이 사라진 빈 서랍을 보며, 고니는, 아니, 그날의 인혜는 죽기를 결심했던 자신이 얼마나 미련했는가를 깨달았다. 살고 싶었다.

살아서 격렬하게 움직이고 싶었다.

여름의 늦더위처럼, 막바지에 이르렀던 증오가 수그러들기까지는 또 얼마나 많은 시간이 필요했던가. 그 즈음의 소원은 오직 그를 잊는 것이었다. 제발 맘속에서 그가 지워지기를, 그에 대한 기억들이, 미움까지도 깡그리 지워지기를 바랐다. 그러면서도 저녁 무렵이면 창문 너머 원룸 입구에 서 있는 느티나무 그늘 아래를 내려다보곤 했다. 그는 그 나무 아래로 왔고, 갈 때도 그 나무 아래로 갔다.

서울에 있는 그가 오기로 한 주말마다 그녀는 밥이랑 찌개랑 반찬을 식탁에 차려놓고 창가에 서 있었다. 저녁 여덟 시. 도시의 지붕들 너머 멀리 역으로 들어서는 기차가 보이고, 느티나무 아래로 그가 나타나면, 그쪽에 대고 휘루루 휘파람을 불었다.

그가 가는 다음 날 저녁도 그랬다. 현관을 나선 그가 계단을 내려가면 그녀는 얼른 창가로 가서 느티나무 아래를 지켜보았다. 그곳을 지나던 그가 올려다보면 손바닥에 입술을 맞춰 흔들어 보였다. 그런 기억들을 버리지 못하고 느티나무 그늘을 바라보거나 나무 아래 벤치에 앉아 있던 가을이 몇 번 지나고, 기차 소리가 지나갈 때마다 잠에서 깨어나 잠들지 못하는 불면증으로 병원을 몇 차례 드나들고…… 몇 년이 흘러서야 그녀는 그 기억들에서 자유로울 수 있게 되었다. 헌데 어느 순간부터 이별은 간단했다. 가벼웠던 관계만큼이나 쉬웠다. 상한 쓰레기를 버린 듯 홀가분하기까지 했다. 하나둘…… 다른 남자들을 만나고 헤어지면서부터.

고니는 남아 있던 커피를 마저 마시고 종이컵을 구기며 권태를 바라본다.

"혹 나를 만나지 않는다고 해서 괴롭다든가, 자살 사이트를 들락거린다든가…… 그런 일은 없겠지?"

예상했던 게 바로 이것이라는 듯 그러나 덤덤하게 권태가 대답한다.

"미쳤니? 여자 때문에 죽게? 물론 서운하긴 하겠지만."

고니는 하하 소리 내어 웃는다. 이 남자는 솔직한 걸까, 차가운 걸까? 이내 웃음을 거두며 그녀는 준비된 대사를 읊는다.

"나는요…… 정직하게 말할 게. 사랑을 하고 싶어."

그제야 권태는 의자를 잡아당기며 벌떡 일어나 앉는다.

"에이, 무슨 사랑 타령…… 복잡한 얘기 말자고."

라이터 불빛을 받아 환하게 드러난 권태의 표정엔 짜증기가 역력했다. 고니는 제 마음속에 대고 말한다. 아하! 이 사람 본색이 드러났군. 그럴듯한 껍질을 벗겨놓고 보니 바로 저거였어. 무늬만 나무란 말이 있지. 얼핏 보면 나무로 만든 것 같은데, 껍질만 나무처럼 장식되었고, 정작 그 속은 시멘트거나 플라스틱인 것들. 공원 의자며 젓가락이며 심지어 건물의 외벽까지.

"고니 씬 아직도 사랑이니 진정이니 하는 감상을 가지고 있어? 유행가 가사처럼 사랑 때문에 웃고 우는…… 그런 여자 되고 싶어? 난 그런 여잔 딱 질색이야. 나는 고니 씨가 편하고 쿨해서 좋았는데."

"……"

대꾸는 안 하고 혼자서 생각한다. 편하다, 쿨하다. 아예 신조어를 만드시지. 편쿨이라고.

고니는 창밖으로 종이컵을 내던져 버렸다. 한바탕 웃어젖히고 싶은 심정과 달리 목소리가 착 가라앉는다.

"당신을 사랑한단 얘긴 아니니까 걱정 마. 이젠 사랑하는 사람을 만나고 싶다…… 그런 거라구. 나도 한땐 그랬어. 사랑에 대한 믿음은 착각이다. 사람을 얽매는 구질구질한 것이다…… 헌데, 그게 아니더라구. 비록 깨지더라도 진짜 사랑을 하고 싶다, 이거지. 어차피 완성된 사랑 같은 건 없잖아?"

"아이고! 꿈 깨요, 꿈 깨."

"남이사 꿈을 꾸든 말든."

문득 그녀는 스스로 놀란다. 혹 무의식 속에 이런 갈망이 아직도 남아 있는 건 아닐까. 권태는 차 밖으로 나간다. 뒤쪽에서 오줌발 소리가 들린다. 그 소리가 그치고도 한참이나 있다가 돌아온 그는 다시 또 한 개비의 담배를 꺼낸다.

"고니! 더 이상 신경 쓰지 않아도 돼. 알고 있어. 사랑이니 진실이니 그런 말 쓰지 않아도 되니까 그만 하자. 알겠지?"

그녀의 대답 대신 한동안 그쳤던 소쩍새 울음소리가 다시 들려왔다.

"단 하나만 묻고 싶어. 고니 씨 본명은 뭐야? 고니는 백조를 말하는데, 원래 이름이 그래?"

그녀는 대답하지 않는다. 인혜라는 본래의 제 이름을. 그리고 백조처럼 우아하고 싶어서 그런 아이디를 붙인 게 아니라, 뭉크의 그림을 보다가, 그 그림이 마치 제 자화상 같아서 붙인 거라고 굳이 말하지 않는다.

그림의 아래쪽에 한 여자가 있다. 진흙탕 속에 빠져 머리만 내밀고 있는 여자. 해골처럼 초췌한, 창백하고 음울한 얼굴. 그녀 머리 위로 한 마리 백조가 떠 있다. 물은 맑고 순백의 새는 제 그림자와 더불어 어딘가를 응시한다. 그 그림을 처음 보았을 때 팔뚝에 소름이 돋았다. 진흙탕에 빠진 여자의 몰골은 자신의 현실이며, 물 위에 떠 있는 고귀한 백조는 그녀의 슬픈 환상 같았다.

"말하기 싫으면 관둬. 진실을 말하면 꼭 사기 친 것 같거든."

그는 남의 일처럼 한 마디 내뱉고서 시동을 건다.

어느 길이나 가는 길보다 내려오는 길이 빠르다. 갈림길에서의 어색함을 메꾸기 위함인지, 권태는 속력을 낸다. 안 되겠다 싶어 고니는 말린다.

"천천히 가. 우리 오늘 이후론 못 볼 텐데."

권태는 싱긋, 한 번 웃고는 곧 속력을 늦춘다. 팔십에서 육십, 그리고 오십으로. 마치 자신의 감정을 조절하듯이.

"나는, 진지한 걸 못 견뎌하는 습관이 있어. 설령 우리 이제 안 만나더라도 오늘은 재밌게 보내자구. 그게 우리한테 더 어울려. 난 오늘을 위해 살지 내일을 위해 살지 않아. 어느 정신 나간 놈이 그랬다지? 내일 지구에 종말이 오더라도 나는 오늘 사과나무를 심겠다……
난 아냐. 내일 지구에 종말이 오더라도 오늘 섹스를 하겠다, 바로 이
거야."

시내가 가까워지면서부터 밤하늘이 야릇한 빛깔을 띠기 시작한다.
분홍색 보라색 회색 남색들이 혼합되어 삼류 카페의 천장 같기도 하
고, 붉은 계통의 물감을 많이 쓴 팔레트 같기도 하다. 매연과 전류와
소음과 악취로 뒤엉킨 하늘 아래서 편한 잠을 자고 달콤한 꿈을 꾸고
순정한 사랑을 찾아 헤매는 모습이란 얼마나 가당찮은 것인지……
고니는 몸을 부르르 떤다.

다시 또렷이 나타나는 성곽들. 온갖 색깔의 네온사인이 끈처럼 이
어져 그 성을 휘감고 있다. 그들이 붉은 입술과 긴 혀를 날름거리며
말하는 것 같다.

머뭇거리지 말고 어서들 와요. 무얼 꿈꾸고 기다리나요? 어제를
되돌아 볼 필요도 없고, 내일을 기웃거릴 필요도 없어요. 잠깐이면
돼요. 이 순간의 욕망이 최고예요.

권태가 차 안의 시계를, 이어서 고니를 홀낏 바라본다.

"에이, 이제 열한 시네. 아직 시간도 있는데."

황당하다 싶어 말문이 막혔던 그녀가, 되레 황당하게 금세 생각을
바꾼다. 완벽한 끝을 위한 절차도 괜찮을 듯싶다. 딱히 거부할 것도
없다. 어차피 끝인데, 뭘. 그녀는 손가락으로 '천년의 사랑'이라는 모
텔 간판을 찍었다.

두 사람은 발가벗은 채 침대에 걸터앉았다. 불도 밝히지 않았다. 밖에서 비치는 현란한 불빛에 저절로 스테인드글라스가 된 창 앞에서 그들의 실루엣은 희미하다. 이제 열망이 사라진 알몸뚱이는 밋밋하게 느껴진다. 오늘은 어색하리만큼 둘 다 말이 없다.

맥주 다섯 병을 다 마시고 말없이 십여 분 앉아 있다가, 머쓱해서 세 병을 더 마시고서야 돌발적으로 뒤엉켰다. 마치 성난 짐승들 같았다.

권태가 처음으로 입을 열었다.

"날 때려줘."

느닷없는 요구였다. 장난이라고 치부하기엔 너무 차분한 목소리였다.

"왜?"

"그냥. 맞고 싶어."

"우린 변태가 아니잖아?"

"너 변태야. 몰랐어? 나도 그렇고. 감정의 변태도 마찬가지야."

"그럼 나도 때……."

순간, 고니의 뺨에 불꽃이 튀었다. 얼음덩이로 얻어맞은 것 같기도 했다.

"자……."

그가 제 뺨을 내민다. 고니는 있는 힘을 다해 그 뺨을 친다. 뜨거운 숯덩이를 집었다 놓은 것처럼 손바닥이 화끈거렸다. 그렇게 노려보며 앉아 있다가 누가 먼저랄 것도 없이 웃음을 터뜨리고 말았다. 너무 웃은 나머지 눈물, 콧물을 주체할 수가 없었다.

각자 옷을 챙겨 입고 일어선 시각은 새벽 한 시였다.

"조금만 밤 공기 좀 쐬다 갈래? 아까 마신 술이 좀 깨게. 단속에 걸릴까 봐."

아마 곧장 헤어지는 게 어색해서일 것이라고 고니는 멋대로 단정 짓는다. 차는 모텔이 즐비한 골목을 이리저리 돌아 천변 쪽으로 나갔다. 권태는 가볍게 흥얼거렸다.

그믐인가? 이제 막 떠오른 달이 칼끝처럼 날을 세우고 하늘 귀퉁이에 도사리고 있다. 문득 고니는 이솝의 우화를 떠올렸다.

"여우와 신 포도 이야기 알아? 높이 매달려 있어서 도저히 딸 수 없는 포도를 포기하고 돌아서면서 여우가 말해. 저 포도는 너무 시어서 먹을 수 없어."

"……?"

"둘 다 여우가 돼 버렸어. 권태 씨도 나도. 꾀와 변명에 능한 여우 말야."

하하핫. 권태의 웃음소리가 요란하다. 한참 동안 웃던 그가 말한다.

"더 영리한 여우는 그렇게 말 안 해요. 저 포도는 달지만 난 안 먹겠어. 그러지."

할 말이 끊긴 두 사람 사이로 라디오 음악 소리가 주춤거리듯 흘러나온다. 타임 투 세이 굿바이. 그가 볼륨을 한껏 높인다. 사라 브라이트만과 안드레아 보첼리의 목소리가 절묘하게 어우러진다.

"마치 우리들의 이별을 노래하는 것 같군."

권태의 말투는 너무나 매끄러워서 눈곱만큼도 서운한 기색이 없다. 삼십여 년 전 영화 속 배우의 연기에 맞춰 더빙하는 성우의 대사 같다. 이제 확실히 알겠다. 자신을 숨길 때 그가 이렇듯 유들유들해진다는 것을. 그것은 고니 자기만의 비법인 줄 알았는데.

고니의 원룸 앞에서 차를 멈춘 권태, 한껏 명쾌한 어조로 인사한다.

"잘 지내. 그리고 언제든 생각나면 전화해."

그럴 일은 없을 것이다. 이제 메일 이름도, 주소도, 핸드폰 번호도 바꿀 텐데. 아니, 메일 주소를 바꿀 필요도 없지. 수신거부에 콕, 하고 클릭만 하면 되니까. 다시 고니라는 이름으로 불러 줄 사람은 없을 것이다. 권태 또한 새 이름을 짓겠지.

"잘 가."

고니는 권태의 뺨에 입술을 댄다. 늘 그랬던 것처럼 다감하게, 아주 자연스럽게.

고니의 발 한 쪽이 막 땅에 닿으려는 순간, 권태가 말한다.

"아, 꽃 가져가야지?"

참, 그렇지. 어떤 상황에서도 매너는 잃지 말아야. 꽃다발을 받아든 그녀는 잠시 가슴에 품어 향기를 맡는 척한다.

"고마워. 안녕!"

"안녕!"

골목 저쪽으로 사라지는 자동차 소리를 들으며 고니는 몸을 돌렸다.

문을 열고 들어온 그녀는 거울 앞으로 다가간다. 잔뜩 부어오른 오른쪽 뺨과 불쑥 들어간 왼쪽 뺨. 얼굴이 아주 그로테스크하다. 어쩌면 오른쪽 뺨에 멍이 들지도 모르겠다. 하지만 뭐 곧 사라지겠지. 붉은색에서 푸른색으로 변하고, 누르스름하게 희미해지면서 없어지겠지. 그녀는 제 멍을 비웃듯 노려보며 후련하다는 듯 두어 번 머리를 흔든다.

거울 앞을 벗어나 텔레비전을 켠다. 누명을 쓰고 개 줄을 목에 단 여자, 한 남자가 그녀를 지키기 위해 주민들을 설득하고 있다. 그러나 그 남자 역시 나중엔 그 여자를 겁탈하려 할 것이다. 결국 그 여자는 모두를 향해 총구를 겨누고…… 이미 보았던 영화의 장면이다.

그녀는 냉장고에서 캔 맥주 하나를 꺼내 들이켠다. 갑자기 허기가 느껴져 식빵 한쪽에 잼을 발라 우물우물 씹는다.

그녀는 텔레비전을 보며 혼자서 키들키들 웃는다.

누가
무화과나무
꽃을
보았나요

욕망의 한계는 어디일까? 한계에 이를수록 욕망은 오히려 강해지는 게 아닐까? 욕망과 현실은 비례하는 것일까, 반비례하는 것일까? 욕망이 운명을 끌어가는 건 아닐까? 자신의, 혹은 타인의 운명까지.

　어쨌거나 인간은 끝없는 욕망 속에 살아간다. 드러나는 것들과 은폐되어야 할 것들 사이에서 숨바꼭질하며. 그러나 이 세상엔 드러난 것보다 은폐된 것들이 더 많지 않은가? 은폐된 것들, 즉 말없음표의 진실을 어떻게 이해해야 하나? 굳이 판단이라는 걸 해야만 할까?

　운전대를 잡고 달리면서도 끊임없이 일어나는 의문들로 내 머릿속은 짓눌리고 있었다. 마치 미용실에서 파마할 때 약이 흘러내리지 않도록 꽉 끼는 모자를 쓰고 오랜 시간을 견딜 때처럼 아프고 답답했다.

　일요일이라 거리는 한산했지만, 간혹 화물차량들이 내 옆을 요란하게 추월해 갔다. 그때마다 퍼뜩퍼뜩 놀랐다. 거대한 사마귀를 연상시키는 회색 레미콘차, 지네처럼 괴괴한 모습으로 꿈틀대며 커브를 돌아가는 트레일러…… 그들은 천천히 달리는 나를 수시로 위협했다. 대낮인데도 헤드라이트를 켜대며 비켜달라고 야단이거나, 조롱이라도 하듯 코앞에서 앞지르기를 했다.

그런 가운데서도 기다란 열차 칸의 풍경처럼 이어지는 기억들. '추억'이라는 안이한 말로 대신할 수도 없고, 황당한 남의 일쯤으로 치부할 수도 없는 사건들…….

복잡한 머릿속과 달리 앞만 주시하는 눈은 몹시 뻑뻑했다. 잠이 부족해서일 것이다. 운명의 질곡이 심한 영화를 보고 난 후 그 안의 운명들에 전이된 것처럼, 아니 그보다 몇십 배 나는 힘들었다.

그저께였다. 저녁을 먹고 잠깐 쉬는 사이 현관에 떨어져 있는 신문을 펼쳤다. 남편 친구가 보급소 소장이라 어쩔 수 없이 구독하는 까닭에 평소엔 펼쳐보지도 않았다. 일면 이면…… 지역 신문의 그렇고 그런 기사들을 아무 생각 없이 훑다가 사회면 맨 끝에서 내 눈은 경광등처럼 계속 껌벅였다.

20대 여성 철로변서 자살

지난 11월 10일 밤 11시, 전북 옥구군 대야역 부근에서 차 모(여.28세) 씨가 열차에 치여 숨졌다. 경찰은 이날 차 씨가 늦은 밤 혼자 술을 마신 채 철로변에서 서성이는 것을 목격했다는 한 주민의 진술로 보아, 자살일 것으로 추정하고 조사하고 있다.

나는 혼이 나간 사람처럼 앉아 있었다.

대야역. 내 방의 유리창엔 벌판 한가운데 그 작은 간이역이 영상처럼 펼쳐졌다. 이어서 그 위에 차명화란 이름이 자막처럼 새겨졌다. 한참이나 그렇게 앉아 있던 나는 핸드폰에서 주소록을 훑어 내려갔다. 손이 떨려서 '차명화시골집'이라고 입력된 번호를 찾는 데 한참이 걸렸다.

몇 번의 신호음이 끊기며 휴, 한숨소리에 이어 노인의 쉰 목소리가 들렸다. 노인은 무슨 말을 해도 그저 으, 으.만 연발하더니 겨우 한마디 했다.

"저그들 때문에 내가 살아 있고만…… 몹쓸 것! 죽는 것보다 사는 것이 더 어려운 벱인디……."

뭔가 착오일 거야. 내가 지금 황당한 꿈속을 헤매는 거겠지. 하면서 더듬더듬 관리사무소로 전화를 했다. 명화가 살던 호는 의외로 쉽게 알아낼 수 있었다. 1501호. 우리와 같은 동 15층이었다.

관리사무소 직원은 친절하게 덧붙였다.

"그 집 이사했을 거요. 어저께였나 새 입주자가 사무실에 왔던데요?"

불과 며칠 전 명화가 다녀갔다. 잠시 집을 비울 거라고, 남자를 따라 호주로 가게 될지 어떨지 확실치는 않지만, 일단 서울에 가서 출국 절차를 밟아야 된다고 했다. 그러면서 명화는 오천만 원이 들어 있는 예금통장과 도장을 내게 맡겼다.

"집에 둘 수도 없고, 그렇다고 들고 다닐 수도 없어서요. 선생님한테 맡겨 두는 게 가장 좋을 것 같아요. 죄송하지만, 혹 열흘 정도 지나서도 제가 오지 않으면, 시골집에 연락해주시겠어요?"

"무슨 그런 부탁이 다 있니?"

"그럴 일은 없겠지만 사람 일이 또 모르잖아요? 처음으로 해외에 나가보는 거라서…… 제가 좀 소심하죠?"

명화는 밝게 웃었다. 같이 사는 남자 몰래 숨겨 둔 비자금인가 싶어서 굳이 더 캐묻지 않고 받아두었던 것이다.

그저께 이후로 나는 거의 잠을 이루지 못했다. 십여 년 전, 시골 고등학교로 첫 발령. 대부분 가난하고 무지했지만 순박했던 학생들. 그들 속에서 벗어나 벼랑 끝에 위태롭게 서 있던 한 여학생…… 다시 그 시간들을 더듬었다.

명화와의 재회가 은근히 원망스럽기도 했다. 다시 명화를 만나지 않았더라면 좋았을 걸 그랬다. 명화가 가출한 후, 그 학교를 떠나온 후, 그 부분들이 그대로 과거 속에 묻혀 버렸더라면 나는 풋내기 여선생의 감상 속에 잠시 괴로워하다가 그만 잊고 살았을 것 아닌가.

기억에서 멀어져 가던 명화를 다시 만나게 된 건 올 여름이었다.

'좀 이상해.'

엘리베이터에서 내리며 나는 고개를 갸웃했다. 나와 마주치면 시선을 돌리던 여자. 또는 그쪽에서 먼저 발견했다 싶으면 미리 고개를 숙여버리는 통에 긴 머리카락 사이로 얼굴의 윤곽만 얼핏 드러나던 여자. 어쩐지 사람을 기피하는 것 같기도 하고, 그저 습관인 것도 같았다.

유난히 날씬한 몸매에 세련된 옷차림만으로도 그녀는 남의 시선을 끌만 했다. 긴 생머리와 갸름한 얼굴은 자세히 쳐다보지 않아도 대단한 미인일 거라는 짐작을 낳기에 충분했다.

그러나 처음부터 특별히 그 여자를 기억했던 것은 아니었다. 그저 보통 여자들의 심리가 그렇듯 흘낏 훔쳐보았을 뿐이다. 호기심과 질투의 감정도 없진 않았을 게다.

언젠가 아파트 상가 안의 슈퍼에서 저녁 반찬거릴 고르느라 기웃거리다가 얼핏 본 적도 있다. 그때에도 '요즘 아가씨들은 어쩌면 저리도 키가 크고 예쁠까' 하며, 평범한 나 자신의 외모를 아쉬워해 본 정도였다.

주차장에서 빨간색 승용차에 오르는 뒷모습을 스쳤던 것도 같다. 언제 어디서인지 기억하진 못해도, 몇 달 새 그런 식으로 가끔 마주친 후에야 나는 내 시선을 끌던 그 여자들이 결국 한 사람이었다는 데 생각이 미쳤다. 의구심이 깃들기 시작한 것은 목욕탕에서 만났을 때부터였다.

목욕탕은 한산했다. 한 떼의 아파트 동네 여자들만 사우나실로 냉탕으로 시끌벅적 들락거릴 뿐 나처럼 혼자 온 이는 별로 눈에 띄지 않았다. 나는 난감한 눈으로 주위를 둘러보았다. 그날따라 때밀이 아줌마도 나오지 않았다. 등을 밀어야 개운할 것 같은데 아무나 붙잡고 부탁하기도 뭣했다. 혹 내가 가르치는 학생이나 그 어머니면 난처할 테니까.

서두르던 손길을 잠시 늦추고 주위를 두리번거리다가 저쪽 구석 샤워기 앞에서 비눗물을 씻어 내리고 있는 아가씨를 발견했다.

'그 여자?'

훌쩍 큰 키, 길고 가느다란 팔과 다리, 대충 틀어 올린 머릿결 아래 목에서 가슴으로 이어지는 봄의 곡선…… 어찌나 깨끗하고 우아하던 지 마네킹이 살아 움직이는 것 같았다.

나는 좀 주눅이 들었다. 저런 여자는 박박 때를 미는 행위 따윈 안 할 것 같단 생각도 들었다. 그러나 지체할 시간도 없고 해서 그녀에게 다가갔다.

"등 좀 같이 밀까요?"

무의식중에 나를 보던 여자는 흠칫 놀라는 표정으로 몸을 돌렸다. 하지만 곧 틀어올린 머리채를 어깨 위로 내리며 대답했다.

"네……."

그 소리가 하도 작아서, 된다고 하는지 안 된다고 하는지, 얼른 구분이 되질 않았다. 그녀가 내 손에서 때수건을 받아 쥐었을 때에야 나는 몸을 돌려 등을 대 주었다. 그쪽도 밀어 줄까 어쩔까 묻자 그녀는 들릴락 말락 한 소리로 말했다.

"괜찮아요. 됐어요."

그 도중에서도 나는 그녀의 얼굴을 좀 확인해보고 싶었으나 틈을 주지 않았다. 어느새 몸을 헹구고 나가버렸던 것이다.

목욕탕에서 만난 지 몇 주쯤 지나서였다, 엘리베이터 앞에서 또 그 여자와 마주쳤다. 그녀는 내리고 나는 타는 순간이었다. 둘 다 혼자였다. 문이 열리면서 내가 비키는 순간 그녀는 고개를 숙인 채 서둘러 출구 쪽으로 가버렸다. 아무래도 나만 보면 피하는 게 분명했다. 그러나 엘리베이터 문이 닫히는 순간 금세 잊었다. 순간적인 호기심에 매달릴 만큼 난 한가롭지 않았다. 그렇게 또 한두 달이 지났다.

일요일이었다. 집에서 혼자 쉬고 있었다. 남편은 아이를 데리고 낚시하러 갔고, 기말고사 시험 출제를 해야 돼서 나만 남았던 것이다.

김밥을 싸느라 늘어놓았던 시금치나물이며 잘라놓은 단무지며, 채 썬 당근, 햄, 계란말이…… 이런 것들을 대충 치우고 컴퓨터 앞에 앉았다.

한참 자판을 두드리는데 초인종 소리가 들렸다. 식구들은 저녁 늦게야 돌아올 것이고 일요일에 방문할 사람은 없었다. 일요일마다 찾아오는 어느 종교인들이려니, 싶어 나는 외시경을 들여다보지도 않고 퉁명스런 투로 누구냐고 물었다.

"제자예요."

제자? 반갑지 않았다. 전화도 없이 일요일 한낮에 대뜸 집으로 찾아올 게 뭐냐 싶어 역정까지 났다.

외시경을 들여다 본 나는 어리둥절했다. 그 여자였다. 문을 연 채로 문 밖에 서 있는 여자를 바라보았다. 전혀 기억에 없는 제자가 인사를 해도 활짝 웃어 보이며 일단 아는 척하기 마련인데, 이날은 도통 감이 오지 않았다. 멍한 내 표정을 보며 그녀는 다시 고개를 숙여 인사하는 것이었다.

"잊으셨지요? 저 명화예요."

"명화? 차, 명, 화?"

나는 한 음절 한 음절에 힘을 주어 되물었다.

한 방울씩 내리기 시작한 비가 베란다 유리창에 떨어지며 두 사람 사이의 침묵을 메웠다.

"우리 집을 어떻게 알았니?"

"지난봄에 이살 왔거든요. 얼마 안 됐을 때부터 선생님을 뵈었어요. 바로 알았죠. 선생님인 줄…… 근데 얼른 숨곤 했어요. 가까이서 마주쳤는데도 너무 당황해 가지고 그만…… 용서하세요. 면목이 없어요……."

"무슨 소리니, 반갑다."

나는 목이 메다시피하는 걸 참았다. 명화도 목울음을 삼키느라 연신 고개를 옆으로 돌리며 마른침을 삼켰다.

"나도 몇 번 봤지…… 넌 줄은 몰랐어."

"……."

"웬 아가씨가 저렇게 예쁠까 하고 속으로 감탄하면서도, 명화 너라고는 꿈에도 생각 못했구나."

힘들게 들어 올린 시선을 창밖으로 돌리는 명화의 옆얼굴은 반듯한 고운 선을 그대로 간직하고 있었다. 단발머리 여학생의 앳된 모습이 성숙한 처녀로 바뀌어 있을 뿐이다. 시선을 피해 버릇처럼 고개를 돌리곤 하던 학생. 그래서 서늘한 이마와 오똑한 콧날이 더욱 선명했다. 노상 굳게 닫혀 있던 입술도 떠올랐다. 언젠가는 얼마나 꽉 깨물었는지 입술이 터져 피가 맺혀 있었다. 그것이 내게 남은 명화의 마지막 모습이었다. 명화는 그렇게 울음을 참고 있다가 교실을 뛰쳐나갔다.

그 이후로는 명화를 볼 수 없었다. 아무도 명화의 안부를 몰랐고 소문만 분분했다.

"결혼은…… 했니?"

명화는 머리카락만 쓸어넘겼다. 괜한 질문을 했나 싶었다.

"내가 그 학교를 떠나고 이곳으로 온 지 오 년째니까 벌써 십 년만이지?"

눈물 한 방울이 명화 손등에 톡 떨어졌다. 그녀는 다른 손으로 그것을 가만히 닦아냈다.

"창피해요. 지금도 선생님 앞에선 떳떳이 고개를 들 수가 없어요. 절 아는 모든 사람들 앞에서도…… 사실 여기 와서 선생님 피해 다니며 이사를 가버릴까도 생각했어요. 그렇지만, 그러면서도…… 선생님이 보고 싶었어요. 고민하다가……."

"다 지난 일이야. 잊어. 지금, 현재가 중요하잖니."

"지금이라고 나아진 것도 없어요. 한번 뒤틀린 삶이 달라질 리 있겠어요? 숙명이려니 생각하며 살아요."

나는 명화에게 화장지를 빼주곤 주방으로 갔다. 커피콩을 천천히 갈면서 첫 발령을 받고 부임했던 그 학교를 떠올렸다. 황폐한 강기슭과 막막한 벌판도…… 그리고 차명화…… 그녀는 아무 생각 없이 열심히 가르치고 사랑해주기만 하면 되는 줄 알았던 풋내기 교사에게, 인생이 얼마나 복잡하고 스산할 수도 있는가를 가르쳐 준, 너무나 혹독하게 깨우쳐 준 어린 제자였다.

커피메이커에 내려진 커피를 머그잔에 담아 가져갔을 때까지도 명화는 고개를 숙인 채였다.

"다리 좀 펴. 아프겠다."

"여전히 섬세하시네요. 지금도 학생들이 무척 따르지요?"

"뭘. 선생을 적으로 아는 애들인데. 나도 이제 지겹더라. 요즘은 편할 궁리부터 해. 힘도 다 빠졌고, 일도 많고."

"전 그때 선생님을 무척 좋아했어요. 선생님이 이모나 언니였음 좋겠다는 상상도 했거든요…… 그런 생각을 할 자격도 없지만."

겨우 고개를 든 명화의 얼굴에 비로소 웃음기가 담겼다. 그런 고통을 겪었어도 어쩌면 저리 자태가 고울까, 싶었다.

"그래. 어떻게 살았어?"

"여기저기 많이 돌아다녔어요. 서울로 속초로 여수로 다시 서울로…… 서울에서 가장 많이 살았어요. 여기로 이사 오기 전까진요."

"그랬구나. 지금은 어떻게 지내니?"

"작은 가게 하나 하고 있어요."

명화는 잔을 가만히 내려놓으며 시선을 떨구었다. 어디라고는 말하고 싶지 않은 모양이었다. 무슨 말을 해야 할지 참 난감했다. 할머니의 안부가 궁금했지만 먼저 묻지 않았다.

"아저씨 언제 오세요? 아침에 보니까 낚시 차림으로 아드님이랑 나가시던데."

"옳지. 그래 나 혼자 있겠거니 하구서 왔니?"

나는 일부러 큰 소리로 웃었다. 명화도 따라 웃었다. 그러나 웃음은 금세였다. 화장기 없는 얼굴 까만 속눈썹 밑으로 드리워지는 그늘이 더 깊었다.

"이거, 얼마 전부터 준비해두었어요. 아저씨 술 좋아하세요? 그리고 이건 선생님 쓰시라고…… 맘에 드실지 모르겠어요."

명화는 양주 한 병과 스카프가 담긴 종이가방을 살며시 열어보였다. 손이 몹시 파리했다.

"어머, 데낄라 아냐? 이런 건 구하기도 힘든데."

"저는 쉽게 구할 수 있어요."

그래놓고 이내 쑥스러운 표정이었다. 나는 스카프를 펼쳐 목에 걸치고 양 손으로 브이 자를 해 보였다. 모처럼 명화 얼굴에 밝은 웃음이 떠올랐다.

"애. 우리 이거 한 잔씩 마시자. 레몬도 있는데."

"아뇨. 전 술 못 해요. 저녁에 두 분이 드세요."

"그럼 김밥 싸줄까? 재료 있어."

손까지 내저으며 사양해서 다시 주저앉았다.

툭.

탁.

툭…….

우리가 침묵하고 있으면 그 어색힘올 빗방울 소리가 메꾸었다.

"나도 낼모레면 사십 대네. 펑퍼짐한 아줌마 돼가고 있지?"

"아뇨. 누가 보면 아가씬 줄 알겠어요."

"그건 심하다, 얘."

그리고 우리는 또 말을 잃었다. 빗방울 소리의 간격이 조금 빨라졌다. 시간이 흐르면서 무거운 마음이 다소 가벼워지는 것 같았다.

"너무 어둡게 살지 마. 씩씩하게 살자고, 응?"

"저도 그러려고 해요. 이제 힘든 건 무서워요."

현관을 나선 명화는 다시 화려한 모습으로 돌아갔다. 늘씬한 키에 찰랑이는 생머리의 아가씨, 다시 한 번쯤 뒤돌아보아지는 매력적인 여자로 말이다.

그 후로 열흘쯤 지나서였을 게다. 퇴근길에 세탁소에 들러 옷을 찾아 들고 내려오다 명화를 만났다. 외출하려던 모양인지 자동차 키를 꺼내며 주차장 쪽으로 가고 있었다.

명화는 반가워하면서도 다소 어색한 표정으로 머뭇거렸다. '바쁘니?' 하니까, '그닥…… 바쁠 건 없어요.' 하길래, '그럼 우리 집에 가서 차 한 잔 마실래? 바쁘면 다음에 만나고' 한 것이 잠시 명화를 붙들게 됐다.

"선생님. 저 앞 커피숍이 더 편하지 않을까요?"

반찬거리가 들어 있는 비닐 주머니와 옷가지들을 손에 든 채로 아파트 앞 작은 커피숍에 들어가 그녀와 마주 앉았다.

그녀는 카페에서 일한다고 말했다. 어디라고는 구체적으로 밝히지 않았다. 아마 룸살롱 비슷한 곳으로 아무나 편하게 드나드는 데는 아닌 것 같았다.

"죄송해요. 제가 할 수 있는 일이란 게…… 고등학교도 졸업 못 해서 학력도 없고…… 그래도 허접한 곳은 아니에요. 손님들도 대학 교수님, 예술가 분들이 많죠. 그렇지만 이 일도…… 그리 오래 하진 않을 것 같아요."

"왜 다른 계획이 있니?"

명화는 고개를 가로저었다. 희미한 웃음에 억지가 보였다.

"실은 함께 사는 사람이 있거든요."

무슨 말인지 얼른 이해하지 못하는 내 표정을 살피며 그녀는 손톱만 만지작거렸다. 잠시 침묵한 끝에 결심이라도 한 양 말을 이었다.

"그림 그리는 사람인데…… 낮엔 그 사람 모델 노릇을 해요."

"함께 살 수 있는 사람이 있는 건 좋은 거 아니니? 멋지다, 얘. 예술가와 산다는 것! 낭만적이지 않아?"

"처음엔 그랬어요. 그런데……."

"좋구나. 네게 의지가 되는 사람이 있다니……."

이제 내가 명화에게 해 줄 수 있는 것은, 일단 다독여 주는 것이라고 여겼다. 절망하지 않도록, 희망을 가지도록 말이다. 그러나 애써 가다듬었던 내 얼굴은 다시 굳어질 수밖에 없었다.

"부인과 아들이 있어요. 호주에……."

"그럼 일시적인 동거에 불과한 거야? 요즘 그런 사람 많다던데? 애들과 마누라는 외국에 보내놓고 혼자 사는 사람들."

나는 목에 두른 스카프를 풀었다. 히터의 열기가 확, 내게 몰려왔다.

"그런 거하곤 좀 달라요. 불쌍한 사람이죠. 버려진 것이나 다름없이. 헌데 요즘은 그 사람도 고민하고 있어요. 이제 와서 부인이 오라고 하나 봐요. 스스로는 아니라고 하지만 제가 보기에는 갈등하는 것 같아요. 애들을 무척 그리워하는 걸 보면요."

저절로 한숨이 새어나왔다.

"그를 사랑하니?"

명화는 고개를 끄덕였다. 고향 떠난 후 많은 도시를 떠돌았다고, 사는 것도 죽는 것도 다 힘들었다고, 사람을 알게 되는 건 더더욱 두려웠다고, 그를 만나면서 마음의 평온을 찾았다고, 그러나 언제 깨질지 모르는 불안한 평온이라고. 그녀는 담담히, 그러나 서툴게 책을 읽는 사람처럼 띄엄띄엄 말을 이었다.

어린 시절의 상처가 그녀를 지배하고 있는 까닭일 터였다. 그러나 이젠 잊을 만도 하지 않은가. 오빠도 죽었다. 그의 자살로 모든 과거를 청산할 수는 없는가.

"너 혹시 연민을 사랑으로 착각하는 거 아니니?"

"연민 없이 사랑이 가능할 수 있을까요?"

껌벅거리던 눈이 금세 붉어졌다. 그걸 들키지 않으려는 듯 명화는 고개를 돌렸다.

나는 설득했다. 결혼할 사람, 그러니까 가정을 가질 수 있는 사람을 만나야 한다고. 그를 보내고 다시 시작하라고. 정 그럴 수 없으면 붙잡으라고…… 그렇게 얘길 하다 보니 내 말도 여러 가닥이었다. 그런 나를 보며 명화는 가만 웃었다.

"선생님도 제 입장이 되면 어려울 거예요."

빨간 금붕어 한 마리가 뽀그르르 물방울을 만들고 있었다. 안타까웠다. 왜 우리는, 특히 너의 삶은, 저 투명한 어항 속 수초 사이를 누비는 금붕어처럼 단순할 수 없는지.

그쯤에서 우리는 더 이상 대화를 나누지 못했다. 시간이 상당히 지나버렸다. 명화는 일을 하러 가야 했다.

그 만남이 있은 후, 그러니까 불과 열흘쯤 전에 명화가 다녀갔던 것이다. 현관에 선 채 통장과 도장을 맡기고. 하도 서두르기에 그래그래, 건성 대답하고 닫히는 엘리베이터 문만 바라보았던 것인데…….

그때 왜 아무 예감도 없었을까? 붙잡고 얘기라도 나누었더라면, 황망히 돌아서는 모습에서 뭔가 예감했더라면, 명화가 죽진 않았을

지도 모른다.

　나는 그렇게 명화에게 방관자였다. 여고생 때의 가출, 며칠 전의 자살. 그때마다 나는 그녀 옆에 있었지만 아무 힘이 되지 못했다. 자괴감이 내내 나를 짓눌렀다.

　자동차전용도로에서 들판길로 접어들자마자 갑자기 한적해졌다. 어쩌다 마주 오는 차량을 아슬아슬하게 비키긴 했지만, 오가는 차량이 거의 없었다.

　철도 건널목 아래서 차를 멈췄다. 바로 옆에 위치한 고등학교는 내가 교사로 처음 근무했던 곳이다.

　학교 담장 옆에 차를 대고, 교문에 기대서서 빈 운동장을 바라보았다. 콘센트 건물 하나가 오른쪽에 들어섰을 뿐 별로 달라진 건 없어 보였다. 담장을 따라 심어진 은사시나무들만 훌쩍 자라 있었다. 이파리들을 다 떨구고 허연 가지를 뻗치고 있는 양이 몹시 을씨년스러웠다.

　걸핏하면 은사시나무 잎사귀처럼 자지러지게 웃던 여학생들. 거친 짐승처럼 어디로 튈지 모르면서도 한없이 순진하던 남학생들. 그들은 거의 잊었다. 단지 명화. 명화의 얼굴만 낮달처럼 차갑게 떠 있을 뿐이다.

　그 해 가을이었다.

　운동장 조회를 하는 동안 학생부에서 소지품 검사를 했다. 반 학생들을 다 내보낸 교실에서 나는 선도부 학생들이 하는 양을 지켜보았다. 소지품 검사는 인권침해라고 발언했다가 교감과 학생부장으로부터 맹렬한 질타를 받은 후였다.

선도부 학생들은 각자 두 줄씩 맡아서 아이들의 책가방이며 책상 속을 뒤져나갔다. 수준 낮은 만화책, 외설적인 잡지, 담배 같은 것들이 교탁 위로 올려졌다.

"애들아, 그렇게 샅샅이 뒤지지 않아도 돼. 뭐 특별한 게 있겠니?"

나는 팔짱을 낀 채 재촉하며 불편한 심정을 드러내기도 했다. 선도부 여학생 하나가 내 앞으로 와서 손에 든 것을 내밀었다. 약봉지였다.

"그게 어째서?"

"무슨 약인지 몰라도 한 번 알아보시는 게…….."

나는 심드렁하게 대답했다.

"그렇구나. 이렇게 약이 많은 걸 보니 많이 아픈 모양이지? 어느 자리에서 나온 거니?"

"저기요."

손가락이 가리킨 맨 뒤쪽 구석은 차명화의 자리였다. 조사가 끝나고 선도부원들이 교실을 나갈 때 좀 전의 아이가 주춤거리며 내 앞으로 왔다.

"선생님. 제가 보기엔 그게 아무래도…….."

아이는 바짝 턱 밑까지 다가왔다.

"이게요…… 아이 참!"

나는 눈을 크게 뜨고 아이의 입만 쳐다보았다. 도무지 영문을 알

수 없었다.

"그게 왜? 약 아니니?"

아이는 답답하다는 표정으로 입술을 달싹이면서 '아이 참!'을 반복했다.

"어디가 아파 이렇게 많은 약을 먹는지 모르겠구나? 이따가 알아보자."

돌아서려는 순간, 아이는 와락 내 팔을 잡았다. 그리고 내 귀에 대고 말했다. 피임약이에요. 맞다니까요…….

"네가 어떻게 알아?"

내 눈길을 피하며 아이는 말했다.

"에이, 저희도 알 건 다 알아요. 그리고 걔에 대한 소문이 좀 안 좋아요."

문득 고등학교 삼학년 때 체력장 검사 받던 일이 퍼뜩 스쳐갔다.

몇 친구들이 키득키득 웃으며 교단 위로 올라섰다. 그들은 셀로판지에 줄줄이 박힌 팥알만 한 알약을 높이 쳐들었다.

"애들아. 이게 바로 피임약이란 거다. 잘 봐둬?"

체력장 때 생리가 예정돼 있던 아이들은 그 약을 사먹었다. 그래야 생리가 연기돼서 제대로 뛸 수 있다고 했다. 체력장 점수가 많은 비중을 차지하던 때였다.

친구 자취방에 가서 책 속에 끼워져 있는 걸 우연히 본 적도 있다. 친구는 한 남자와 열애 중이었다.

그리고 잊었다. 그때까지도 나는 피임약을 복용하거나 산 적이 없었다.

생활기록부에서 확인했던 명화의 가정환경을 떠올렸다. 부모 난이 모두 사망으로 되어 있었다. 그 외의 가족 난에는 할머니, 오빠, 언니가 전부였다. 학기 초 명화를 불러 상담을 한 적이 있다. 명화는 담담히 말했다. 두 살 적에 어머니는 병으로 세상을 떴고, 어부였던 아버지는 초등학교 다닐 무렵에 바다에서 실종됐다고, 할머니가 삼남매를 키워 왔는데 언니는 지난해에 가출해 소식이 없고, 서른이 다 돼 가는 오빠만 집에 있다고…….

별다른 문제점을 발견할 수 없던 아이였다. 성적도 상위권에 속했고 품행도 단정했다. 게다가 명화는 뛰어난 미모를 가지고 있었다. 학교에서 제일 예쁜 애라고 여학생들은 시기했다. 시골 남학생들은 감히 넘볼 수 없단 말도 저희들끼리 나눈다고 들었다.

그러나 본인은 무심한 듯했다. 차가운 인상에 말이 없었다. 그것이 오히려 맘에 걸리긴 했다. 어쨌거나 조용히 상담을 해야지, 벼르며 약봉지는 명화 가방 속에 그대로 넣어 두었다. 학생부에는 이상이 없는 걸로 보고했다.

그날 종례 후 명화를 불렀다. 여전히 무표정한 얼굴로 들어서던 명화는 커튼 사이로 스며드는 햇살에 약간 찡그렸다.

"너 어디 아픈 데 있니?"

명화는 의아스럽단 눈빛으로 그저 멀뚱히 마주 보았다.

"걱정돼서 그래. 무슨 약을 그렇게 계속 먹어?"

조심스럽게 반응을 살피면서 나는 짐짓 다정한 체했다. 명화는 무슨 뜻인지 모르겠다는 듯 태연스레 물었다.

"약이요?"

나는 슬그머니 화가 났다. 이렇게 시치미를 떼는 걸로 보아 뭐가 있긴 있구나, 싶었다.

"네 가방 속에 알약이 있던데? 미안하다만 오늘 소지품 검사를 했잖니? 한 뭉치나 되는 약을 보고 놀랐거든."

"아, 그래요? 모르겠어요."

끓어오르는 분노를 가까스로 눌렀다. 그제야 명화는 약간 기가 죽은, 그러나 별로 개의치 않는 투로 대답했다.

"할머니가 주셨어요. 영양제라 하셨는데요? 매일 거르지 않고 먹어야 된다면서……."

그만 말문이 막혀 버렸다. 뚫어지게 명화를 쏘아보다가 고개를 돌렸다. 오후의 햇살이 커튼의 레이스를 따라 벽면에 꽃무늬로 일렁였다. 현기증이 났다.

"특별히 아픈 데는 없어?"

"네. 병원에 가 본 적도 없어요."

상담실 문을 나서려던 아이가 돌아서서 머뭇거렸다.

"버릴까요? 그 약?"

그때 아마 내가 자리를 박차고 일어났던 것 같다.

"그걸 왜 나한테 묻니? 할머니가 주신 약이면 먹고, 아니면 버리든가 네가 알아서 하란 말야. 알겠어?"

복도를 걸어가는 소리가 사라진 후에도 나는 멍하니 서 있었다.

다음 날도 그다음 날도 여전한 모습으로 명화는 학교에 나왔다. 그러나 표정이 달라져 있었다. 딱딱하게 굳은 얼굴에 경계심과 두려움이 숨어 있음을 나는 직감했다.

명화네 집을 찾아간 건 그 일이 있고 나흘쯤 지난 뒤였다.

포구 끝 마을. 명화가 사는 집은 거기서도 동네 저쪽 가장 외진 곳에 있었다. 붉은 나문재가 우북하게 자란 갯벌을 낀 둑길을 걷다 보니 발밑으로 납작 엎드린 회색 슬레이트 지붕이 보였다. 둑에서 마당으로 직접 내려가는 울퉁불퉁한 길을 구두 굽을 조심하며 짚어 내려갔다.

잠시 둘러보았다. 탱자울타리 가시 사이로 말라붙은 호박넝쿨이 늘어져 있고, 텃밭엔 죽은 고춧대들이 앙상하게 서 있었다. 마른 흙내가 풀풀 날 것만 같아 헛기침이 나왔다.

아무도 없는지 불러도 기척이 없었다. 보충수업 두 시간 동안 마침 수업이 없어, 그 시간을 이용해 찾아간 것인데 아무도 없으니 난감했다.

그렇다고 곧장 돌아갈 수도 없었다. 나를 내려 준 시내버스는 이미 떠났고 다음 버스가 오려면 한 시간을 기다려야 했다. 그 사이 명화 할머니를 만나려던 것이 공연한 수고가 된 셈이었다. 급하게 버스를 타느라 미리 전화를 하지 않았던 게 몹시 후회되었다. 시골 할머니는 노상 집에 있는 줄로만 알았다.

일단은 먼지 낀 마루 위에 걸터앉았다. 마룻장의 못이 빠졌는지 삐걱거렸다. 마침 옆방 문이 조금 열려 있었다. 고개를 디밀었더니, 담배 냄새도 같고 살 냄새도 같은 퀴퀴한 공기가 코를 찔렀다.

낡은 재봉틀대 위 이불과 베개, 때 묻은 앉은뱅이책상, 벽에 걸린 추리닝 한 벌…… 명화 오빠가 쓰는 방인 것 같았다. 담배꽁초가 수북한 우유곽이 방 한가운데 있었다. 그 옆엔 잡지 한 권이 뒹굴고 있었다. 펼쳐진 면에서는 수영복 차림의 모델이 쏟아질 듯한 커다란 가슴을 제 손으로 받치고 이것 보라는 듯 웃고 있었다.

그때였다.

"누구쇼?"

나는 소스라치게 놀라 벌떡 일어섰다. 그 바람에 무릎 위에 올려놓았던 핸드백이 토방으로 떨어지며 립스틱이 데구루루 굴러 나왔다.

망가진 함석 대문 앞에 그 남자는 서 있었다. 나를 위아래로 훑어보는 눈빛이 사나왔다. 너무 놀란 나머지 뭐라 답변을 못하고 안절부절못하는 내게 그는 시비조로 물었다.

"누군데 남의 방을 그렇게 훔쳐보고 있는 거요?"

명화 오빠였다. 햇볕에 그을리고 술 담배에 찌든 얼굴이, 서른 무렵이라는 실제 나이보다 훨씬 더 들어 보였다. 나는 가까스로 여유를 찾으며 더듬거렸다.

"명화 담임입니다. 할머니를 뵐까 해서요."

"왜, 무슨 일 있어요?"

"좀 상의드릴 게 있어요."

"할머닌 읍에 나가셨어요. 해가 져야 오실 겁니다."

그 말은 그러니까 어서 꺼지란 소리나 다름없었다. 나는 잠시 망설이는 척하다가, 목례를 해 보이고 서둘러 나왔다.

한참 걸어오다 뒤돌아보니 그는 둑길에 올라서서 갯벌을 보며 담배를 피우고 있었다. 다음 날부터 명화는 학교에 오지 않았다. 가출이었다. 가정방문을 했던 것이 갈등에 더 크게 작용했던 건 아닌가 싶어 내심 괴로웠다. 하지만 어려운 가정환경에서 충동적으로 가출한 것인 줄만 알고 누구도 나에게 화살을 던지지 않았다.

명화 오빠가 농약을 먹고 자살한 것은 명화가 집을 나간 이듬해였다. 손바닥만 한 시골인지라 금세 소문이 퍼졌다. 농사 짓는 일도 고기잡이도 시원치 않고, 학력이 없어 취직도 못하는 데다 장가도 못드는 신세를 비관해 자살한 거라고들 했다. 곧이어 사람들의 귀는 또다른 소문에 휩쓸렸다. 명화 때문이라고. 명화의 가출은 또 오빠 때문이었다고들 수군거렸다.

교무실에서도 연일 화제가 되었다. 명화가 계속 학교에 다녔어도 이미 졸업했을 터이고, 명화의 존재도 잊히던 무렵이었다.

몸서리를 치면서도 침묵할 수밖에 없었다. 그때 나는 겨우 스물여섯 살이었다.

까맣게 잊고 있던 일들이다. 다시 이 길을 가니 그 일들이 고스란히 되짚어진다. 이곳을 떠난 후, 아예 눈감고 철저히 외면했던 기억이다.

읍에서 포구 마을로 향한 길은 예전과 달리 시멘트로 포장돼 있었다. 벼를 다 벤 논바닥은 을씨년스럽게 텅 비어 있고, 방치된 비닐하우스에선 비닐 조각들이 펄럭였다.

이십 분쯤 달리는 동안 사람보다 개를 더 많이 만났다. 길 한가운데에 서너 마리가 어슬렁거리고 있었다. 놈들은 차가 가까이 가도 그다지 놀라는 기색이 없었다. 아무 생각이 없는 눈으로 올려보다가 마지못한 듯 슬그머니 옆으로 비켜서기도 했다.

길 한복판에서 개 두 마리를 보았다. 경적을 울려도 꿈쩍 안 하기에 브레이크를 밟았다. 그중 한 마리와 눈이 마주쳤을 때, 나는 본능적으로 묘한 불쾌감을 느꼈다. 붉게 충혈 돼 있던 그 눈!

그제야 나는 그들이 무얼 하고 있는지를 알았다. 한낮의 벌판 한가운데 길 위에서 개들의 교미라니…….

엉덩이를 맞붙인 채 놈들은 어기적어기적 더디게 비켜났다. 속이 메슥거렸다. 유리문을 내리고 찬바람을 쐬니까 조금 가라앉는 것 같았다. 저만치 야산 하나는 온통 파헤쳐지고 있는 중이었다. 포클레인으로 붉게 드러난 가슴팍, 그 위로 낮달이 멀건이 떠 있다.

동네 입구 빈터에 차를 세우고 마을로 들어섰다. 고샅길은 시멘트로 씌워져 있었지만, 군데군데 패이고 망가져 보기 흉했다. 빈집도 더러 눈에 띄었다. 강이라고도 바다라고도 할 수 없는 이 만경포구. 그렇다고 농사로 생계를 이을 수도 없어 결국 이곳을 떠난 이들이 버리고 간 집들일 게 분명했다.

흙먼지에 덮여 안이 거의 들여다보이지 않는 가게 앞에 한 노인이 쪼그려 앉아 있었다. 가게 유리문만큼이나 눈빛이 흐릿했다.

나는 옛날 가정방문 기억을 떠올려 하나하나 유심히 살피며 걸었다. 해바라기가 무리지어 피어 있던 송이네 집은 이미 폐가로 주저앉았고, 하모니카를 잘 불었던 장호네 집 마당엔 메마른 조개껍질 더미만 뒹굴고 있었다.

명화네 집을 찾기란 어렵지 않았다. 그러나 거기까지 이르는 동안에도 명화 할머니를 보면 무슨 말부터 꺼내야 할지 준비가 돼 있지 않았다. 주춤거리는 사이 나는 이미 그 집 앞에 섰다.

마루에 앉아 담배를 피우고 있던 노인은 내가 다가가도 아무 반응이 없었다. 누구냐 묻기는커녕 쳐다보지도 않았다.

누리끼리한 머리칼이 삼베 올처럼 뻣뻣해 보였다.

"저어……."

노인은 크윽, 가래를 돋우더니 토방에 뱉었다.

"누구여?"

노인이 물었을 때 나는 흠칫 놀랐다. 여든이 넘은 노인답지 않게 목소리가 카랑카랑했다.

"명화 고등학교 때 담임했던 사람입니다."

문 밖만 주시하던 노인의 눈이 내게로 와 박혔다.

"그때 처녀 선생이로구먼."

"오래전 일인데 기억하고 계시네요."

"그년 때문에 우리집꺼정 찾아왔던 사람은 처녀 선생밖에 없응께. 헌디…… 어찌 알고 오셨소?"

"뭐라고 위로의 말씀을 드려야 할 것 같아서요……."

"다 몹쓸 년의 팔자지라우."

"장례는 어떻게……."

"장례랄 것이 뭐 있소? 화상해서 어제 뿌렸고만."

노인은 다시 담배를 꺼내 물었다. 나는 마루 끝에 있던 일회용 라이터를 집어 불을 붙여주었다.

"저어그, 갯벌에 뿌렸소. 지 오빠도 거그다가…… 즈그들 어려서 뛰놀던 곳잉께……."

담배 한 개비가 다 타도록 나는 아무 말 못하고 서 있었다. 이따금 바람만 불어왔다. 그때마다 담배연기가 노인의 무표정한 얼굴을 흐려놓았다가 사라지곤 했다.

언젠가 우리 집에 온 명화와 마주 앉았을 때 그랬던 것처럼 노인과 나 사이에도 침묵만 오갔다. 그날의 빗소리 대신 오늘은 바람이, 둘 사이의 공백을 메운다.

"어서 가보쇼. 여그꺼정 와 준 것만도 고맙지만, 이 늙은인 헐 말이 없소……."

명화의 통장과 내가 준비해 간 조의금을 노인의 손에 쥐여주고 막 돌아서려던 참이었다.

"할머니."

대문 앞에 사내 아이 하나가 불쑥 나타났다.

열 살쯤이나 됐을까, 갯벌에서 놀다왔는지 눈과 입술만 빼고는 온몸이 잿빛이었다. 아이는 나를 보고 약간 경계하는 표정을 띠며 노인에게 바짝 붙어 섰다.

아. 나는 속으로 놀라움을 삼켰다. 나를 이리저리 훑어보는 그 눈빛! 그것은 언젠가 이 집에 와서 맞닥뜨렸던 명화 오빠의 눈빛과 흡사했다. 단지 과거 그의 눈은 절망과 비웃음이 묻어있던 데 비해 지금 내 앞에 있는 어린아이의 눈은 너무 맑고 투명한 것이 다를 뿐.

노인은 아무래도 상관없다는 듯 연신 담배만 빨아댔다.

"이름이 뭐니?"

그냥 돌아설 수 없어 겨우 이렇게 물었다. 아이는 이내 발그레 웃음을 담으며 또렷하게 대답했다.

"철이……요. 차, 철, 이."

나는 아이의 손을 가만히 잡아 주었다.

"철이?"

"은하철도 구구구에 나오잖아요? 그 철이에요."

"아! 그 영화…… 그걸 봤니?"

아이의 속눈썹이 파르르 떨리는가 싶더니 금세 눈빛이 환해졌다.

"서울 살 때 엄마랑 열 번도 넘게 봤어요."

"그래…….'

그 집을 나와 한참 걷다가 뒤돌아보았다. 둑길 위에 아이 혼자 달랑 올라서서 나를 쳐다보고 있었다. 저만치 썰물 진 갯벌에 반짝이는 햇살이 어지러웠다.

포구마을을 벗어나 큰길을 달리다가 강을 따라 이어진 제방으로 올라가서 차를 세웠다. 강물에라도 대고 뭐라 털어놓고 싶었다. 이솝 우화에 나오는 이발사처럼, 갈대숲에라도 대고 소리치고 싶었다.

어느 성인도 쓸모없으니 정원에서 찍어 없애라고 이른 바 있고, 예수까지도 영원히 열매 맺지 못하도록 저주했다던 무화과나무! 그들조차도 외면해버린, 너무 외롭고 처절한 그 꽃을, 나 혼자 보고 말았노라고 말하고 싶었다.

그러나 아무도 귀 기울여주지 않을 것 같았다.

그들도
몰랐던
그들의 진실

당신 누구야?

고함을 치려했지만 입술만 달싹거렸다. 팔을 휘젓다가 잠에서 깨어났다. 누군가 귀에 대고 속삭였다. 무슨 말인지 알아들을 수 없었다. 음울한 분위기였다.

문득 〈What a wonderful world〉가 들렸다가 사라졌다. 수신 컬러링이다. 그 선율이 꿈결에 귓속으로 파고들었던 모양이었다. 핸드폰에 등록되지 않은 번호였지만, 네 개의 끝자리 숫자를 보니 짐작이 간다.

새벽 한 시. 겨우 두어 시간 잤을까? 동영상 플레이어가 컴퓨터 모니터 속에 액자처럼 떠 있다. 자정이 넘을 때까지 영화를 봤다는 데 생각이 미친다.

컴퓨터를 끄려고 침대에서 일어서는데, 다시 울리는 루이스 암스트롱의 노래. 잠깐 망설이다 통화 버튼을 누른다.

여보세요,를 두어 번 반복해도 아무 반응이 없다. 종료 버튼을 누르려는 순간, 쿨럭쿨럭 기침 소리가 들렸다.

그녀는 다시 휴대폰을 귀에 댔다.

"자고 있었어요?"

오래 잊고 있었지만 분명 그 사람이다. 무심히 통화를 용납했던 순간과 달리 그녀는 굳이 전화를 받은 자신의 행위를 후회한다. 전에도 늘 그랬다.

"어떻게 살아요?"

그는 대뜸 이렇게 묻는다. 한밤중에, 그것도 잊을 만하면 상대방 감정의 유통기한과 상관없이 일방적으로 안부를 묻는 행위라니.

"……."

어색한 침묵 사이로 어딘가에서 고양이 울음소리가 들린다.

"무소식이 희소식이라죠? 잘 지내리라 믿어요. 워낙 씩씩한 사람이니까."

어색한 침묵을 비집고 들려오는 그의 목소리가 생경하다. 흔연스러운 척하지만 사실은 억지스런 말투와 나무껍질처럼 거칠고 삭막한 음성에서 그녀는 상대방의 감정을 읽는다. 망설이다가 전화를 걸었으리라. 통화는 됐으나 난감하긴 서로 마찬가지일 것이다.

잠시의 침묵이 아주 길게 느껴진다. 그는 예전의 뜨직뜨직한 투로 돌아간다.

"라라…… 궁금하지 않아요?"

"왜요? 무슨 일 있어요?"

"아뇨. 잊었는가 싶어서."

라라는 고양이다. 그녀가 아는 사람한테서 노르웨이숲종 고양이 두 마리를 얻어왔다. 수컷은 도도, 암컷은 라라. 음악을 하는 그가 붙여준 이름이다.

도도는 어느 날 집을 나가 돌아오지 않았다. 라라는 두 해 동안 잘 자랐는데 그에게 맡겼었다. 그녀가 밖에 있는 시간이 많아 외로울 것 같았다. 그를 만나지 않게 되었지만, 딱히 고양이를 데려오기가 뭣해서 아예 잊고 살던 터였다. 하얗고 풍성한 긴 털로 덮여 있는데, 정수리와 꼬리 부분만 갈색이어서 마치 낙엽을 달아놓은 것 같은 놈이었다. 초록색 구슬 같은 눈으로 그녀를 올려다 볼 때면, 라라의 얼굴에 제 얼굴을 비비곤 했었다. 그와 헤어진 후, 그 남자보다 라라의 부드럽고 풍성한 촉감이 더 그리울 때가 많았다.

"라라는, 지금도 건강해요?"

"그럼요. 벌써 예닐곱 살이 됐네요……."

담배를 찾아 입에 문다. 라이터를 켜 불을 붙이고, 깊숙이 빨아 연기를 토해낼 때까지 서로 이렇다 할 얘기를 건네지 못한다. 그녀는 저만치서 대롱거리는 거미줄을 물끄러미 응시한다.

어제부터 갑자기 거미 한 마리가 출현했다. 동전만큼이나 크고 시커멓게 생겨 징그럽고 음흉해 보였다. 처음 봤을 땐 본능적으로 적개심 같은 게 생겨 때려잡을 궁리부터 했으나 포기했다. 어떻게 하는지 가만 지켜보기로 했다. 놈은 식탁등과 벽 사이를 부지런히 오가며 제 꽁무니에서 실을 뽑아내기 시작했다. 도대체 이 집 안에 먹을 게 뭐가 있다고 살림을 차린단 말인가. 하긴, 아파트 주변이 지저분한데다 잡초가 많아서 파리 모기들이 많으니까 끼니를 때울 정도는 걸려들지도 모른다. 두어 시간 사이에 제 집과 일터를 완성시킨 놈은 여유 있게 매달려 뒤룽거렸다. 아예 진을 치고 살 작정인 것 같았다.

"지금도 그 차 타고 다녀요? 빨간색 프라이드?"

"폐차시킨 지 오래 됐어요. 너무 낡았거든요. 이젠 차도 없어요."

사고가 났었다는 말은 굳이 하지 않았다. 그 차를 타고 이 남자를 무수히 찾아갔었다. 안개가 잔뜩 끼어 한 치 앞도 보이지 않는 길을, 눈발 날리는 길을, 어둠 속에 비가 추적추적 내리는 길을, 수없이 오갔다. 때론 흥얼거리기도 했고, 때론 미칠 듯이 화가 나서 무조건 액셀레터를 밟기도 했었다.

"지난해 가을에서 겨울까지 매일 그곳에 갔었어요. 그 근처 학원에서 레슨을 좀 했었거든요. 아침저녁 거길 지나곤 했죠. 지금도 거기 살아요?"

그녀는 라이터를 찾는다. 그렇다면 그때 먼 발치로 보았던 사람이 분명 이 사람이었구나…….

밖에서 돌아오면 곧장 베란다로 나갔다. 주로 밖으로 돌아다녔기에, 집에 오자마자 베란다에 나가 담배부터 피우는 게 버릇이었다. 좀 일찍 들어와서 해가 지는 풍경을 바라볼 수 있으면 하루의 피로도 달콤했다.

그날도 베란다 의자에 기대앉으며 무심히 밖을 내다보았다. 저 아래 산자락에 사람 모습이 어른거렸다.

뒷산은 밤나무 떡갈나무 오리나무들이 숲을 이루고 있다. 그 숲 사이로 여기 저기 산책로가 뻗어 있는 공원이다. 산허리를 파고 들어간 밭에는 매실나무 도라지 고추 같은 것들이 자라고 있었다. 또 널찍한 빈터에 두 개의 봉분이 브레지어를 펼친 것처럼 나란히 누워 있다. 주변에는 노란 미나리아재비꽃 무리가 하늘거리거나 장끼가 와서 놀기도 했다.

그 사람은 이 빈터 무덤 옆에 앉아 있다가 막 일어났는지 손으로 엉덩이를 털면서 돌아서고 있었다. 큰 키에 왜소해 보이는 체격, 어깨까지 내려온 머리. 다소 멀어서 여자인지 남자인지 언뜻 구분이 안 됐지만, 남자라고 짐작되었다. 여자들은 대부분 안전한 산책로를 따라 걷기를 좋아한다. 혹은 지나는 사람들의 눈에 잘 띄는 바위나 벤치에서 휴식하기 마련이다. 해질 무렵 무덤 근처에 여자 혼자 앉아 있기란 어렵지 않은가.

'혹시? 그 사람?'

여기에 생각이 미친 것은 나뭇가지 사이를 오르내리던 청설모가 사라진 후였다. 그가 여길 지켜보다가 내 모습이 비치자 슬그머니 돌아선 건 아닐까……. 다시 유심히 그쪽을 주시했으나, 그는 이미 숲속으로 천천히 걸어 들어가고 있었다. 멀리서 보는 뒷모습만으로는 단정 지을 수 없지만, 어쩐지 그 잔영이 오래 지워지지 않았다. 그때가 바로 지난가을이었다.

"글은 잘 써져요?"

"……."

그녀는 피식 웃고 말았다. 쯧쯧. 혀 차는 소리가 들려왔다.

"왜요? 작가가 글을 열심히 써야지."

"작가?"

그에게 왜 유독 빈정거림이 심할까, 지금까지도 왜 무심하지 못할까…… 하면서, 왼손으로 머리칼을 대충 흝는다.

"당신이 습작한 글 본 적 있잖아요. 그만하면 지금쯤 베스트작가 대열에 오를 만한데, 나는 어디선가 혹 당신 글을 볼 수 있을까 해서 신문이며 문예지 같은 걸 기웃거리곤 했어요."

그런 꿈도 있었다. 기막히게 빼어난 글, 가슴을 사로잡는 시, 천둥처럼 뒤통수를 후려치는 소설을 쓰겠노라고 벼르던 시절도 있었다.

"새삼스럽게 무슨 놈의 글……."

몇 년을 헤매기만 했다. 라디오 방송에 매달려 늘 분주하고 어수선했다. 취재하고 구성하고 진행하는 일에 소진했다.

그렇다고 방송 일이 대단한 건 아니었다. 이틀 걸러 삼십 분짜리 방송. 그것도 노상 방송을 들으며 일하는 택시 기사나 흘려들을까 아무도 관심 없는 허접한 프로였다.

수입 또한 별로였다. 여자 혼자 남루하게 버티기에 딱 알맞은 정도라고나 할까.

그래도 서른 중반엔 참 열심히 뛰었다. 프로그램이 바뀌면, 또 거

기에 맞춰 일했다. 베테랑이란 소리를 들었지만, 지역방송의 경제라
는 게 그저 그랬다. 게다가 자만심과 권위의식이 많은 방송계 사람들
의 변덕으로 말 한 마디면 날아갈 수도 있는 계약직에 불과했다. 그
나마 별 어려움 없이 오래 일을 지탱할 수 있는 것만도 다행이었다.

어쩌면 글을 쓰고 싶다는 열망. 그것으로 견뎠는지도 모른다. 무심
히 듣고 지나가는 방송의 일회성 잡글이 아닌 진짜 글…….

언제부터였을까, 무언가 자꾸 빠져나가는 것만 같았다. 일에 대한
의무만 남고 애정과 관심은 줄어들었다. 육신은 무거운데 가슴은 텅
비어갔다. 낮이면 습관처럼 일하고, 저녁이면 혼자 취해서 비틀거리
다 쓰러져 자는 날들도 많았다.

십여 년, 그렇게 버둥거렸다. 연륜이 쌓이는 만큼, 담당 피디나 동
료 작가들은 상대적으로 젊은 사람들로 바뀌었다. 어려움이 있거나
불화가 있었던 건 아니었지만, 처신이 곤란할 때가 더러 생겼다. 그
녀 스스로 일을 그만두었다. 어차피 계약직이었다.

방송 일을 그만두고부터 집에 틀어박혀 지냈다. 그리운 사람도 찾
을 사람도 없고, 누구의 안부도 묻지 않고 지낸 지 한참이다.

"뭐라도 써야지요. 배설하듯, 토하듯, 아니면 심심풀이라도…….."

푸, 한숨을 내뱉은 그는 이쪽에서 듣는지 어쩐지 아랑곳없다는 듯
계속 말한다. 낮지만 점점 격앙되는 말투는 여전하다.

"이봐요, 요즘 글을 읽고 나면 나는 사기 당한 느낌이 들어요…….."

"…….."

마땅히 대꾸할 말이 없어 천장에 담배 연기만 동그랗게 토해낸다. 한 개. 두 개.

"뭐라고 말 좀 해봐요. 사는 게 힘들다거나 재밌다거나 뭐든지간에 좀……."

"……."

라이터를 켜는지 '딸깍'하는 소리가 들린다. 죽었다 깨도 제 스타일을 고수하는 이 사람, 아직도 그 불편한 지포 라이터를 쓰는가 보다. 한참 후 그가 다시 말을 잇는다.

"나 혼자 떠드는군. 그러고 보니 당신은 나한테 아무것도 묻질 않았어. 그렇지. 나에 대해선 궁금한 게 없는 거지. 아무것도……."

잠자코 듣기만 하던 그녀가 물 잔을 찾으면서 불쑥 한 마디 한다.

"통화 너무 오래한 것 아닌가요? 수신자 부담도 아닌데?"

이건 너무했지 않나 싶어 이내 좀 머쓱해진다. 가난뱅이 주제에 누구보다 자존감만은 강한 사람인 것을.

침묵 사이로 밤 고양이의 울음소리가 '메이요. 메이요.' 가느다랗게 스쳐간다.

문득 이러다 또 그가 잠들어 버릴 것 같다.

전에도 종종 그랬다. 핸드폰이 없던 때여서 집 전화로 통화했는데, 그는 술에 취하면 한 시간이 넘도록 수화기를 놓지 않았다. 거의 일방적인 독백이었다. 수화기를 든 채 잠이 들어버린 적도 많았다. 그녀가 몇 번이나 불렀을 때서야 겨우 반응을 보이기도 했다. 그러다

졸음에 겨운, 이제야 비로소 잠들 수 있겠다는 안도감이 담긴 목소리로 말했다.

"잘 자요."

찰깍. 저쪽에서 수화기 놓는 소리를 듣고서야 베개에 얼굴을 묻던 그런 날들이 있었다. 한때는.

"자요?"

다시 그가 물었다. 쿨럭, 참았다가 터지는 기침 소리와 함께였다.

"아뇨."

"요즘도 방송 작가 일 계속 해요?"

"네. 그저……."

말끝이 흐릿해졌다. 물 한 잔을 들이켰다.

"왜? 짤렸어요?"

"그런 거 알아서 뭐해요?"

"미안해요. 이제 진짜 글만 쓰냐고 묻고 싶었는데."

"……."

"나부터 아무것도 못하면서 감히 훈계라니…… 난 엉터리지. 삼류 가수! 딴따라! 그래도 한때는 잘 나갔었는데. 히트곡 하나 내기가 어디 쉬운 줄 알아요? 많고 많은 가수 중에서 대중들의 기억에 남는 가수는 드물어요. 문제는, 거기서 멈춰 버렸단 거지. 더 나갈 수가 없게 된 거야. 내 음악은 팔십 년대에서 끝났어. 내 인생은 구십 년대에서 차압당했고……."

목구멍이 싸해진다. 소금물이라도 삼킨 것처럼. 그녀는 뻑뻑한 눈을 두어 번 감았다 뜨기를 반복한다.

저쪽 아래서 고양이 울음소리가 들려온다. 적에 대한 경계인지, 암컷을 부르는 유혹인지 분간이 어렵다.

이 아파트 주변에는 길 고양이가 유독 많다. 놈들은 쓰레기더미 사이를 헤집고 다녔으며, 사람과 마주쳐도 짐짓 태연했다. 똑바로 눈을 마주한 채 꿈쩍도 안 하다가, 슬금슬금 비기는 녀석도 있다. 주민보다 고양이가 더 많을지 모른다는 생각이 들기도 했다.

지은 지 삼십 몇 년이 넘은 아파트는 말이 아파트지 창고나 다름없다. 팔십 년대에 공무원 아파트로 지었다는데, 아마 당시로서는 아파트라는 새로운 주거형태가 인기를 끌었을 것이다. 하지만 세월이 흐르면서 점점 외면당했다. 넓고 편리한 새 아파트들이 우후죽순으로 생겨났다. 그동안 재건축을 시도하기도 했을 터이나, 워낙 땅이 비좁고 위치가 좋지 않아서 투자할 가치조차 없는 모양이었다. 더욱이 도시 외곽에 신시가지가 형성되면서 이곳은 빈민가로 전락해버린 꼴이 됐다.

다른 아파트 같으면 주차장이 모자랄 만큼 차들이 빼곡 들어차 있으련만 여기서 눈에 띄는 것은 겨우 대여섯 대나 될까. 그것도 형편없이 낡은 중고차일 뿐이다. 이사했을 당시엔 그녀가 몰고 다니던 새 소형차가 그래도 나은 편이었다.

수많은 사람들이 입주했다가 이사를 가고 또 들어왔지만, 앞으로는 더 이상 새로 들어올 이도 없을 것이다. 빈집이 늘어가 닭장처럼 을씨년스런 이곳에 지금은 십여 호만 남았다. 원래 주인들은 이미 떠났고, 이리저리 떠돌다 잠시 머무는 사람들 뿐. 그래도 갈 데 없는 이들은 등 붙이고 다리 뻗을 수 있는 것만으로도 다행이라고 생각할지도 모른다.

먼동이 틀 무렵이면 낡은 트럭을 몰고 나가는 오십 중반의 사내, 움푹 움푹 팬 시멘트 바닥에 비닐 돗자리를 깔고 앉아 있는 서너 명의 노인들. 교복을 입은 채 담배를 피우며 계단을 내려가는 고등학생. 그 뒤에서 욕설을 퍼붓는 엄마인 듯한 여자. 시커먼 비닐 가방 하나 메고서 항상 고개를 수그리고 걸어가는, 영락없이 아내에게서 버림받은 냄새 나는 오십 대쯤의 남자. 요즘 그녀가 본 모습들이다.

그 무료함에 대한 반발인 듯, 갈수록 고양이들의 기승이 심해지고 있다. 특히 밤에는 저희들만의 세상인 양 몰려다녔다.

"그만 자야죠. 나도 피곤해요."

그녀는 애써 담담한 투로 말한다. 이쯤에서 전화를 끊고 싶다. 아무런 감흥이 없다. 추억이라든가 그리움 같은 감정을 그녀는 경계한다. 절망, 상처, 희망…… 이런 단어도 질색이다. 그런데 옛날 애인이라니.

일방적으로라도 끊을 작정이었는데, 그의 목소리가 이어진다.

"라라, 보고 싶죠?"

"이제, 그만…… 자요."

또 한 번 어둠을 찢는 고양이 울음소리. 문득 전화기 속에서도 똑

그들도 몰랐던 그들의 진실 155

같은 소리가 들린다는 데 생각이 미친다. 잘못 들은 걸까? 이명 현
상? 그녀는 고개를 흔들어 본다.

순간, 어떤 예감 같은 게 재빨리 훑고 지나간다.

"거기, 어디예요?"

그녀는 핸드폰을 든 채 일어서서 창문 쪽으로 걸어갔다. 그리고 커
튼을 젖혔다.

"몰라요. 나도…… 내가 어디 있는지…….."

공중전화 부스 안에 쭈그리고 앉아 있는 사람이 보였다. 그 남자의
팔에 안겨 있는 하얀 것은 분명 고양이였다. 비가 내리는지 가로등
아래로 은빛 비늘 같은 게 부서져 내리고, 나뭇잎이며 풀잎들은 촉촉
이 젖어 반짝이고 있다.

핸드폰을 귀에서 뗀 채 그쪽을 한참이나 내려다보았다. 손바닥 안
에서 무어라 웅얼웅얼 하는 소리가 굴러다닌다.

그녀는 후회한다. 전화를 받지 말았어야 했다. 혹은 그의 긴 말을
잘라버렸거나, 더더욱 밖을 내다보지 말았어야 했다.

아! 한숨을 쉬며 그녀는 카디건을 찾아 어깨에 걸쳤다.

환한 불빛 아래 드러난 그의 모습은 몇 년 전 그대로였다. 청바지
에 셔츠며 캔버스화 차림. 초췌하기 이를 데 없어 보였다. 그 사이 더
야위었는지, 아니면 한동안 익숙했던 모습도 세월이 지나 다시 보면
새삼스러운 것인지.

"눈부셔서, 원. 불빛 좀 가려줘요."

나름대로 너스레를 떨며 그는 의자에 풀썩 주저앉았다. 기우뚱 쓰러지는 허수아비 같았다.

거실 불을 끄고 식탁 등을 켜자 비로소 안도의 기색이 드러났다. 담배에 불을 붙이는 손이 가느다랗게 떨리고 있었다. 앙상한 팔뚝엔 힘줄이 시퍼렀다.

라라는 초록색 눈으로 옛 주인을 뚫어지게 쳐다보았다. 잠시 멈칫거리더니 슬금슬금 그녀 주변을 맴돌았다. 영리한 놈이라 이 년여 살았던 흔적이 아주 낯설진 않은가 보다.

수건을 가져다 라라의 젖은 털을 닦아주었다. 놈은 잠자코 있었다.

그녀는 천천히 주방으로 가 커피메이커 코드를 꽂았다. 물 투입구에 넉 잔 정도의 물을 붓고, 여과지를 끼우고, 커피 가루를 넣었다.

도자기를 배우는 친구가 만들어준 울퉁불퉁한 머그잔을 챙긴다. 이 집엔 같은 용기라도 똑같은 게 거의 없다. 찻잔도, 밥그릇도, 수저도, 몇 개 안 되지만 무늬며 모양이 다 다르다. 의자와 탁자, 침대 이불과 시트, 주걱과 국자…… 모두 제각각이다. 어차피 세트를 좋아하지도 않지만, 그나마 가지고 있던 것들이 하나씩 버려진 까닭이다. 깨지거나 낡거나 찢어지거나 하면 가차 없이 버렸다. 이상하게도 무얼 버릴 때면 홀가분했다.

그렇게 느릿느릿 움직이면서 그녀는 생각한다. 내가 왜 저 사람을 또 내 공간에 들여놓은 것일까. 그러면서 다짐한다. 오늘뿐이야. 다시는 어떤 일이 있어도 받아들이면 안 돼. 오늘만, 차 한 잔 마시고 보내면 돼.

"당신도 나일 먹어가는군. 머릿결이 많이 상했어. 그땐 긴 생머리가 참 인상적이었는데…… 당신이 고개를 젖힐 때 날리는 머릿결은 바람에 쓸리는 호밀밭을 연상시켰거든."

쯧. 쯧. 이번에는 그녀가 혀를 찬다.

어색한 듯, 그러면서도 집요한 그의 시선을 그녀는 줄곧 따돌리려 애쓴다. 집 안에 들어서면서부터 예전으로 돌아간 말투에도 무심한 척한다.

잠시 그녀에게 머물던 시선이 머뭇머뭇 주위로 옮겨간다. 여러 군데 찢기고 얼룩진 거실 바닥으로, 아무렇게나 책이 뒹굴고 있는 책상으로, 말라 비틀어져 가는 선인장 화분으로. 그러다 천장의 거미줄을 한동안 올려다본다. 불빛을 받은 거미줄은 제법 환상적이다. 거미란 놈은 한쪽에 숨어 있는지 보이지 않는다.

그는 의자에, 그녀는 바닥에 앉아서 커피를 마신다. 이미 오래전에 유통기한이 지나버린 커피는 맛도 향도 없다. 두 사람이 동시에 피우는 담배로 연기가 자욱해 창문을 조금 연다. 라라는 탐색의 범위를 넓히며 느리게 움직이고 있다.

"맛이, 그저 그렇죠?"

"따뜻하면 돼요. 향이 괜찮은데, 뭘."

무슨 말인가를 꺼내려다가 고개를 젓던 그가 조금 웃어보였다. 억지웃음을 바라보는 것 또한 어색한 일이다. 몇 년을 만났으면서도 그의 웃음에 대한 기억이 거의 없다.

"벌이나 나비가 향기 있는 꽃을 찾아다닌다고들 하죠? 실은 그게 아녜요. 그들은 향기를 찾는 게 아니라 꿀을 찾지요. 헌데, 주로 향기 있는 꽃에 꿀이 많아요. 그래서 그리로 몰려드는 것이지, 결코 향기가 목적은 아니라고요. 향기는 가짜예요."

그녀는 그저 입술 꼬리만 가벼이 올릴 뿐 별다른 반응을 보이지 않는다.

헤어진 후, 한동안은 그로부터 수없이 전화가 걸려왔었다. 그러다가 서서히 횟수가 줄어들었다. 잊을 만하면 한 번씩, 나중엔 까마득히 잊고 지냈다. 그러더니 지난 연말엔 지금 당장 만나자며 자신이 오겠다고 하는 것이었다. 그녀는 거절했다. 이제 미움도 의구심도 없어 흔쾌히 만날 수는 있지만, 그게 무슨 의미가 있을까.

"혹시, 술…… 없어요?"

그의 망설임만큼이나 그녀도 머뭇거린다. 이런 상황에서 난데없이 술이라니? 그렇다고 멀뚱멀뚱 앉아 있기도 뭣하고…….

그다지 내키지 않는 심사로 일어났다. 마시다 남겨놓은 와인을 가져온다. 삼 분의 이 가량이 남아 있다.

"싸구려예요."

"고마워요. 그런데 이 집엔 성한 게 없군."

그는 테두리에 금이 간 유리잔에 술을 따라 먼저 마신 후, 또 한 잔을 따라 내밀었다. 비로소 똑바로 응시하는 그의 눈빛에 예전의 그 사나움이 언뜻 스쳐간다. 세상에 대한 경멸, 피해의식, 자괴감 같은 것들이 뒤섞인 눈빛이다.

오래전 처음 그가 여기 왔던 날을 떠올린다.

두 사람은 맥주랑 통닭을 잔뜩 사들고 비를 맞으며 뛰어 들어왔다. 머리칼만 대충 닦고서 젖은 옷 그대로 바닥에 퍼질러 앉아 술을 마셨다. 그날도 아마 맥주를 데워 마셨던 것 같다. 위장이 약해 자주 탈이 났으므로 그녀는 맥주를 살짝 데워 마시길 좋아했다.

한껏 고조된 그녀는 오디오에 전원을 넣고 우아한 자세로 엘피판을 걸었다. 모차르트 심포니 41번.

음악이 나오자 그가 팔을 번쩍 들더니 지휘를 하기 시작했다. 마치 보이지 않는 오케스트라가 그의 지휘에 맞춰 연주하는 것 같았다. 그녀는 허리를 잡고 웃어댔다.

"지휘는 엉터린데 연주는 잘 하네요."

"연주자들이 영리해서죠. 지휘 안 보고 악보만 보겠죠."

고개를 흔들 때마다 그의 검고 곱슬거리는 긴 머리가 사자 갈기처럼 날렸다. 표정은 심오했고, 내젓는 팔엔 힘이 넘쳤다. 그녀는 손뼉을 치며 소릴 질렀다.

"브라보!"

그들은 볼륨을 높여 라디오 해드며 클립을 방 안 가득 풀어놓았다. 누가 듣거나 말거나 목청껏 노래를 불렀다. 그리고 서로를 탐닉했다. 방바닥은 옷가지 비닐봉지 레코드 판 술잔 그릇 같은 것들로 발 디딜

틈 없이 어지럽혀졌고, 두 사람은 그 안에서 밤새 뒹굴었다.

다음 날 아침, 아직 자고 있는 그를 내버려두고 맨얼굴로 허둥지둥 계단을 내려오는데, 일 층 현관에 '喪中'이라는 검은 글씨가 붙어 있었다. 안에서는 통곡하는 소리도 들려왔다. 아무것도 모르고 지낸 간밤의 일이 떠올라 그녀는 뒤꼭지가 화끈거렸다.

그때 그 남자가, 이제 허수아비 같은 형상이 되어 마주하고 있다. 사자 갈기 같던 검은 머리칼은 귀밑머리부터 희끗희끗해지기 시작했고, 힘이 넘치던 팔뚝은 마른 나뭇가지 같다. 기타 하나 들고 노래 불러도 청중을 사로잡을 만큼 패기 있던 사람이 바로 이 남자인가 싶을 정도로 그는 초라했다.

"당신, 남자 없어요? 내가 혹 무례한 건 아닌가?"

"언제는 예의 같은 거 있었나요? 항상 멋대로였지."

그는 허허, 웃었다. 그녀도 억지로 웃으려 한 것이 되레 일그러지는 느낌이었다.

"너무 극단적이야. 당신은······."

그녀는 아무 대꾸도 하지 않는다. 무슨 말을 해도 신경을 쓰지 않을 작정이다. 가슴속에 단단히 뭉쳐진 얼음덩어리가 들어선 지 오래다.

"다시 말해서, 너무 차갑거나, 너무 뜨겁다 이거지. 그건 위험해. 이 세상에 그 위험을 감수하려는 남자는 없어."

술잔을 입에서 떼며 그녀는 실소한다.

"충고, 고맙지만, 사양할래요."

"당신에게 책임을 떠넘기려고 그러는 게 아니니까 오해 말아요. 알
아…… 내가 얼마나 문제가 많은 사람인지 안다구. 그리고 당신이 얼
마나 힘들어했는지…… 알면서도 어떻게 못하는 그게 내 한계야. 한
계인 걸 어떡하겠어?"

"지나간 얘기예요."

충분한 시간들이 지났나 보다. 지나간 얘기라고, 그런 일도 있었다
고 말할 수 있는 걸 보면.

그녀는 이따금 곰곰 생각해보았다. 두 사람의 사이를 갈라놓은 건
무엇일까? 사건이 아주 없는 건 아니었지만, 그렇다고 헤어질 만큼의
큰일도 아니었다. 그렇다면 사랑이 없는 관계에 불과했던가? 그것도
결코 아니다. 그에게 애매하고 모호한 부분은 많았다. 하지만 그건
성향이지 결코 의도적이거나 계획적인 건 아니라고 여겼다.

거의 매일 저녁 술좌석에서 시간을 보내는 것이 못마땅했던 건 사
실이었다. 급하고 괴팍한 성격은 간혹 주변 사람들을 당혹스럽게 했
다. 사람들 속에 에워싸여 있는 것도 그녀를 힘들게 했다. 팬이라고
하는 여자들이 아무 때나 전화해도 친절했으며, 귀찮다고 투덜대는
모습도 제스처에 불과한 것 같아 싫었다.

한때 가요계에서 반짝한 스타였지만, 그 후로는 전혀 빛을 보지 못
했다. 낙향해서 지역 가수로 명맥을 유지했다. 라이브 카페가 한창일
때는 적지 않은 돈을 벌었지만 다 날려 버려 빈털터리다. 그런 건 이
해할 수 있을 것 같았다.

그런 저런 불만이 없진 않았지만 좋은 면이 많았고 매력 있는 남자였다. 그에 대한 회의와 실망감으로 가슴에 분노가 들끓었던 것도 알고 보면 애증이었을 터였다.

그렇다면 정작 그가 싫어진 까닭은 무엇이었을까? 아니다. 정확히 말하면 싫어졌다고도 할 수 없다. 그런데도 자꾸 그와의 관계에서 금이 갔다. 상처가 채 아물기도 전에 또 다른 상처를 낳았다. 서로에게 충분히 녹아들지 못한 채 이어지다가 결국은 단절된 것이다.

취기가 있는 데다 와인을 마신 탓인지 그의 눈자위가 붉어지고 있다. 움츠렸던 어깨도 다소 펴진 듯했다. 며칠 지난 빵처럼 굳은 그녀의 표정 또한 조금씩 누그러진다.

라라는 소파 아래서 앞발에 턱을 묻은 채 졸았고, 거미는 아직도 모습을 숨기고 있다.

와인이 바닥나자 지난 해 담가두었던 쑥 술을 꺼내왔다. 소주로 담근 데다 안주조차 없으니 술기운이 더해진다.

"앨범 나온 지 오래 됐네요? 오륙 년 쉬었죠?"

"들어 줄 사람도 없어요. 무대도 없는데요, 뭘…… 가끔 곡은 써요. 이제 난 한물갔고, 괜찮은 후배나 있으면 줘야죠. 그런데 만들면 뭐해요. 내 노래는 팔리지도 않는데."

"노래를 꼭 팔려고 하나요? 좋아서 만들고 부르는 거지."

예전 같으면 그는 이렇게 말했을 것이다. 나는요, 내 노래를 들어주는 이가 딱 한 사람만 있어도, 그 한 사람의 가슴만 울릴 수 있어도, 노래할 겁니다…….

그는 풀린 눈빛을 애써 모으며 말했다.

"이제 그만 날 미워하지 말아요. 알아요. 당신은 날 미워하는 게 아니야. 나 같은 놈을 사랑했던 당신, 그때의 당신 스스로를 싫어하는 거지. 헌데, 그때 당신은 아름다웠어. 사랑스러웠다고. 그러니 이제 자신을, 스스로를, 풀어놓아요. 그래도 돼요."

"……."

"나 좀 재워 줘요."

그녀는 물끄러미 그를 바라본다. 가슴 저 컨에서 기타 줄처럼 팽팽하게 당겨져 있던 줄 하나가 '뎅!' 하며 끊어지는 것 같다.

등을 잔뜩 구부린 채 팔로 감싼 얼굴을 가슴에 묻고 그는 중얼거린다. 마치 이제 글자를 배운 어린 아이가 책을 읽듯이.

"아기가 엄마하고 길을 가는데요, 어느 순간 엄마가 아기 손을 놓고 혼자 가라고 합니다. 아기는 혼자서 불안하게 몇 발자국 걸음을 옮겨요. 그러다 뒤돌아보고, 엄마가 뒤에 있는지 없는지 확인해요. 엄마가 따라오는 걸 봤어요. 아기는 안심하고 다시 걸어가요. 근데 또 불안해요…… 다시 뒤를 봤는데 엄마가 보이질 않아요. 아기는 울먹이며 사방을 돌아보고 엄마를 불러요. 그때 숨어 있던 엄마가 나타나 웃어 보입니다. 이제 아기는 안심하고 또 앞으로 나아갑니다. 나는 당신 앞에서 아기예요."

막막하게 앉아 있는 그녀에게 그가 손을 내민다. 그녀는 담배를 찾는 척하며 그의 손을 외면한다. 기억조차 희미한 엄마의 존재, 한 번도 엄마가 되어 본 적 없는 그녀에게 이 말이 얼마나 잔인한 것인지 이 사람은 모른다. 자신의 감정에 갇혀 상대방을 살피지 못하는 것 또한 여전하다.

"오늘이, 아니 이제 어제가 돼 버렸네. 어머니 기일이었어요. 안 갔어요…… 아니 못 가요. 당신 생전에 아들이 지은 죄가 너무 많아요. 식구들 볼 낯도 없죠…… 장례 치를 때 이후론 한 번도 형님 집에 가본 적 없어요."

바로 그 즈음이었으리라. 삼 년 전 어느 날, 그에게서 불쑥 전화가 걸려왔던 게. 그때도 그는 잔뜩 취해 있었다.

"병실에 와 있어요. 어머니가 입원했는데…… 오늘 내일 해요. 어머니가 바보가 됐어요. 자식도 못 알아봐요…… 하긴 불효막심한 놈 알아보면 뭣해요. 나 때문에 병든 분인데. 에구, 우리 어머니, 어여뻤던 젖가슴이 포도껍질처럼 말라붙어 버렸네……."

문득 전화가 끊겼다. 그녀 쪽에서 다시 걸어봤으나 받지 않았다.

그 후 그의 어머니 부음 소식을 들었다. 아들의 삶 속에 평생 갇혀버린 양반…… 소식을 들려주던 선배는 혀를 끌끌 찼다.

"아직 새벽이에요. 택시 타고 가요. 어서."

그녀는 그의 어깨를 잡아 흔들었다. 그는 더욱 단단히 어깨를 오므렸다. 떼를 쓰는 어린애처럼 막무가내였다.

"안 가요. 아니, 못 간다니까. 아무 말 말고 나를 재워만 줘요. 부탁이야.”

　“도대체 잠이 와요? 당신 어머니 제살 지내든 말든 난 몰라요. 왜 난데없이 여기 와서 이래요? 라라는 이제 내가 기를 테니깐 여기 두고 가세요.”

　완강히 지탱하고 있던 나머지 줄마저 끊어질까 봐서, 그에 대한 연민으로 느껴워질까 두려워서, 그녀는 목소리에 가시를 돋운다.

　한참이나 꿈쩍도 않고 있던 그가 발딱 몸을 일으켜 세웠다. 긴 머리카락이 제멋대로 헝클어진 얼굴은 삭막하기 이를 데 없다. 울화가 치밀면 그랬듯이 이젠 더듬거리지도 않는다.

　“당신도 지나쳐. 함부로 진단하고 판단하고…… 그게 얼마나 잘못된 것인 줄 알아? 그것이 당신 모순이라고. 물론 나라는 인간이 당신한테 이해되기 힘들다는 건 알아. 하지만, 나 같은 가난뱅이가 이 전화 번호 하나 지키고 있기가 얼마나 힘들었는지 당신은 모르지. 그래도 당신하고 연결될 수 있는 유일한 통로가 이거다 싶어서 지금까지 고수해온 거야.”

　그녀의 어깨를 와락 움켜진 손이 부들부들 떨고 있었다. 슬픔과 분노와 절망이 뒤엉킨 표정이 될수록 그녀는 시선을 외면한다.

　그는 계속 두서없이 늘어놓는다.

　“우리 어디서부터 잘못된 거지? 어떻게 여기까지 왔지?”

　“그만 해요.”

　그의 거친 호흡이 술 냄새를 사방에 토해낸다. 힘이 들어간 동공에 자조 섞인 분노가 서려 있다.

"왜 당신이 이렇게 얼음장처럼 굳어 버렸을까? 난, 그게 무엇보다 아파. 간절히 원했던 내 바람 하나가 깨진 것보다 당신이 냉동인간, 미라가 돼 버린 게 더 슬퍼."

차가운 시선이 잠깐 스쳐갔을 뿐, 그녀는 요지부동이다. 그때 문득 그녀 속에서 그녀인지 그인지 분간이 안 되는, 누군가의 목소리가 들렸다.

'지쳤던 거죠. 우리는. 자기 자신에게 지쳤고, 서로에게 지쳤고…… 대책 없는 날들에 지쳐갔고…….'

그는 비틀거리며 현관으로 다가갔다. 손잡이에 손을 얹고 그대로 뒤돌아 선 채 말했다.

"미안해. 과대망상증 환자 지켜보느라 힘들었지?"

문은 쉬이 열리지 않았다. 그는 잠금쇠를 풀고, 문을 열려고 애썼다.

"자, 그러면 이 환자는 물러갑니다. 라라. 잘 있어라. 이 애비는 간다."

손잡이를 이리저리 돌려보는 그의 뒷모습을 그녀는 팔짱을 끼고 선 채 지켜보기만 한다. 그러면서 예감한다. 할 말을 다 마치기 전엔 아마 문이 열리지 않을 거라고.

그녀가 그의 앞을 가로막은 것은 막 문이 열리던 찰나였다.

"자고 가요. 여기선 택시 잡기도 힘들어요. 비까지 내리는데…… 날 새면 가요."

여태껏 벼르던 의지와 다르게 이 말이 튀어나온 건 뜻밖이었다.

수수롭게 바라보던 그가 그녀를 힘껏 껴안았다. 잠시 두 사람의 눈빛이 교차한다. 눈부처. 순간 그녀는 그의 눈부처 속에 비친 자신을 보았다. 가슴 한쪽이 '쿵!' 무너져 내리는 듯했다. 그녀가 멍하니 서 있는 사이, 그는 문을 열고 나갔다. 라라가 잽싸게 그를 따라 나섰다.

발소리가 멀어지면서 빗소리가 다가왔다.

방바닥에 그의 휴대폰이 떨어져 있었다. 그녀는 우두커니 선 채 그것을 바라본다.

의자에 몸을 묻고 앉아 담배를 입에 문다.

고양이 울음소리가 들려온다. 노르웨이의 숲 라라 소리인지, 근처에 사는 길고양이 소리인지, 빗소리에 섞여 멀어졌다가 가까워지기를 반복한다.

거미가 슬슬 움직이기 시작한다. 하얀 나방 하나가 거미줄에 걸려 파닥거린다. 식탁등 불빛을 보고 날아온 모양이다. 벽면에 그림자로 비치는 나방의 날갯짓이 실제 상황보다 더 위태롭게 보인다.

소 도蘇塗의
경계

굵어진 빗줄기는 약속 시간을 계속해서 뒤로 흘려보내게 했다. 목적지 가까이 와서야 와이퍼의 움직임이 느려져 시야가 트이는 것 같았다. 줄곧 차창으로 지나가는 풍경을 바라본 탓에 목이 뻣뻣했다.

옛길을 지날 때는 농가의 풍경이라든가 산세가 희미한 기억 속에 겹쳐지기도 했지만, 자동차전용도로로 들어서면서 분간하기가 쉽지 않았다. 벼농사가 대부분이었던 논에는 더러 비닐하우스 단지가 들어서 있어 어수선했다. 버스가 터미널 앞 교차로에 진입하자 가방과 신문을 챙겼다.

커피숍 문을 열고 들어서서 잠시 두리번거렸다. 저쪽에서 중년 여자가 일어나 손짓했을 때 나는 잠시 멈칫했다. 손님이라고는 그들밖에 없다. 남자 둘에 여자 둘. 나를 기다리는 사람들이란 걸 의심할 필요가 없으련만 '설마, 저들이?' 하면서 선뜻 받아들여지지 않았다.

여자의 호들갑스런 손짓은 되레 실망스러웠다. 불과 삼사 초 사이 삼십여 년의 세월이 순식간에 달아나 버린 느낌이었다.

머리가 희끗희끗한 사내는 민수였고, 코끼리 다리만큼이나 굵은 팔뚝을 치켜들고서 포옹하러 달려드는 여자는 윤정이었다. 화숙은 어색한 웃음을 지으며 밋밋하게 서 있었고, 그 옆에 수염이 까칠한 이는 누군지 얼른 알아볼 수 없었다.

"아까 전화할 때 말했잖니. 그래도 몰라보겠어? 진태야, 박진태."

얼음을 가득 채운 냉커피를 반절쯤 마신 후에야 그들은 예전의 모습으로 돌아왔다. 윤정이조차 만나는 순간마다 선뜻 적응되지 않았다. 윤정이는 이따금 메일을 주고받았으며 몇 년에 한 번씩은 만났다. 그런데도 마주하는 순간만큼은 늘 낯설었다. 어른이 되어 처음 봤을 때 그녀는 쌍꺼풀 수술을 하고 코를 세운 후였다. 만남이 이어질수록 옛날 얼굴은 점점 희미해져갔다. 그녀가 스스럼없이 케케묵은 얘기들을 끄집어내고 친구들 사는 형편을 들려주면 그때야 옛날의 윤정이가 겹쳐지곤 했다.

"많이 늦었네? 아까만 해도 멀쩡했는데 그렇게 비가 많이 내렸어? 우린 이 속에 있어서 전혀 몰랐어야."

"폭우 때문에 버스가 휴게소에서 지체했어. 빨리 가자고 재촉하는 사람이 없더라. 엄청나게 쏟아졌거든."

나는 화숙에게 시선을 돌렸다.

"참, 화숙인 그동안 고생했지? 건강해져서 다행이야. 밖에 있어서 통 몰랐다가 귀국해서야 네 소식 들었어. 예쁜 사람은 아팠어도 여전히 예쁘기만 하네?"

"예쁘긴…… 머리가 겨우 이만큼 자랐다. 넌 아주 건강해 보여. 여전하구나."

"야, 진이는 정말 우리 또래로 안 보이겠다. 아직도 청바지가 잘 어울리고. 아주 섹시해."

"한국에선 아직까지도 섹시하단 말이 유행이니?"

나는 일부러 눈을 흘겼다. 윤정이 벌떡 일어나 허리에 손을 얹고 허리를 두어 번 돌렸다.

"난 어때? 안 섹시해?"

민수가 혀를 끌끌 차며 일어섰다.

"여자들은 어쩔 수 없다니깐. 그저 섹시하다면 좋아서 야단이니, 원. 자 출발합시다."

우리는 각자 가방을 챙겼다. 일행을 태운 민수의 차는 익숙하게 읍내를 벗어나 변산 쪽을 향해 달렸다. 운전을 하는 민수의 손은 힘줄이 툭툭 불거진 데다, 햇볕에 타서 아예 갈색이었다.

"민수는 농사 잘 지어? 이젠 정말 농부 시인이 됐네?"

"농사꾼도 시인도 다 제대로 못 됐어. 아무나 농사짓고 아무나 시 쓰는 게 아니더라."

너털웃음을 흘리고 난 민수는 지나가는 산봉우리를 가리켰다.

"어렸을 적에 나는 말이다. 우리 동네에서 세 동네 정도 너머였든가? 높은 산 하나 있었잖냐? 그 산만 넘어가면 거기가 북한이고, 머리에 뿔난 공산당들이 있다고 생각했어. 한 번은 동수를 따라서 그

동네까지 간 적이 있었고만. 왜 그 산 밑 외딴집이 동수네 집이었잖냐. 산 쪽으로 가까이 갈수록 겁이 나는 거여. 공산당이 내려와 잡아가면 어쩌지? 혹 동수네 아버지가 간첩은 아닐까 그런 생각이 들더라니까. 배가 아프다며 슬금슬금 내빼 달아난 적이 있어야.”

일행은 폭소를 터뜨렸다. 웃음도 감염된다더니, 이렇게 거리낌 없이 웃어 보는 게 얼마만인가 싶었다.

여자 셋으로 꽉 찬 뒷좌석에서, 창 쪽으로 되도록 몸을 붙이고 잠시 눈을 감았다.

민수는 바로 앞집에 살았다. 홀어머니와 단둘이었는데, 어른들이 하는 말로는 민수 엄마가 ‘첩’이라고 했다. 물론 당시엔 첩이 무엇인지 몰랐다. 그런 말을 건네받는 정황이나 말하는 품새로 보아 칭찬인지 흉허물인지를 알아챘다.

민수네 엄마는 간혹 어디를 가서 늦거나 들어오지 않는 날도 있었다. 그런 날 민수는 제 집 문간에 나와 앉아 어미를 기다리곤 했다. 날이 어둑신해지면 마루 끝에 걸터앉아 있었다. 전화도 없던 시절, 그때 아이들 기다림의 방식은 그런 식이었다. 고샅에 나가 배회하거나 고대하던 사람이 나타날 길목만 뚫어지게 바라보거나…… 지치면 쓰러져 잠이 들었다. 그러나 민수 엄마처럼 터무니없이 늦거나 집에 오지 않는 부모는 없었다.

민수 어머니가 늦도록 오지 않는 날, 어머니는 쯧쯧 혀를 차면서 민수를 불렀다.

"어여, 이리 와라. 같이 밥 먹자."

그래도 민수는 건너오지 않았다. 몇 번 부르다 지친 어머니는 아예 밥과 반찬 두어 가지를 챙겨들고 그 집으로 갔다. 기어이 밥을 먹이고 민수가 잠이 들면 내 손을 잡고 우리 집으로 돌아왔다.

그런 날이면 나도 덩달아 깊은 잠을 못 잤다. 설핏 잠이 들려다가도 이내 깨어나곤 했다. 한밤중 탱자 울타리 너머로 비틀비틀 발소리가 들리면 어머니는 쯧쯧 혀를 차며 옷매무새를 가다듬고 대문께로 나섰다.

"애새끼 혼자 두고 어딜 그렇게 싸돌아댕기는 거여? 아, 밥때가 되면 후딱 와서 밥 채려 줘야지 않겠어? 남이 보기에도 어린 것이 불쌍 허고만."

어둠 속에서 어머니의 목소리가 들려왔다. 탱자가시처럼 뾰족하면서도 어딘가 조심스러웠다. 이어서 혀 꼬부라진 코맹맹이 소리가 천연덕스럽게 이어졌다.

"아무 말 마씨요오. 지도 속이 터질라고 혀서 이렇게라도 안 허면 못 살어요오. 지발 아무 말도 허지 마씨요오."

"오살허고 자빠졌네. 누가 그 속을 모른대여? 그려도 지 새끼는 건 사혀야지."

우리 집 대문 닫는 소리 너머로 민수 엄마의 노랫소리가 어둠 속으로 흘러갔다.

목숨보다아 더어어 귀이한 사라앙이거언마안

창사알 엄느은 감옥인가아 만나알 기일 어엄네에

왜 이리이 그리우운지 보고오 시프은지이

흐느끼는 것 같기도 하고 조롱하는 것 같기도 한 코맹맹이 소리가
잦아들면서 어머니가 방에 들어서면 그제야 나도 잠이 들었다.

또 하나, 내 뇌리 속에 판화처럼 찍힌 어린 민수의 모습이 있다. 민
수네 집에 들어섰는데 민수가 토방에서 오줌을 누고 있었다. 고무신
하나만 신은 채 발가벗고 다니는 애들이 고샅에 흔하던 때였지만, 마
악 내외를 시작하던 무렵이었는지 민수의 그 모습은 어쩐지 멋쩍어
서 선뜻 다가가지 못했다. 곁눈질로 보니까 민수의 오줌 줄기가 댓
돌에 놓여 있는 구두를 겨냥하고 있었다. 민수 엄마의 것인, 알록달
록 꽃무늬가 새겨진 코고무신 옆 낯선 까만 구두 한 켤레. 민수는 인
기척을 눈치 채지 못했다가 일을 마치고서야 붙박힌 듯 서 있는 나를
발견했다. 옷을 얼른 추스르더니 손가락을 제 입술에 대 보였다.

나와 민수는 우리 집으로 도망을 쳤다. 내 눈은 연신 민수의 손에
들려 있는 빵 봉지에 매달려 있었다. 우리 집 장독대 후박나무 아래
서 민수 아버지가 사 온 풀빵을 나눠 먹었다. 그렇게 나눠먹은 풀빵
이 어찌나 말랑말랑하고 달콤하고 향긋했는지 그 후론 풀빵을 보면
늘 민수 생각이 났다.

내 필름은 거기서 그치지 않았다. 그다음 장면 하나가 퍼뜩 떠오르

는 것이었다. 나도 모르게 흠칫했다. 지금까지 한 번도 기억해 본 적이 없던 그 일…… 나는 속으로 경악하다시피 했다.

그렇게 풀빵을 나눠 먹고 우리는 소꿉놀이를 했다. 사금파리를 주워 흙으로 밥을 짓고, 싱건지 풀로 반찬을 만들고…… 그러면서 여보, 당신, 하고 오붓한 부부의 모습을 흉내 냈다. 헌데 어떤 정황을 거쳤는지는 모르겠으나, 나는 치마 자락을 걷어 올리고 누워 있었다. 속옷을 벗어 발목에 걸친 채였다. 민수가 탱자 가시를 가지고 와서 내 조가비를 살살 건들었다. 나는 아파, 아파. 하며 비명을 질렀다. 상처가 나지 않았던 것으로 보아 민수도 조심스럽게 장난을 쳤을 텐데 나는 조바심에서 엄살을 떨었던 것 같다. 민수는 후박나무 꽃잎을 내 거기에 붙여주었다. 저도 잠지를 내놓고 내 옆에 누웠다. 달콤하기도 하고, 어릿어릿하기도 하고…… 야릇했다. 어른들의 심부름으로 막걸리를 받아오는 아이를 따라가다 주전자 꼭지에 입을 대고 두어 모금 마셨을 때의 기분 같았다. 그렇게 누워서 하늘을 보았다. 태양빛은 아찔하도록 눈부셨고, 후박나무 향기가 코를 찔렀다.

내 얼굴이 시뻘게진 것을, 일행은 무슨 얘기 끝에 웃느라고 눈치채지 못했다.

그런 행위가 무엇인지도 몰랐을 만큼 철없을 때의 일이다. 그런데 왜 이 일이 부끄러운 것으로 먼 기억 속에 숨겨져 있었을까? 내 앞에 있는 민수도 그 일을 기억하고 있을까? 어이없기도 했다가, 얼굴이 확 달아오르기도 했다가 슬그머니 웃음이 나오기도 했다.

콘도는 바다 기슭의 빼어난 풍광 속에 자리 잡고 있었다. 저만치 두어 개의 섬이 보였고, 나른한 수평선 너머로 배 한 척이 머뭇거리듯 넘어가고 있었다. 베란다 바로 아래로 하얀 요트가 물살을 가른다. 햇볕에 검게 탄 남자가 활시위처럼 팽팽히 그러면서도 유연한 자세로 조종하고 있다.

"이젠 여기도 명소가 됐어야. 요트협회가 들어섰고, 가끔 영화 촬영도 해. 요 앞에 영상센터노 생긴대."

윤정이 방으로 성큼 들어섰다. 아이스박스며 비닐 봉투를 응접실에 내려놓고 나니 그녀의 가방이 가벼워 보였다. 화숙은 창틀에 턱을 괴고 담배부터 피웠다.

"우리는 가끔 여기 왔었어. 초등학교 동창 중에서 여기 남아 있는 사람은 거의 없는 것 같아. 그나마 읍내에 사는 우리들끼리 들르곤 해. 읍에서 겨우 삼사십 분밖에 안 걸리잖아. 넌 그때 이후 한 번도 안 왔다고 했지?"

"응……."

두려웠다고, 양심이 허락하질 않았다고, 그런 말마저도 위선 같았다.

"네가 여길 오고 싶다고 했다는 말을 들으니, 내 속이 다 시원하더라. 세월이 약이라더니 맞는 말이야."

화숙이 뿜어내는 담배 연기가 창밖으로 너울너울 날아갔다. 내 시선은 천천히 바다 기슭을 훑었다. 푸른 파도가 밀려와 적갈색의 암반에 머리를 박고 널브러지기를 반복하고 있었다. 적벽강赤碧江. 그래서 이런 이름이 붙었다고 했다.

　해안을 끼고 하얀 길이 이어져 있다. 그때 갈래머리 여학생이 그 길을 가고 있다. 나는 눈을 감았다. 다시 눈을 뜨고 그들이 놀던 자리를 찾았다. 이 콘도가 서 있는 어디쯤인 것 같다. 저 길과의 거리를 가늠해 보면.

　"약속을 했었어. 옥주랑. 그 약속이 없었다면, 이번에도 아니 평생 여길 오지 못했을지도 몰라."

　"무슨 말? 약속이라니?"

　화숙의 눈이 동그랗게 커졌다. 나는 숨을 크게 한 번 내쉬고 대답했다.

　"옥주가 그랬어. 삼십 년 후 여기서 만나자고. 각자 남편하고 같이 와서 사진 찍자고……."

　"아, 그랬구나."

　"그랬는데…… 옥주는 없고…… 다행이야. 나한테 남편이 없어서."

　"……."

　"내 잘못이야. 그래서 많이 힘들었어."

　"진이야, 네 잘못 아니야. 어렸을 적 얘기잖아. 자책하지 마."

　방바닥에 다리를 뻗고 앉아 있던 윤정이 일어나 내 어깨를 감싸 안았다.

　사춘기 시절, 그 엄청난 사건은 모래폭풍처럼 우리를 강타했으며, 오랫동안 우리를 그 모래더미 속에 파묻어 버렸다. 남들은 잘 모른다. 본인들은 아예 입을 다물었고, 추측이 섞인 소문만 한참 떠돌다가 차츰 잊혔으니까.

그 사건 가운데 내가 있었다. 그렇건만 주변에서는 내 입을 막았다. 그래야 한다고 했다. 나도 그러면 되는 줄 알았다. 열여덟 살 나이로 할 수 있는 건 어른들의 말을 따르는 것뿐이었다.

"진이야. 너무 마음에 담지 마. 용서하고 잊어버려야 너도 편하잖아? 우리들도 가끔 옥주 애길 했어. 미안한 건 우리도 마찬가지야. 그 애가 그렇게 된 데는 우리도 책임이 있지. 어려서부터 따돌리고 놀려대고 그랬었거든. 우리도 촌놈들이면서 개한테만 유난히…… 왜들 그랬을까? 지금 생각하면 이해가 안 되는데, 그땐 그랬어."

두 남자는 응접실에 앉아서 맥주부터 들이켰다. 민수는 남방셔츠를 풀어 젖혔고, 진태는 아예 러닝셔츠 차림이었다. 진태의 볼록 튀어나온 배가 민망해 내 시선은 자꾸 그를 피했다. 그러나 모두들 개의치 않는 것 같았다. 저희들끼리는 초등학교 동창회를 통해서 이따금 보아온 모습들이고, 사람 사는 게 그만그만하니까 익숙한 모양이었다.

그 집에 가 보고 싶었다. 옥주 부모님은 진즉 여길 벗어났으며, 두 분 다 세상을 떴다고 들었다. 이곳에 오면서 내내 생각했다. 그 집은 아직도 거기 있을까? 누가 살지 않는다면 이미 허물어졌는지도 몰라.

수성당에도 꼭 들러봐야겠다고 생각했다. 격포에 오기로 작정한 이유 가운데에는 이 계획도 들어 있었다.

모두들 시원한 맥주로 목부터 축이자고 했다. 지금은 더워서 숨이 막힐 거라며 바람이 선선한 저녁 무렵이나 밖으로 나가자는 것이다. 게다가 사실 배가 고팠다. 아침도 안 먹은 데다 고속도로 휴게소에서 샌드위치에 커피 한 잔으로 때운 터였다. 어쨌거나 다짜고짜 내미는 잔을 받아야 했다.

"진이야. 가을에 민수가 다시 여기 격포로 이사한대. 고향을 지켜 줄 사람이 있어서 다행이야."

윤정의 말에 민수가 혀를 차며 웃었다.

"하여튼…… 앉자마자 그 얘기부터냐? 고향을 지키기 위해서, 그런 거창한 건 아니고만. 농사도 제대로 못 지으면서 남의 땅 가지고 요란스럽게 일해 봤자 남는 게 없어서 낙향하는 거라고. 특별히 하는 일도, 갈 곳도 없는 데다 외가가 빈 채로 방치되어 있으니까 고쳐서 들어와 살려는 거지, 뭐."

"잘 됐네."

민수는 까칠한 수염을 만지작거리며 시선을 창밖으로 돌렸다. 진 태가 고개를 끄덕였다.

"역시 민수답다. 나 같으면 죽어도 다신 여기 못 들어오겠던데. 답답해서, 원."

"민수한테는 잘 맞을 거야. 보리 심고 자라고 익는 동안 바닷가에 나가서 소주 마시고 글 쓰고. 모 심고 자라고 익는 동안……."

"농사가 그렇게 쉬운 게 아니래도 그러네잉? 진이 너는 아티스트라서 뭐든지 예술적으로만 생각하는구나?"

"사는 게 다 예술이지. 예술이 별거니?"

"맞아. 하지만 작품은 아무나 만드는 게 아니잖아?"

나는 머쓱해서 땅콩을 까던 손을 탁탁 털었다. 독일에서 돌아와 머물다가 다시 떠난 지 사 년째. 그동안 무얼 했던가? 그곳에서 개인전 한 번 제대로 열지 못했다. 이 년에 한 번 한국에서 전시를, 아니 정확히 말하면 항공료라도 벌고자 그림을 팔았을 뿐. 그것도 갤러리에 큐레이터로 있는 선배의 배려 덕이었다. 첫 번째 전시는 베를린대학을 졸업했다는, 정확히 말하면 수료했다는 이력이 프리미엄으로 작용해 그럭저럭 관심을 끈 셈인데, 이번 전시는 딱히 내세울 게 없었다. 뭔가 새로운 것을 보여주어야 한다는 강박관념으로 작업은 자유롭지 못했다.

반응도 냉담한 듯싶었다. 전시가 끝날 무렵엔 그림이 한 점도 안 팔리면 어쩌나 안절부절 못 할 정도였다. 그곳에서 배운 게 있다면 발음은 서툴러도 그럭저럭 소통되는 독일어와, 동전까지 세어가면서 남루함을 버틸 수 있는 끈기 정도였다.

"너, 지금도 혼자라며? 이번 나온 김에 한 놈 데려가라. 아니면 여기 눌러앉든가. 허긴 그건 안 되지. 어렵사리 공부했는데…… 아니면, 그쪽 놈들 동양 여자 보면 사족을 못 쓴다던데, 괜찮은 독일 놈 하나 있으면 바짓가랑이 잡고 늘어져 버려."

"한 번 남자한테 잡혀갔으면 됐지 뭘 또? 세상 한 바퀴 돌아오니까

다 시시해. 그리고 독일 남자들 매력 없더라."

나는 어깨를 으쓱이며 양팔을 벌리는 제스처까지 해 보였다. 순간 진태가 무릎을 치며 나와 민수를 번갈아 보았다.

"야, 그러지 말고 진이 너 민수하고 진지하게 사귀어 봐. 민수도 홀애비 된 지 벌써 육 년이다. 그리고 너희들 소싯적에 좋아했잖아? 동네가 다 아는데."

하하하, 나는 대뜸 큰 소리로 웃었다. 순간 홍당무가 된 민수 얼굴을 보며 지나쳤나 싶어 멈칫했다. 붉어진 얼굴을 돌리며 민수가 대답했다.

"시끄러 인마, 나한텐 그림 그리는 여자가 아니라, 밭 매어 줄 여자가 필요해."

수박을 내오던 윤정이 거들었다.

"밭은 있어?"

"없어."

"밭 몇 뙈기만 장만해. 산허리쯤에 가지런한 밭을 만들어서 호미랑 씨앗이랑 마련해놓으면 또 알아? 우렁각시가 나타나서 상추도 심고 고구마도 심고 그래 줄지……."

"아예 전설을 만드시지. 이 친구들 뭘 몰라도 한참 몰라."

민수는 벌떡 일어나 베란다로 나가 버렸다. 아직도 방에서 나오지 않는 화숙을 부르러 들어갔다. 때마침 옷을 갈아입느라 팬티 바람이던 그녀가 화들짝 놀라며 옷으로 가슴을 가렸다.

나는 그때 보고 말았다. 도굴꾼이 파헤쳐 버린 밋밋한 봉분처럼 납작한 그녀의 가슴을. 내가 우두망찰 어찌할 바 몰라 하니까 화숙은 도리어 흔연스럽게 말했다.

"나가자. 술 한 잔 해야지?"

"너 술 마시면 안 되잖니?"

"걱정 마. 나도 다 누울 자리 보고 다리 뻗으니까. 한두 잔은 괜찮아."

삼겹살을 구워 먹는다고 모두 베란다로 나갔다. 농담인지 진담인지 구별하기 어려운, 아니 구분할 필요도 없는, 너무 익어 물러 터진 토마토처럼 질펀한 말들이 이어졌다.

"어이구, 내 마누라 어쩌면 이렇게 알뜰하게 챙겨왔을까? 역시 최고라니까."

"자식아. 윤정이 신랑이 들으면 너 뼈도 못 추릴 줄 알아라. 응?"

민수의 핀잔에도 진태는 아랑곳하지 않았다. 이젠 아예 사투리가 줄줄 나온다.

"떽끼. 여그선 내가 신랑이다, 잉? 아, 누가 먼저 윤정일 만났냐? 우린 한 동네서 대여섯 살 때부터 빤쓰만 입고 놀았는디. 그리고 얼굴에 청춘의 심볼인 여드름 나면서는 저 지집애가 나 좋아헌다고 죽자사자 따라댕긴 거 온 동네가 다 아는디, 어쪄? 오늘 한번 회포나 풀어 봐?"

"긍게 왜 그땐 나 내뻐려두고 딴 가시네 꿰차고 서울로 가 버렸냐고오?"

"돈 벌러 갔다. 왜? 공부는 죽어도 허기 싫고, 가난도 싫고 혀서, 짜장면 집에 취직혀서 돈이나 벌라고."

"그러어. 자알 혔어. 그래서 건물도 갖고 부자됐잖여. 그럼 됐지 이제 와서 윤정일 꼬실려고? 살만 헌게 슬슬 딴 생각이 드냐?"

"꼬신다기보다 내 순정이 그렇다 이거지. 어뗘? 윤정아, 니 맘 안 변했으면 나허고 연애나 허까?"

갑자기 진태 머리에 수박 껍질이 씌워졌다. 화채를 만든다고 수박 속을 파내던 윤정은 허리에 손을 짚고 서서 웃어댔다.

"에라이, 배신자야! 이제 와서 뭐가 어쩌고 어쩌? 너 돈 좀 벌었다고 눈에 뵈는 게 없냐? 가난한 봉급쟁이에 불과해도 내 서방님이 최고야. 내가 세상에서 젤 이쁘다고, 내가 만든 음식이 젤 맛있다고 인정해주는 내 서방님밖엔 없다고. 알았어?"

화숙은 캔맥주 하나를 들고 홀짝였다. 암 수술을 한 지 이 년쯤 된다는데, 정기적으로 병원에 가서 검진을 하는 모양이었다. 밝고 경쾌한 모습을 애써 유지하는 듯했다. 한바탕 휘젓는 윤정의 웃음에 비해 화숙의 웃음은 짧았다. 세상 일 다 그렇지 않느냐는 듯한 냉소도 언뜻언뜻 비쳤다. 무릎을 감싼 팔뚝이 갈대처럼 가늘고 파리했다.

진태가 내 앞에 종이컵을 덥석 내밀더니 맥주를 따랐다.

"진이야, 초등학교 졸업 후 널 처음 본다. 화가가 됐다는 말은 들었지. 어려서부터 그림 잘 그렸잖냐? 독일에서 어떻게 지내는지 말 좀 해봐라. 난 진이 네가 젤 궁금하다야."

"대, 동, 소, 이…… 사람 사는 게 다 비슷하지, 뭐.

나는 일축하려다가 어쩐지 좀 미안해져서 덧붙였다. 하루 종일 화실에 처박혀 있기 일쑤다. 한국 사람들은 별로 만날 일이 없다. 그래도 사람들이 별로 그립지 않더라. 어쩌다 독일 사람을 초대할 때에는 불고기를 내놓는데 그들에게 인기가 좋다. 싱싱한 생선과 야채가 풍부하지 않다. 그래도 와인이 흔하고 싸서 즐겨 마신다. 가끔 소주가 생각나더라. 아이의 독일어 발음이 나보다 낫다. 그곳에선 바다가 멀어서 이따금 바다 생각을 한다. 독일은 예술가에 대한 대접과 혜택이 나은 편이어서 그럭저럭 견딜 만하다…….

낮술에 붉어진 얼굴로 안주거리처럼 온갖 이야기가 펼쳐졌다. 대통령을 도마 위에 올려놓고 잘 뽑았네 못 뽑았네 성토했다. 재벌들이 골목 상점까지 차지해 영세업자들이 늘어가고 있다고 비난했다. 세월호 사건을 얘기할 때는 거의 분노하다시피 했다. 분노는 새만금 사업, 농어촌의 낙후, 정치권으로부터의 지역 소외 같은 것들로 계속 이어졌다.

나는 그들의 대화에 적극적으로 끼어들지 못하고 겉돌았다. 이 땅에 발붙이고 사는 게 아니어서 시사에 어둡다 보니 관심 밖의 일이었다. 그보다 끊임없이 떠오르는 그때 그 일들…….

이곳 궁벽진 시골에서 초등학교를 같이 나왔지만, 중학교에 들어가면서 나는 읍내로 이사를 했다. 여고에서 다시 만난 옥주는 나를 유난히 좋아했다.

옥주는 읍내에서 자취를 했다. 격포에서 읍내까지의 통학은 무리였기 때문이다. 옥주네 집이 있는 이곳 격포에 오자는 말을 누가 먼저 했는지 모르겠다. 나였던가? 옥주였던가? 아마도 옥주였던 것 같다.

"진이 너, 바다로 해가 지는 걸 본 적 없지? 바닷물이 부글부글 끓어오르는 것도? 그럼 그리러 가자. 내가 바다를 실감나게 보여줄게."

옥주는 저의 집이 있는 이곳 바닷가로 나를 데려오고 싶어 했다. 그보다 친구를 곁에 두고 싶었을 것이다. 어쩐 일인지 여고 친구들은 옥주를 가까이 하지 않는 듯했다. 집이 너무 가난하고 외진 곳에 있어서였을까? 무심한 나를 그렇게 챙겼던 것은, 소외에서 비롯된 서러움의 보상심리였으리라.

클레멘타인 옥주는 정말이지, 나에게 바다를 제대로 보여준 셈이다. 그 끝을 전혀 알 수 없는 광활한 운명의 바다를.

술기운이 오른 얼굴을 식히려는지 잠시 바다 쪽을 보며 담배 연기를 날리던 민수가 깊은 한숨을 뱉으며 고개를 돌렸다.

"참, 어제였구나. 영섭이가 술 한 잔 하재서 만났어. 빚보증 섰다가 쫄딱 망했거든. 팍 죽어뻐리고 싶다며 쐬주를 들이붓는디 나도 참 폭폭허드라고."

모두들 김빠진 맥주처럼 허탈하게 시선을 떨어뜨렸다. 화제에 오리는 동창생들의 이름이 바뀔 때마다 한바탕 웃었다가 이내 침울해졌다가 했다. 누구는 딸이 벌써 시집을 갔다, 손자를 본 이도 있다, 농협에 근무했던 누구는 조합원들 이름으로 몰래 수억 원을 대출 받아 잠적했다. 농민회 일을 해오던 누구는 도의원이 됐는데 완장을 차니까 완전히 달라졌다, 하는 일마다 실패를 본 누구는 더 이상 재기할 수가 없다…….

민수는 천천히 손가락을 짚었다.

"동창회 마흔 몇 명 가운데, 교통사고로 셋, 자살 둘, 암으로 둘. 그러니까 아직 쉰도 안 돼서 일곱 명이 죽었네? 아무리 의학이 발달했어도 사고나 암, 아니 운명은 어쩔 수 없는 개벼. 우리도 이런 걸 인정할 만큼의 나이를 먹어 버렸고. 집안에 초상이 나 상복 입은 친구들 보면서 놀려댔던 때가 엊그제 같고만. 챙피허다고 상복 안 입을라고 떼쓰던 아그들이 이제는 상주가 되어 덤덤히 앉아 있으니……."

진태가 나를 흘끔대며 물었다.

"그런디 옥주는 도대체 어떻게 된 것이냐? 그때 어영구영 소문만 돌다 말었는디."

"야, 옥주 얘긴 그만 허자, 잉? 우리가 옥주허고 각별했던 사이도 아닌디."

민수가 손을 저어 진태의 입을 막았다. 진태는 민수의 손을 뿌리쳤다.

"떡 본 김에 제사 지내드라고…… 어쪄? 말 좀 해보자. 나도 서울에서 그 소문을 들었는디, 충격 그 자체였어. 민수 니 말대로 옥주하고 썩 친했던 것도 아니고 잘은 모르지만, 우리 고장서 그런 일이 났다니까 궁금하더라고."

"이제 와서 뭔 소리여? 아무것도 모르면서 뜬금없이 우기긴."

은정이 말머리를 돌려도 진태는 개의치 않았다. 마치 꼭 알아야 될 책무라도 맡고 온 사람 같았다.

"진이, 현장에 너하고 같이 있었다면서? 그러니 네가 가장 잘 알 것 아녀? 인자 세월도 흘렀으니까 속 시원히 말을 좀 혀 봐."

나는 잠시 침묵했다. 말을 꺼내는 것도, 침묵하는 것도 어려웠다. 윤정이 손으로 진태의 무릎을 지그시 눌렀다.

"야, 그만해라, 잉? 진이가 누구보다 힘들어."

민수가 말렸다. 안절부절못하는 그들을 향해 나는 자세를 고쳐 앉았다. 이들에게라도 고해성사를 해야 할 것 같았다. 아니 꼭 하고 싶었다. 이제라도 나는 자유롭고 싶었다.

그해 어느 토요일 두 여고생은 이 바닷가에 왔다.

나는 이젤을 세워놓고 스케치를 했고, 옥주는 맨발인 채 내 주변에서 놀았다. 바다에 관련된 노래란 노래는 죄다 모아 불렀다. 클레멘타인을 세 번쯤 불렀을 때엔 그 아이를 물끄러미 바라보았다. 노래를 부르다 지쳤는지 모래성을 쌓고 조개껍질도 주웠다. 아마 늘 그렇게 혼자 놀았을 거라 짐작되었다.

해가 질 무렵, 옥주가 말했던 불타는 바다를 기다리는데 옥주 손가락이 해안 절벽 너머를 가리켰다.

"저기 수성당이란 곳이 있는데…… 가 볼래?"

"거기가 어딘데?"

"저 산으로 올라가면 돼. 당집 안에 이상한 그림이 있어. 개양할미랑, 여덟 명의 딸들."

"그게 왜 거기 있어?"

"개양할미가 저 바다를 다 관리한대. 어마어마하게 키가 커서, 그 다리로 바닷속이 얼마나 깊은지 잴 수 있을 정도래. 풍랑도 개양할미가 다스리고……."

나는 그때 잠시 생각했다. 아, 저러니까 아이들이 지에를 멀리 하는구나.

"가 보자. 그림도 보고."

문득 옥주가 싫어졌다.

"아니! 곧 해가 질 텐데."

"거기서 보면 더 기막힐 거야."

내 쪽에서 갑자기 쌀쌀맞게 구니까 옥주는 주춤했다. 내 표정을 살피는 듯하더니 뛰기 시작했다.

"기다려. 사실은, 거기 몽돌이 굉장히 예쁜 게 많거든. 그림 그리고 있어. 내가 주워올게."

옥주가 점점이 떠 있는 갯바위 몇 개를 지나 산기슭으로 오를 무렵 그 애가 했던 말이 퍼뜩 떠올랐다. 그 근처엔 간첩이나 수상한 자의 침입을 막기 위한 철책이 있다고, 전투경찰이 총을 들고 지키는데, 함부로 출입하면 사살을 해도 상관없다고 했었다.

나는 소리를 치며 손짓했다.

"거긴 해안초소라 들어가면 안 된다고 했잖아?"

옥주는 의기양양해서 대답했다.

"난 괜찮아. 우리 밭이 거기 있어서 아버지 따라 몇 번 갔었어. 여기 죽막동 사람들은 들여보내 줄 거야."

"가지 마. 총으로 쏘면 어떡해?"

"괜찮다니까. 초소 입구에서 말하면 돼."

붉은 절벽층을 지나 산허리 쪽으로 올라가며 손을 흔들어 보이던 옥주. 그 아이는 해가 기울어 가는 데도 돌아오지 않았다. 나는 초조해서 어쩔 줄 모르고 서성였다. 지나가는 사람도 없었다. 옥주가 가던 대로 따라 가볼까 했으나, 초소에서 총을 쏠까 보아 발이 떨어지지 않았다. 바다가 해를 삼키기 직전, 옥주네 부모를 불러 찾아 나섰는데…….

옥주는 갯바위 근처에서 쓰러진 채 발견되었다. 총에 맞은 건 아니었다. 교복은 찢겨 있었고, 신발도 벗겨진 채였다. 모래알이 묻은 하얀 양말에 붉은 핏방울이 몇 점 떨어져 있었다. 옥주 아버지는 얼른 딸을 품에 안고 집으로 내달리며 말했다.

"누구한테도 이런 말 하지 마라. 알았냐?"

나는 고개를 끄덕였다. 그리고 맹세코 아무에게도 말하지 않았다. 그러면 되는 줄 알았다. 순결해야 할 여자가 혹 무슨 일을 당하면 함구해야 한다고 귀가 아프게 들었으니까.

그 후로 옥주를 보지 못했다. 옥주는 며칠 후 바다에 몸을 던졌다고도 했고, 어디 먼 친척집으로 갔다고도 했다.

옥주 아버지가 신고를 해 경찰이 군부대와 마을 청년들 일부를 대상으로 조사를 했다는 말도 들렸다. 그러나 소문뿐, 옥주네 부모도 경찰도 나를 불러 당시 상황을 자초지종 묻거나 조사한 적은 없었다.

우리 집에서도 마찬가지였다.

"그래. 너한테는 아무 일도 없었단 말이지? 너는 혼자 바닷가에 남아 있었으니까. 그렇지?"

학교도 우리 집도 나를 단속하기에만 여념이 없어 보였다. 옥주가 죽었든 어디로 멀리 갔든 어차피 소용없다고, 시끄럽게 할 필요 없다고. 누가 물어도 모른 척하라고 일렀다.

나는 그래야 되는 줄 알았다. 내 나이 겨우 열여덟이었다.

내 고백이 끝나자 누군가가 한숨을 토했다. 윤정이 소주를 입에 털어 넣으며 말했다.

"그래서 네가 그렇게 힘들어 했었구나. 사실, 우린 설왕설래하면서 쉬쉬하고 입단속만 했거든. 주변에서 전하는 말들이 다 달라서 무얼 믿어야 할지도 모르겠더라고…… 진이 네가 같이 있었다고, 비밀의 열쇠를 쥐고 있다나 어쩐다나 그런 말들이 오가긴 했지."

"그렇다고 옥주란 년! 목숨까지 던질 필요가 있었나?"

진태가 한 마디 하자 윤정이 고개를 저으며 말했다.

"내 생각엔 죽지 않았다고 봐. 진짜 죽었으면 사건사곤데 이 바닥이 온통 시끄럽지 않았겠어? 어디로 사라진 거지. 부모가 숨겼다고도 하던데."

"자살이건 실종이건 다 죽은 것이여."

"그 말도 맞네!"

옥주가 자살한 줄로만 알고 두려움에 떨었던 나도 시간이 한참 지나고 나니까 차츰 의문이 생겼다. 그러나 모두들 함구했고, 옥주네 가족을 아는 사람도 없어 어디다 대고 물어볼 수도 없었다. 죄의식에 가까운 자책으로 음울하게 견디다가 여고를 졸업하자마자 나는 서울로 가 버렸다.

세운 무릎에 턱을 묻고 있던 화숙이 얼굴을 쳐들었다.

"성폭행이라는 단어도 몰랐던 시대였어. 지금 아이들은 성교육을 받지만, 우리 세대는 순결교육을 받았잖아."

"그렇지!"

윤정이 혀를 찼다. 진태가 끄윽, 트림을 하며 허리를 곧추세웠다.

"그렇지만 사실 그런 일은 비일비재했잖여?. 솔직히 우리 남자들 사이에선 그런 걸 대수롭지 않게 생각했다고 봐야지? 오히려 누가 누굴 따먹었다네 어쩌고 하면서 농담처럼 지나갔어. 용기 없는 놈들은 부러워하기도 했다니까. 그냥 장난처럼 말이여."

"사실 그랬어. 허지만 지금 그런 소리 했다가는 몰매 맞기 쉽지. 사회적으로 이슈화될 끔찍한 사건이라고."

"출입 통제구역이었던 걸로 보면 옥주를 덮친 놈이 부대 초소병이었을 게 분명해. 그런 사건이 왜 그냥 지나갔을까? 그때만 해도 군부대에서 딱 잡아떼면 아무 힘도 없는 촌사람들이 어떻게 해 볼 수 없었겠지?"

"딸 버렸다고 입단속만 시킨 것이지. 그러다 당사자가 죽어버렸는데 어떻게 하겠어?"

윤정이 다시 민수의 말을 가로챘다.

"죽은 게 아니라 어디로 가 버렸다는 말도 있었다니까."

진태가 능치는 표정으로 비아냥서렸다.

"한 놈이었는지 두 놈이었는지 또는 몇 놈이었는지 모르지. 도대체 누구였을까?"

나는 진저리를 쳤다. 화숙이 진태를 쏘아보았다.

"너 같은 놈."

진태가 머리를 긁으며 웃었다.

"맞어. 나도 그런 식으로 보면 여럿 죽인 셈이다."

화숙은 진태에게서 눈빛을 거두지 않았다.

"너도 혐의자 가운데 한 사람이야. 왜냐하면 말이야, 당시 전라북도 인구가 이백 만이었다고 치자. 그중에서도 남자라면 백만 분의 일이지? 또 부안의 격포 지대 남자 수만 따진다면 천오백 명쯤? 거기서 이삼십 대로 좁히면 한 삼백 명? 그러니까 삼백 분의 일. 삼백 분의 일의 확률에서 용의자일 가능성이 있다 그 말씀이야."

민수가 고개를 끄덕였다.

"그려. 우리는 모두 그런 용의자 가운데 한 사람인 셈이여."

194

나는 잠깐 바람을 쐬고 오겠다며 일어섰다. 화숙이 따라나섰다. 백사장을 지나고 갯바위들을 지나 천천히 걸었다. 태양볕은 강했지만 습도는 없었다. 해안도로 쪽으로 이따금 차량이 지나갔다.

"십여 년 전부터 통제가 풀렸어. 초소가 철수되고, 길도 확장됐지. 이젠 자유롭게 드나들 수 있어. 몇 번 드라이브했는데, 주변 경치가 빼어나 아주 환상적이더라."

옥주네 집이 있던 죽막 마을은 완연하게 달라져 있었다. 띄엄띄엄 있던 작은 집은 모두 사라지고 모텔이며 식당들이 들어섰는데, 휴가철이어서 사람들이 제법 많았다.

그 집터는 찾지 못했다. 전에는 야산의 허리쯤에 있었던 것 같은데, 거기까지 밀려올라간 건물들로 그 지점이 어디인지 식별이 되지 않았다.

수성당은 아주 조그만 당집이었다. 옛날부터 칠산 앞바다로 조기를 잡으러 가는 어부들의 무사고와 마을의 안녕을 기원하기 위해 제를 지냈던 곳이라는 안내판이 서 있었다. 젯상에는 누가 치성을 드리고 갔는지 막걸리 병과, 과일 떡 접시가 놓여 있었다.

당집을 들여다보았다. 여덟 명의 딸이 늙은 어머니를 둘러싸고 있는 그림이 정면에 그려져 있었다. 이 늙은 어머니가, 옛날 그 아이가 말한 개양할미일 것이다. 개양할미가 안고 있는 어린 막내딸. 나는 그 천진한 막내딸이 옥주였으면 했다가, 나였으면 하고 생각했다. 내가 아무리 큰 죄를 지었어도, 저 개양할미가 계신 곳, 아무나 침범하지 못하는 이 신성한 곳으로 숨어들고 싶었다.

종이컵에 담겨 있던 술을 옆에 서 있는 팽나무 주변에 뿌렸다. 종이컵은 눅눅했다. 나는 종이컵에 막걸리를 새로 따라서 놓았다. 그리고 절을 했다.

전망 데크에 서서 서해를 바라보고, 바위 협곡을 들여다보며 파도 소리에 귀를 기울이고, 시누대 잎으로 만든 배를 띄워보내고…… 화숙은 아무 말 없이 내가 하는 양을 지켜보았다.

만조였다. 우리가 서 있는 바위 기슭까지 파도가 밀려왔다가 흰 거품을 남기고 돌아서곤 했다. 아래로 내려가 몽돌을 줍는 건 포기해야 했다. 바다는 접근을 허락하지 않았다.

콘도로 돌아가자 그새 윤정이는 저녁 식사 준비를 다 해놓고 기다리고 있었다. 윤정이 모두를 불러앉혔다.

"자, 자, 진이가 이 년 만에 와서 전시회도 열었고, 진태도 서울서 내려오니까 우리 모임이 아주 근사한 것 같지 않냐? 나도 한가한 아줌마 아닌 줄 다 아시지? 애들이 캠프 가서 그렇지 스케줄 빡빡한 사람입니다. 어쨌든 모처럼 우리들만의 휴간데, 오늘은 우리 신나게 놀아야지. 안 그래? 옛날에 어른들 몰래 놀러가서 야외전축 틀어놓고 놀았잖아? 오늘 그 기분으로 놀아봅시다. 자, 건배!"

"건배!"

중년의 정상에 있음을 증명하듯 진한 농담이 오가고 불콰해진 얼굴로 술잔이 돌았다. 옛날 얘기들이 끊임없이 이어졌다.

"화숙이 너 지금도 달리기 잘 허냐? 그땐 선수였잖여? 하아! 백 미터 달리기 할 때 선두에서 뛰던 네 모습은 아주 환상적이었어. 긴 다리로 날렵하게 뛰어가는 게, 뭣이냐, 한 마리 사슴 같았지. 계주 할 때 앞에서 뒤쳐진 것도 네가 바통을 이어받으면 금세 역전됐잖여. 아, 그때 우리가 백화숙, 백화숙! 하고 외치던 거 생각 나냐? 운동장에 네 이름이 가득 찼어. 그 순간만큼은 죄다 목을 빼 발돋움을 하고 너만 쳐다봤다니까."

모두들 고개를 끄덕였다. 모처럼 화숙의 얼굴에도 웃음이 번졌다.

"난 체육 시간이 제일 좋았어. 두 다리를 쭉쭉 뻗으며 선두를 달리고 아이들이 환호하면 스타라도 된 듯 행복했던 것 같아. 일 년에 두 번 있는 운동회를 얼마나 기다렸는지 몰라."

거기서 민수가 오른손을 번쩍 들며 제안을 했다. 언제 동창들끼리 모여서 운동회를 하자는 것이다. 거침없는 박수가 이어졌다. 그쯤에서 나는 조금 쉬겠다며 방으로 들어왔다. 방에 누워 있어도 그들의 대화가 고스란히 들려왔다.

학교에서 해마다 변 검사 했던 것 생각나지들? 야, 백화숙. 그때 너 대변 받아 오라는디 된장 낸 거 기억나? 그려어? 조신했던 그녀 입에서도 엉겁결에 사투리가 튀어나왔다. 학교 가는 길이었어. 널 만나서 봉투에 똥 담아 가냐고 물었더니 잊었다면서 깜짝 놀라대? 얼른 풀 섶에다 똥 누라니까 안 된다며 울상이었어. 그래 내가 우리 집

장독대에서 된장을 찍어 담아줬거든. 맞어. 그랬는갑다. 생각 나. 그런디 결과가 어떻게 나온 줄 아냐? 진짜 웃기지. 내가 낸 똥엔 아무 문제가 없는디, 화숙이가 낸 된장에선 회충인가 요충인가 뭐 그런 기생충이 있다는 결과가 나왔어.

윤정이 웃다가 사레가 들어 캑캑대는 소리. 민수가 에라이, 하면서 재떨이에 침 뱉는 소리. 화숙이 맞어, 맞어, 하면서 손뼉 치는 소리.

진태의 일장연설이 이어진다. 열두어 살 소년의 표정이 잠깐 스쳐 갔다.

"근데 진태는 어떻게 그 많은 일들을 다 기억하냐?"

흠흠, 목청을 가다듬는 소리.

"늬들도 알다시피 내가 우여곡절이 많았잖냐. 민수는 대학을 나왔지만, 나는 가방끈도 짧고…… 가시내 데리고 서울로 튀어서 이 일 저 일 허다본께 고생만 직살나게 혔다. 일허고, 계산허고, 지쳐서 쓰러지고, 그러다본께 시골살이 후론 뭘 새기고 자시고 헐 틈이 없었어. 사실, 코딱지 시절을 늘 가슴에 품고 산 것은 아닌디, 오늘 와서 본께 그것이 내 추억의 전부였고만. 이렇게 고향말도 줄줄 나오고 말여…… 사람이란 게, 저도 모르게 기억하고 싶은 거, 외면하고 싶은 거, 편리하게 나누어서 잊거나, 새기면서, 살게 돼 있능개벼."

"그려, 그려. 자, 한 잔 허자."

이슥한 시간이 되어 모두 해변으로 나갔다. 여름 밤바다는 붐비던 대낮과 달리 적당히 한적했다. 저만치 썰물 진 바닷가를 걷는 사람들이 보였고, 멀리 갯바위 쪽에서는 폭죽의 불꽃놀이와 환호성이 어우러지고 있었다.

화숙은 줄담배를 피우기 시작했다. 술도 연거푸 들이켰다. 나는 그래도 괜찮은지 염려가 되어 말렸다. 유방암은 재발하면 위험하다고 들었다. 하지만 그녀는 내 만류에도 아랑곳하지 않았다. 오히려 자학하듯 그런 일탈을 즐기는 것도 같았다. 투병 후 남편과 헤어진 것도, 그 와중에서 두 아이들마저 남편에게 떠넘겨 버린 것도, 다 자학이 아니었나 싶었다. 삶에 대한 회의 혹은 오기로.

민수를 보며 후박나무 아래의 기억이 또다시 불쑥 비집고 들어올 때쯤, 그의 시선이 화숙의 근처에 줄곧 머물고 있다는 게 느껴졌다. 〈어느 소녀에게 바친 사랑〉을 부르면서 간간히 화숙을 향하더니 〈사랑할수록〉을 부를 때는 아예 붙박여 있었다. 진태는 윤정을 껴안고 모래밭에서 부루스를 추느라 주위를 잊고 있었고, 화숙은 너무 취해서 민수의 표정을 읽지 못하는 것 같았다. 나만 그들 속에서 부유하고 있었다.

나는 슬그머니 일어나서 혼자 걸었다. 하얀 조개껍데기를 주워서 목걸이를 만들던 아이가 따라왔다. 맨발로 모래 위를 뛰어다니며 손차양을 하고 갈매기를 보던 아이. 우리 삼십 년 뒤에 여기서 만날까? 그땐 우리 둘 다 남편이 있겠지? 너랑 나랑은 원피스를 입고, 이 조개껍질 목걸이를 하고, 챙이 넓은 밀짚모자를 쓰는 거야. 그리고 훗―

남편을 뒤에 세워 놓고 찰칵— 사진을 찍는 거야. 멋있겠지? 아이는 그렇게 수다를 떨면서 나를 따라다녔다.

숙소로 돌아와서 다시 술자리는 이어졌다. 헌데, 술에 취할수록 민수의 말투와 하는 양이 거칠어지기 시작했다. 필요 이상으로 너털웃음을 짓는가 하면, 한참이나 침묵했다가 뒤틀린 심사를 확 드러내기도 했다. 게다가 불안해 보였다. 상대방에게 초점을 맞추지 않고 허둥대다가 어느 순간 훑고 지나가는 눈빛이며, 담배 필터를 잘근잘근 씹는 등 종잡을 수 없었다.

의자에 널브러진 채 화숙은 담배에 불을 붙였다.

"에이, 씨팔! 한 번은 어떤 놈이 나더러 섹시하대. 그래서 어디가 섹시하냐고 물었지. 그랬더니 뭐, 가슴에서 히프까지가 에스라인이라나 어쨌다나? 그래 내가 뭐랜 줄 아냐? 야, 이 가슴 뻥이야, 그랬어. 뻥이야. 가짜라구. 그랬다니까."

민수가 화숙을 노려보았다. 그래도 화숙은 상관없다는 듯 손을 홰홰 저었다.

"쳇, 지가 남자라고 위세는 무슨 위세!"

민수가 성난 기세로 그녀 곁으로 바싹 다가섰다. 그러거나 말거나 화숙은 그의 얼굴에 대고 담배 연기를 후 내뿜었다.

"남자? 흥, 이까짓 담배 한 모금의 위안도 못 되는 것들!"

순간 화숙이 의자 한구석으로 픽 나가 쓰러졌다. 화숙의 뺨을 후려치고도 한껏 처들린 민수의 오른손을 내가 붙잡았다. 그의 손이 허공에서 부들부들 떨었다. 윤정이 화숙을 데리고 방으로 들어갔다.

화숙을 재워놓고도 이대로 잘 순 없다고, 밤새도록 술을 마셔야 한다고 호기를 부리며 응접실에 둘러앉았지만, 다들 취해서 비틀거렸다. 그런 와중에서도 윤정은 찌개를 데워왔다. 아무리 그래도 민수가 너무했다며 구시렁거렸다. 민수는 이제 입을 굳게 다문 채 깡소주만 마셔댔다.

내가 욕실에서 나왔을 때는 윤정이도 방으로 들어가고 없었다. 베란다로 나가 드러누운 민수를 향해 진태 혼자 씨부렁대고 있었다.

"야, 일어나라, 이 촌놈아. 그렇게 술 잘 마시던 네가 왜 그냐? 나 헐 말 있다. 쪼깨 일어나 봐아!"

"듣고 있어. 말 혀어."

"허공으다 대고 말허래? 나도 괴로워. 인나서 내 말 좀 들어주어잉?"

"말 허라고이. 여그서 듣고 있잖여?"

나는 술잔을 들고 그 앞으로 갔다. 떠지지 않는 눈꺼풀을 진태는 힘겹게 밀어 올렸다.

"윤정이여?"

"아니, 나, 진이."

"윤정이고만."

나도 어느새 그들의 말투로 변해가고 있었다.

"그려. 윤정이라고 혀. 윤정이면 어떻고 진이면 어뗘?"

덩치만 어른이지 미숙한 어린애 같았다.

"그려, 윤정아. 나 고백헐란다. 사실 나 도망와뿌렀다. 도망왔어. 휴가는 무슨 휴가아. 인자 방도가 없어야. 그려도 한참 잘 나갔는디 내 전성기도 끝났어. 쎄빠지게 일 혀서 인자 살 만허다 싶응게 와장창 무너지네? 부도나뻔짔어. 낼모래면 차압 들어온다. 왜, 안 믿어지냐?"

"……."

"야가 안 믿어야? 나 오늘 전화 허는 것 봤냐? 안 봤지? 전화길 꺼뿌렀응께. 왜 여우 같은 마누라, 토끼 같은 자식들헌티 연락 안 허고 싶겄냐?"

"마누라도 알아?"

진태는 고개를 흔들었다. 눈물 콧물로 범벅이었다. 휴지통에서 휴지를 뽑아 건넸다.

"지금이라도 연락해. 얼마나 기다리겠어. 일단 오늘밤은 안심하고 자야 될 것 아냐? 오늘만이라도."

"뭐라고 혀? 이 지경 됐다고 실토혀?"

"박진태, 가장 맞아? 가장이 돼가지고 이게 뭐야?"

"심들어. 가장 노릇 너무 심이 들어. 누가 나 좀 숨겨 주라. 응?"

베란다 쪽에서 민수가 뭐라 하는 소리가 들렸다. 진태의 집에다 전화하는 모양이었다. 함께 있으니까 걱정 말고 자라는 말인 듯했다. 그들을 남겨놓고 나는 방으로 들어왔다.

아침 햇살은 맑았다. 침대 위에서 여전히 자고 있는 화숙을 돌아보고 거실로 나왔다. 윤정이 밥을 짓고 있었다. 콩나물국 냄새가 풍겼다.

"진태는 갔어야. 급히 가봐야 한다네? 머리 안 아퍼?"

"괜찮아. 너는?"

나는 양팔을 쳐들며 경쾌한 시늉을 해 보였다. 베란다로 나가니 바다가 한눈에 들어왔다.

난간에 몸을 기대고 물끄러미 바다를 바라보았다. 열여덟에 제 목숨을 버린 아이, 그 아이가 죽고 싶었던 까닭은 무엇이었을까? 수치심? 분노? 만약 그 아이가 살아 있었더라면, 오늘 우리처럼 나일 먹어서 그와 비슷한 일을 겪었더라면, 어땠을까? 지금 남아 있는 우리들처럼 수치심이며 분노 같은 것들을 열심히 변명했거나 침묵으로 대신했을까?

저만치 모래밭에 앉아 있는 민수의 뒷모습이 보였다. 일찍부터 나와서 산책하는 사람들 사이에서 그의 뒷모습은 마치 느낌표 같았다.

부스스한 머리를 손가락으로 매만지며 화숙이 거실로 나왔다. 멋쩍게 웃어 보였다. 나는 손가락으로 민수를 가리켰다.

"내려가 봐. 어젯밤 네 뒤치다꺼리하느라고 애썼어."

"그랬구나…… 씻지도 않고 쓰러졌네. 일단 세수라도 좀 하고."

진태가 먼저 가 버려서 화숙을 운전석 옆에 앉히자 뒷좌석이 넉넉했다. 읍내로 가다가 부안댐 가는 길목의 그 유명하다는 바지락 죽을 먹자고 했다.

"해안도로로 가 볼까? 주변 풍경이 좋은데, 괜찮겠어?"

화숙이 나를 의식한 듯 뒤돌아보며 물었다.

나한테는 옥주가 사라진 길이다. 몇 개의 갯바위를 지나서 산허리를 감고 뻗어나간 작은 길. 수십 년 동안 내 앞을 가로막고 있었으나 접근을 허락하지 않았던 길이다.

길의 왼쪽은 바다 오른쪽은 야산이었다. 조개껍데기 같은 밭들이 엎드린 사이로 군데군데 오래된 마을이 자리 잡고 있었다. 낮은 돌담과 시누대가 경계를 이루고 있다. 길은 그 아름다운 풍광을 거느린 채 굽이굽이 뻗어나갔다. 그동안 품었던 두려움과 다르게 놀라우리만큼 평온했다. 언제 무슨 일이 있었느냐고 시치미를 떼는 것만 같았다.

나는 적당한 자리에서 차를 세웠다. 화숙한테서 얻어온 담배 한 개비를 천천히 피웠다. 언제 왔는지 화숙이도 윤정이도 곁에 쭈그려 앉아 있었다. 서로 아무 말도 하지 않았다.

적벽강을 막 돌아나갈 때 민수가 휴게소 앞에서 차를 세웠다. 담배를 사야 한다고 했다. 우리도 내렸다. 생수가 필요했다. 식당인데, 간단한 물건도 파는 가게였다. 서로 자기가 계산하겠다고 실랑이하는 걸 멀거니 지켜보는데. 문득 열려 있는 안방 벽에 걸린 그림 한 점이 눈에 들어왔다. 아무 생각 없이 바라보았던 것인데, 어디선가 분명히 본 것 같았다. 그림을 배우는 학생이 연필로 서툴게 그린 인물화 한 점. 배시시 웃고 있는, 조금은 촌스럽게 생긴 소녀의 모습이었다. 어

디서 본 듯하다고 생각하며 시선을 돌리려던 순간, 거울에 걸린 조개
껍데기 목걸이가 들어왔다. 나는 다시 그림을 응시했다. 카운터를 보
고 있는 여자에게 다가갔다. 한 스물너댓 정도나 되어 보였다.

"저 그림…… 누가 걸어놓은 거죠?"

"왜요?"

여자애는 내 시선을 따라 안방으로 눈을 돌렸다.

붙박인 듯 서 있는 나를 친구들이 의아한 듯 쳐다보았다. 여자애의
목소리가 약간 껄끄럽게 이어졌다.

"그림이 어때서요?"

나는 신발을 벗고 안방으로 들어갔다. 양해를 구할 생각도 미처 못
했다.

여자애가 미심쩍은 얼굴로 따라 들어와 내 위아래를 훑어보았다.
상투처럼 정수리 부분에 올려 맨 머리가 마치 성난 것처럼 흔들렸다.
그림이 든 액자 가까이 가서 들여다보았다. 분명했다.

"아줌마, 왜 그러세요?"

노골적으로 불만스런 표정을 드러내는 여자애에게 나는 침착하게
물었다.

"그림 주인이 누군가요?"

"우리 엄마요. 그런데. 왜 물어요?"

"엄만 지금 어디 계시죠?"

"읍내 시장에 가셨어요. 장 좀 봐 오신다고…… 근데 도대체 왜 그

러시……"

"혹시, 이 근처가 고향이라고 하시던가요?"

"네. 옛날에 어렸을 때 사셨대요. 서울에서 살았는데 올 여름에 이사 왔어요."

여자애의 표정이 조금 누그러진 듯했다. 입가에 웃음기가 베어난다.

"누구라고 전해드릴까요?"

여자애는 주머니에서 재빨리 휴대폰을 끼냈다. 나는 일단 손짓으로 만류했다.

먼 옛날의 여고생이 눈앞에 있는 여자애와 겹쳐진다. 혀를 쏙 내밀었다가, 입꼬리를 올리며 웃다가, 내가 그려 준 그림을 불쑥 내밀던 모습. 진이야, 여기 사인도 해야지? 열여덟 살 내가 말했다. 사인은 나중에 하자. 내가 유명한 화가가 되면 그때 널 다시 그려 줄게. 그때 사인하자. 약속해.

가방에서 펜을 꺼내 액자 귀퉁이에 내 이름을 썼다.

여자애는 어리둥절한 표정으로 내 하는 양을 지켜보았다.

윤정이와 화숙이와 민수를 번갈아 바라보았다. 모두들 나만 주시하고 있었다. 나는 달아오른 얼굴로 말했다.

"출국 일자를 미뤄야겠어. 원래 모레인데…… 오늘 하루 더 여기 있어야 할 것 같아."

연緣

＊

창밖에 국화를 심고 국화 밑에 술을 빚어 놓으니

술 익자 국화 피자 벗님 오자 달이 돋네[1]

......

술기운이 올라왔는지 어머니가 흥얼거린다. 오늘은 흥타령부터 시
작이다. 처음엔 작고 쉰 듯하다가, 서너 마루[2] 돌고나면 거침없고 기
운찬 소리를 되찾는다. 물론 예전 같은 천구성[3]은 아니지만.

구성지게 무르익었다 싶으면 마당에 내려가 하늘을 향해 절절히

---

1. 남도 민요 흥타령의 부분
2. 전통음악에서 부정형不定形의 악절樂節을 세는 단위, 또는 하나의 단위를 이루는 악절
3. 판소리 성음 중 맑고 고운 명창의 소리

풀어낼 것이다. 어깻짓도 하면서. 밤중에 노인 혼자 노래하고 춤추는 모습이라니…… 그래서 한때는 이 집에 귀신이 산다는 흉흉한 소문이 떠돌았다지. 소문은 전하는 이의 상상과 과장이 보태져 더욱 그럴싸하게 부풀려졌다. 남부시장 안에 있는 흉가에선 달 밝은 밤이면 흰 옷 입은 할머니가 노래를 부르며 덩실덩실 춤을 춘다더라, 빨갛게 입술을 칠한 젊은 여자가 마루에 앉아서 가야금을 탄다더라…… 엄연히 살아 있는 목숨이 귀신 취급 받았을 걸 생각하면 기가 차면서도 한편 쓴웃음이 나왔다. 그래라, 우리가 귀신이다, 어쩔래? 그런 심정이었다.

어머니는 두어 시간 그러다가 기진맥진한 몸으로 방에 들겠지. 노랫소리 대신 코고는 소리가 요란하리라. 꿈속에서도 소리를 할 것이다.

대충 설거지를 끝내고 앞치마에 손을 닦으며 남희는 저도 모르게 후렴구를 따라 흥얼거렸다.

아이고 대고 허허 성화가 났네 헤!

창밖에 국화를 심고…… 이렇게 시작될 때부터 귀를 막고 싶던 시절이 있었다. 무슨 놈의 노래가 시종일관 고만고만한 높낮이로만 오르락내리락, 빠르지도 느리지도 않으면서 끝도 없단 말인가. 흥타령만이 아니다. 노인이 평생을 두고 불러 온 육자배기며 남도가락이며 판소리도, 남희에게는 그리 들렸다. 그나마 자신은 소리가 아닌 악기

210

를 배운 것만도 다행이라 여겼다. 가끔 노인네 소리에 가야금을 얹히더라도 별다른 감흥이 없었다. 어머니에 대한 배려로 그 공간과 시간을 함께 했을 뿐이다.

언젠가부터 그 소리들이 귀에 들어오기 시작했다. 귀앓이가 끝난 것이다. 어머니 곁으로 돌아온 후부터였다. 나중에는 기억력이 떨어진 당신이 가사를 잊거나 박자를 못 맞추고 머뭇거리면, 그동안의 풍월로 놓친 가사와 박자를 알려줄 만큼 되었다.

그러던 어느 날, 새타령을 듣고 있었다. 정말 무심히 들었다. 화장을 지우고 있었던 것 같다. 어머니가 툇마루에 앉아서 소리에 빠져 있었다.

저 쑥국새가 울음 운다. 먼 산에 앉어 우난 새는 아시랑허게 들리고, 근 산에 앉어 우난 새는 둔벙지게도 들린다. 이 산으로 가며 쑥국쑥국, 저 산으로 가며 쑥쑥국 쑥국, 에에에에 으으으 좌우로 다녀 울음 운다. 저 두견이가 우네, 저 두견이가 울어. 야월공산 깊은 밤에 울어, 저 두견새 울음 운다. 저 두견새 울음 운다. 야월공산 깊은 밤에 저 두견새 울음 운다. 이 산으로 가며 귀촉도, 저 산으로 가며 귀촉도. 꾸 어 어어어 에이이이이이이이이 이이이…….[4]

<hr />

4. 남도잡가의 하나, 온갖 새들의 모습 · 울음소리 등을 묘사한 노래

남희는 문을 열고 바라보았다. 어머니의 구부정한 등허리가 꿈틀거리면서, 처진 어깨는 날개가 되어 허공 속으로 솟구쳐 오를 것만 같았다. 제 가슴속에 있던 크고 단단한 뭉치가 순식간에 녹아내리며 어둠 저 아래로 빠져나가는 것 같았다. 머리가 텅 비고 아득해왔다. 그러다가,

저 노인새가 울어, 저 할미새기 울어. 묵은 콩 한 섬에 칠푼오리 허여도, 오리가 없어 못 팔어먹는 저 빌어먹을 저 할미새. 경술 대풍년 시절에 쌀을 양에 열두 말씩 퍼 주어도 굶어죽게 생긴 저 할미새…….

할 적엔, 자신도 모르게 눈물을 흘리고 있었다. 조용히, 아무도 모르게, 거울 앞에서 어깨를 들썩였다. 고개를 들어 거울을 보니, 지우다 만 화장이 범벅이 되어 검고 빨갛게 얼룩진 얼굴이 요상스러웠다. 얼른 세수부터 했다.

시간이 지나면서 알았다. 어머니의 소리가 얼마나 빼어난지를. 젊었을 때 소리판에서 내로라하는 가객이었단 말을 비로소 이해할 것 같았다.

느닷없이 눈물 사태가 일어난 뒤부터 어머니가 노래를 시작하면 방구석에 세워두었던 가야금을 무릎에 앉혔다. 빼어난 솜씨는 아니지만 그런대로 소리의 여백을 채울 수는 있었다. 무엇보다 어머니가 아주 흡족해했다.

얼마 전부터 어머니는 다른 사람들이 있을 때에는 아예 목을 닫았다. 주막 문을 닫고 사람들이 다 떠난 후라야 기다렸다는 듯 툇마루에 앉았다. 남희가 일을 끝내고 들어오면 한두 곡이라도 목청껏 토해내야 속이 후련한 모양이었다. 남희는 녹초가 되어 가야금을 타기 힘들면 무릎장단이나 추임새로 흥을 돋웠다. 당신 혼자 운영하던 시절엔 파장 무렵이 되면 얼큰히 취해 소리로 끝을 맺곤 했었다. 그런데 이제 기억력도 떨어지고 음색도 예전 같지 않다. 당신 스스로 그 한계를 느끼면서 사람들 앞에서는 회피하는 것 같다.

밤이 이슥해지면 모녀가 마주앉아 대작하는 일이 잦아졌다. 남희가 자청할 때가 많았다. 헤벌쭉 입가에 웃음을 흘리면서도 노인은 딴전을 부렸다.

"야가 오늘은 왜 이런디야?"

"일이 빨리 끝났어요. 어머니랑 마실라고 서둘렀지 뭐예요."

"썩을 년!"

"어머니보다 더 썩었을라고?"

"긍게 말여. 헌디 인자 사십이면 젊은디, 젊은 것이 늙은 에미허고 술이나 마시는 것이 뭣이 좋아? 한 놈 후려낼 재간도 없는개벼?"

"모전여전이고만요. 어머니 팔자가 딸 팔자래요."

"뗙끼! 지랄허고 자빠졌네, 잉?"

노인은 목청을 가다듬고 허리를 편다. 그래도 구부정하긴 마찬가지다. 목을 길게 빼면, 물기 없는 모가지로 잔주름이 물결처럼 흘러갔다.

불과 몇 년 전까지만 해도 노인은 정정했다. 소주 한 병은 거뜬히 비웠다. 마루 끝에 놓인 재떨이엔 언제나 꽁초가 수북했다. 그러던 것이 팔순을 넘기면서 무너지기 시작했다.

온통 어지럽고 시끄러운 시장통이지만, 밤이 되면 딴 세상 같았다. 상인들도 행인들도 모두 돌아갔다. 시장 안에서 살림을 하며 사는 이는 없다. 상가와 주택을 겸한 복합건물이 몇 군데 있지만 여기서 상당히 떨어져 있다. 물건을 파는 사람, 사는 사람, 게다가 요새 남부시장이 유명해져서 여행객들조차 줄지어 오는 통에, 새벽부터 북새통을 이루던 곳이 밤 열 시만 넘으면 어둡고 조용했다.

이제 이 노인의 소리를 기억하거나 들어주는 사람은 없다. 당신을 찾던 사람들도 거의가 세상을 떠났거나, 병들어 혼자선 외출도 어려운 처지가 되었다. 어머니도 기력과 기억이 시나브로 쇠해지면서 그 많은 노래를 점점 잊고 있다.

왼쪽 대문 위로 솟았던 달이 마당을 건너 오른쪽 오동나무 가지에 걸려 있다. 이제 나뭇가지를 타고 머뭇거리다가 훌쩍 지고 말 것이다. 달은 늘 그렇게 떴다가 졌다. 이 집에서는.

딸아이는 잠이 들어 있었다. 반쯤 나와 있는 다리에 이불을 덮어주고 방문을 닫았다.

술 한 병을 들고 툇마루에 나와 앉았다. 낮에는 콧등에 땀이 날 정도로 더웠는데 밤공기가 서늘하다. 남희가 냉큼 오지 않으니 기다리다 지쳤는지 어머니는 이미 안방으로 들어가고 없었다.

남희는 술잔을 천천히 기울였다. 차가운 감촉이 먼저 입술에 닿고, 이어서 혀끝에 달짝지근한 맛이 감기면서 향긋한 냄새가 코와 목구멍으로 스며든다. 저녁 무렵 손님들과 막걸리를 두어 잔 마신 터라 금세 속이 더워졌다.

아직 잠에 들지 않는가, 아니면 꿈속에서 노래를 부르는가. 노인의 노랫소리가 두런거림처럼 들려왔다.

꿈이로다 꿈이로다 모두가 다 꿈이로다
너도 나도 꿈속이요 이것 저것이 꿈이로다
꿈 깨이니 또 꿈이요 깨인 꿈도 꿈이로다[5]

한 잔, 두 잔…… 술병이 가벼워질수록 머리는 무거워졌다. 바깥 공기가 차가워질수록 몸은 뜨거워졌다. 달은 오동나무 잔가지 위에 우두커니 앉아 있다. 지나가는 바람결에 오동꽃향기가 스쳤다. 마루 기둥에 등을 대고 앉아서 한참이나 달을 바라보았다. 노인의 코고는 소리가 점점 커졌다.

---

5. 흥타령 부분

　남희의 뒤를 따라 들어온 남자를 본 순간, 노인의 몸이 기우뚱했다. 그 바람에 콩나물이 수북이 담긴 채반을 떨어뜨리고 말았다. 남희가 얼른 다가와 노인을 부축했고, 남자는 천천히 바닥에 흩어진 콩나물을 주워 담았다. 밖에는 고급 승용차 한 대가 시동을 끄고 대기하고 있었다.

　남자는 머리가 희끗희끗했지만 말쑥했다. 이목구비가 수려했으며 몸가짐이 반듯했다. 그가 단둘이 나눌 얘기가 있다고 말문을 열 때까지도 도무지 현실감이 들지 않았다. 의아한 눈빛으로 주방문을 닫는 딸의 모습이, 펄펄 끓는 육수 냄새가, 노인에겐 갑자기 비현실적으로 느껴졌다.

　어머님이라 했다가 어르신이라 했다가, 호칭이 엇갈렸다.

　"그때 제가 대여섯 살 되었던 것 같습니다. 한두 번 뵌 적이 있었지만 잊어버리고 살았지요. 세월이 많이 흘렀네요……."

　노인은 떨리는 손으로 담배를 꺼냈다. 남자가 라이터를 찾아 얼른 불을 당겨주었다. 담배 연기가 두 사람의 시야를 흐릿하게 했다. 수십 년 전의 일이다. 까맣게 잊고 살았다. 망측하게도 서른 즈음의 소희로 되돌아가기라도 한 듯 노인의 손이 후들거렸다. 세상에 부끄러울 것도 무서울 것도 없는 나이에 무슨…… 노인은 어색함을 피하려고 연신 헛기침을 했다.

그때 그 아이였다. 잠에서 덜 깨어나 무거운 눈꺼풀을 부비며 방문을 열고 들어서던 사내 아이. 소희와 그는 벌거벗은 몸을 이불 속에 감추고 어찌할 바 몰라 허둥댔다. 소희는 얼른 발치에 있던 속치마를 찾아 이불 속에서 입었다. 그리고 두 팔을 벌렸다. 아이는 엉겁결에 다가왔다. 소희는 아이를 안고 자장가를 불렀다. 자장자장 우리 아기…… 신통하게도 아이는 곧 잠이 들었다. 그는 말했다. 소희, 당신의 노래가 아이를 달래주었네……. 그렇게 자장가를 불러 주는 밤이 많았다. 모두들 자는 한밤중에만 갈 수 있는 집이었다.

멀리 소풍을 가기도 했다. 아주 멀리. 함양의 농월정이나 무창포 바다. 승용차가 거의 없던 시절, 그는 관용차에 아이를 태우고 외곽에서 기다렸다. 소희는 버스를 타고 도중에 내려서 그 차에 올랐다. 그의 존재를 모르는 타지에서, 그들은 가족이었다. 소희 자신도 아이의 죽은 어머니를 대신할 수 있기를 바랐다.

그뿐이었다. 서울로 근무처를 옮긴 그는 소희를 데리러 오겠다고 했지만 오지 않았다. 그럴 거라 짐작은 했어도, 마음 한 구석에 기다림이 없었던 것은 아니었다. 서른을 갓 넘긴 나이였다.

놀랄 일은 아니었다. 소희 자신이 늙었듯이 그도 늙어갔을 것이다. 소희가 앞으로 죽을 게 자명하듯이 그가 먼저 죽었을 뿐이다. 단지 섭섭했다. 그가 얼마 전까지 살아 있었다는 것, 까맣게 잊었으면 몰라도 기억하면서 찾지 않았다는 것…… 본인이 죽은 후에야 아들이 찾도록 조치해놓은 것조차 그랬다. 그것은 자신의 약속을 정당화하기 위한 방편일 뿐이라고 여겨졌다.

남자는 차로 돌아가 보자기에 싼 상자 하나를 들고 왔다.

"아버지께서 꼭 전해주시라고 남기신 것입니다."

보자기를 풀고, 상자 속에 든 것을 보는 순간, 노인은 바로 손을 놓았다. 그리고 남자 쪽으로 밀쳤다.

"가져가시게. 이게 무슨…… 사람 놀리는 것도 아니고."

"죄송하지만, 아버지의 유언이셔서……."

"그 양반 살면서 행세깨나 허셨다고 돌아가셔서도 일방적이시고만? 필요 없네. 받은 걸로 하지. 됐네. 내가 그 양반 믿고 수절헌 것도 아닌디, 허허. 인연이 되면, 다음 세상에서라도 만나겄지, 뭐. 잘 사시다 가셨응께 되았어."

남자를 태운 차는 떠났다. 노란 술 주전자가 나란히 걸린 주방과 몇 개의 나무 탁자가 있는 자리가 여전하듯이 그대로 앉아 있는 노인의 표정은 담담했다. 아무 일도 없었던 것처럼. 아득한 세월 너머, 그가 떠났을 때도 그랬다.

손님들이 닥칠 시간이 되었다. 노인은 무릎을 짚고 일어나 주방에 가서 손을 씻고 마당으로 갔다. 마당을 서성이던 남희가 의아스러운 얼굴로 쳐다보았다. 얼굴에 장난기가 묻어났다.

"돈이었어요? 그냥 받지 그랬어요?"

노인은 눈꼬리에 각을 세웠다.

"내가 돈으로 팔자 고칠라고 혔으면 진작에 고쳤겄다."

짐짓 태연한 척했지만 노인의 다리가 후들거렸다. 노인은 잠시 무릎을 짚고 한숨을 내쉬었다. 그리고 남희가 알아듣든 말든 중얼거렸다.

"아무것도 아녀. 지나놓고 보면……."

남희를 가게로 밀어내고, 노인은 툇마루에 앉아 마당에 저녁이 깃드는 것을 보았다. 대문을 타고 올라간 능소화가 어지럽다. 일 년에 세 번 꽃을 피운다는 능소화. 자신이 꽃을 피운 시기는 언제였던가…… 스물 몇 살 무렵 국극단에서 한참 잘 나가던 시절이었을까? 단장에게 그저 고분고분했더라면, 그대로 거기 남아 있었더라면, 지금쯤 어떻게 살고 있을까? 전주로 돌아오지 않았더라면 어떻게 되었을까?

대책도 없이 고향이라고 왔지만 먹고 살 길이 막막했다. 소리 배운다고 집을 뛰쳐나간 사이 가난한 부모는 단칸방에서 늙고 병들어 있었다. 한동안 권번 출신이 운영하는 요정에서 소리를 하고 다녔다. 소리 잘하는 여자가 있다는 소문에 지역에서 방귀깨나 뀐다는 사람들이 자주 드나들었다. 화가, 문인 행정관리, 정치인, 부자들이 주 고객이었다. 항간에는 그 여자가 속치마만 입고 소리를 한다더라, 쌀 한가마니면 여자의 몸을 품을 수 있다더라는 소문도 떠돌았다. 콧대 높고 성깔 있어 호락호락한 여자가 아닌 데도, 사람들은 제멋대로 갖다 붙였다. 주위 사람들에게 그녀는 선망의 대상이면서 질시의 대상이었다.

그것도 한때였다. 요정이 하나둘 문을 닫는 바람에 국악인 몇몇과

약장사를 따라다녔다. 소리에 전념할 때엔 금기했던 노랑목[6]을 쓰기도 했다. 그녀의 소리 덕에 구경꾼이 몰리고, 약도 잘 팔린다고 소문이 났다.

약장사 사업이 시들해지자, 소위 말하는 방석집이란 데도 드나들었다. 권세 좀 누리는 집안의 회갑잔치에도 불려갔다. 그런대로 돈을 모아 교동에 있는 작은 한옥 한 채를 샀다. 길가 모퉁이에 있었지만 주막으로는 괜찮았다. 가게 안쪽에 봉놋방이 두 개나 있었다. 주방일과 허드렛일 할 사람을 두고, 자신은 대청마루에서 손님들과 더불어 마음껏 어울리고 소리를 했다.

그러다 한 남자의 아이를 가지게 되었다. 배가 불러올 때쯤, 남자가 종적을 감췄다. 눈물 한 방울 흘리지 않았다. 대신 이를 악물었다. 이미 산전수전 다 겪은 여자라 남자에게 기댈 마음은 애당초 없었다. 단지 그 사이에서 남희를 얻었다는 것. 그것이 소희에게는 가장 큰 축복인 것 같았다.

남희가 남편도 없이 혼자 어린 것을 안고 돌아왔을 때 그다지 놀라거나 슬퍼하지 않았던 것도 어미의 피를 이어받은 것이라 여겼던 까닭이었다. 얼굴도 본 적 없는 사위가 저지른 실수를 무마하기 위해서 교동 주막집을 팔고 남부시장으로 왔다. 남희는 노인 곁에 남았고,

---

6. 판소리에서, 소리를 정통 가창법으로 하지 않고 목청을 떨어 지나치게 꾸미며 속되게 내는 창법

주희를 안겨 주었다.

서둘러 가게 문을 닫은 남희가 노인을 마루로 불러냈다. 노인을 위한 막걸리와 자신을 위한 소주에 바지락 탕을 곁들였다.

"괜찮으세요?"

"그럼. 암시랑토 안 혀."

"이제 숨통이 좀 트이네요."

노인은 남희가 무얼 물어올까 봐 얼른 재촉부터 했다.

"어뗘? 소리 좀 허끄나?"

남희가 미처 대답을 못 하니까 이내 좀 얄궂은 표정을 지었다.

"허지 마?"

"아이고 엄만, 언제 하라고 해서 하고, 하지 말래서 안 했어요?"

"그렇긴 혀…… 이제 목은 쉬었어도 들을 만 헐 것이여. 오늘, 내가 꼭 부르고 싶은 노래가 하나 있고만. 흠. 흠."

남희가 가야금을 들고 왔다. 노인은 목을 가다듬고 소리를 시작한다.

앞산도 첩첩허고 뒷산도 첩첩헌디 혼은 어디로 향하신가

황천이 어디라고 그리 쉽게 가랐든가 그리쉽게 가랐거든

당초에 나오지를 말았거나 왔다가면 그저나 가지

노던 터에다 값진 이름을 두고 가며 동무에게 정을 두고 가서

가시는 임을 하직코 가셨지만 세상에 있난 동무들은 백년을 통곡헌들

보러 올 줄을 어느 뉘가 알며 천하를 죄다 외고 다닌들

어느 곳에서 만나 보리오 무정허고 야속헌 사람아

전생에 무슨 함의로 이 세상에 알게 되야서

각도각골 방방곡곡 다니던 일을 곽 속에 들어서도 나는 못 잊겠네

원명이 그뿐이었든가 이리 급작스리 황천객이 되얏는가

무정허고 야속헌 사람아 어데를 가고서 못 오는가

보고지고 보고지고 임의 얼굴을 보고지고[7]

*

오후에 집주인이 다녀갔다. 집을 내놓았다고 했다. 어차피 계약 기간이 끝난 지 오래다. 계약서를 다시 쓰지 않은 채 이사 왔던 무렵의 월세만 꼬박꼬박 내고 산 지 수 년. 그렇게 걱정 없이 지내왔는데…… 주인은 진작부터 팔고 싶었지만 차일피일 미뤘던 거라고 했다. 노인이 당신 집처럼 잘 지키고 있어서 말을 못 꺼냈다는 것이다. 값이 오르기를 기다렸다고는 말하지 않았다.

"시장 한복판에 있는 한옥을 사서 뭐한대요? 우리 주막으로나 안성맞춤일 텐데요?"

---

7. 명창 임방울의 〈추억〉

주인은 고개를 젖히고 웃었다.

"아니 뭘 그렇게도 모르쇼? 요즘 옆에 딱 붙어 있는 한옥마을이 얼마나 인기가 있어요? 주말이면 인파가 미어터진당께요. 인자 거그는 살래야 살 집이 없어요, 없어. 더군다나 한옥은 말요, 땅값이 천정부지로 솟았어도 없어서 못 판당께. 그래서 인자 여그 남부시장으로 옮겨오는 것이요. 이미 여그도 다 소문이 났잖여요? 그리고…… 거 뭣이냐, 마인드! 요샌 마인드가 최고랍디다. 이런 시장 한가운데 떡 허니 들어선 한옥을 리모델링해놓으면, 음식점으로나 찻집으로나, 또 거시기 뭐냐면, 게스트하우스! 그것도 요새 성황이라드만? 우리가 리모델링을 혔으면 좋겄는디, 고것도 다 돈이요, 돈. 그래 헐 수 없이 파는 것이지라우."

남희가 주변 돌아가는 상황을 왜 모를까. 한옥마을뿐 아니라 이곳 남부시장까지 번잡해진 지 오래다. 한동안 노인네들이나 찾던 시장이 젊은이들에게 각광 받는 장소가 되었다. 젊은이들을 끌어들이기 위한 무슨 프로젝트가 성공적으로 진행되는 게 그 이유란다. 그게 또 전국적으로 알려져 한옥마을 관광객들의 발길을 끄는 모양이다.

사실은 남희도 그 덕을 좀 보려던 참이었다. 시장 속에 마당이 있고 큰 나무가 있는 한옥 주막. 이것만 내세워도 호기심 많은 요즘 사람들은 호들갑을 떨며 몰려다닐 것이다. 열심히 일해서 어머니한테 진 빚을 갚고 싶었다.

그 사람은 서해 어느 바닷속에 보물이 있을 거라고 정말 확신하고 있었다. 그걸 찾기만 하면 백만장자는 아니어도 돈방석에 앉을 수 있다고 했다.

"당신이 어린애야? 보물섬이 어린애를 기다리고 있대? 그리고 그 유물인가 보물인가 찾는다 해도, 도둑으로 몰리게 돼. 국가 재산을 훔치는 거라고. 알아?"

남희가 얼토당토않다고 혀를 차면 그 사람은 절망적인 눈빛을 했다. 하지만 금방 낯빛을 바꾸었다.

"꿈은, 그것을 꾸는 자만이 이룰 수 있다, 그랬지? 한 일 년만 기다려 봐. 내가 기어이 큰일 벌일 테니."

그 사람은 한참 걸려 준비를 했다. 온갖 자료를 뒤지고 연구했다. 심지어 점쟁이까지 찾아다녔다. 낡은 배 한 척을 어선인 양 끌고 탐사에 나섰다. 남희로서는 꿈이나 깨고 오라는 식으로 보낸 여행이었다. 그런데 정말 일이, 그것도 큰일이 벌어졌다. 세 사람이 배를 타고 나갔는데, 하루를 넘기지 못하고 배가 뒤집혔다. 그들은 바닷속으로 사라졌다.

신혼집으로 분양받은 아파트와 어머니의 교동 주막을 처분해서 해결하는 데 쏟아부었다. 삼십여 년 당신 혼자 일궈온 집이었다. 그래도 어머니는 탓하지 않았다.

"네가 있고 주희가 있는데 뭔 걱정이냐? 인자부터 네가 가게를 해라. 이것도 운명인갑다……."

그렇게 해서 교동과 인접해 있는 이곳 남부시장으로 왔다. 시장 안에 갇혀 옴짝달싹 못하고 있는 한옥이었다. 주거환경이 안 좋으니 들어와 살 사람이 없어 폐가나 마찬가지였다. 어머니는 이 집을 보자마자 대뜸 결정해버렸다. 길 쪽으로 주막을 내고, 안으로 들어오면 툇마루와 마당이 있어 안채로 쓸 수 있다는 게 썩 마음에 드는 모양이었다. 마당 한쪽 잡초로 뒤엉킨 텃밭에 연신 눈길을 보냈다. 이제는 마당보다 밭의 면적이 더 넓어졌다. 술안주를 마련하는 데 필요한 고추 상추 시금치 파 같은 것들은 대부분 여기서 해결되었다.

을씨년스럽던 빈 집을 사람 소리 떠들썩하고 음식 냄새 풍기는 집으로 바꿔놓았는데 내주어야 한다는 게 사실 억울했다. 단골은 물론 외지에서 온 사람들의 발길도 늘어나기 시작했다. 무엇보다 텃밭 가꾸는 재미를 뺏긴 노인의 심정이 염려되었다. 그러나 어머니는 흔쾌히 받아들였다.

"우리 팔자가 돈허고는 인연이 먼개비여. 하필이면 요런 때 나가야 허는 것이 쫌 그렇지만, 집도 땅도 다 인연이 있는 것잉께. 보물 같은 거 찾으려 말고. 그저 예전보다 나아지면 되야. 안 그려?"

그 한 마디로 이사 문제를 끝냈다.

시장통을 떠나는 게 오히려 잘 된 일인지도 모른다. 어차피 살림집을 따로 얻을 생각이었다. 내년이면 딸아이가 초등학교에 입학한다. 더 이상 시끄럽고 분방한 술가게의 문 하나 사이에 둔 방에서 아이를 자라게 할 수는 없다. 자신이 어려서부터 들었던 주막집 딸, 술집 딸이란 말을 아이한테까지 물려주고 싶지 않았다.

다른 일을 생각해 보기도 했다. 그러나 젊은 실업자가 넘쳐나는 현실에서 어디 기웃거릴 엄두도 나지 않았다. 양파를 썰다 말고 조무래기들에게 가야금을 가르쳐 볼까, 하다가 도마 위에 칼로 장단을 치며 흥얼거렸다.

"난다 긴다 하는 잘난 것들이 넘치는 이 땅에서, 누가, 나에게서, 가야금 따위를 배우려고나 허겠는가아아……."

입을 앙 다물고 있는 남희에게 소리 가르치기를 포기한 어머니는 당신이 아는 사람이 운영하는 국악학원으로 등을 떠밀었다. 이번에는 가야금을 안겨 주었다. 학원에 갔지만 영 재미가 없었다. 나중에 생각해 보니, 어머니에 대한 반발심이 깔려 있었던 것 같다. 남희는 자꾸 어머니와 다른 길로 가고 싶었다. 어머니가 잡아당길수록 더 멀리만 가고 싶었다.

철이 들면서 의구심이 더욱 커지기 시작했다. 선반에 애지중지 모셔놓고 있던 가야금도, 가야금 뒤편에 새겨져 있던 '鳳'이라는 글자의 의미도, 집요하게 가야금을 가르치려 했던 어머니도 이해할 수가 없었다. 남희는 이 악기의 주인이 누구인지 평생 궁금했지만 지금까지도 묻지 못했다. 그것은 어머니의 은밀한 부분을 들여다 본 것처럼 무안하고 쓸쓸할 것 같았다.

집주인은 '석 달이어라우, 석 달.' 하면서 돌아갔다. 그 사이에 거처를 구하라는 뜻이다. 가진 것은 전세보증금밖에 없는데 어디로 가서 무엇을 해야 하나…… 막막했다.

저녁 무렵 깃발이 술차를 끌고 왔다. 막걸리며 맥주 따위를 박스로 들여놓고 탁자에 앉았다. 깃발이란 이름은, 그가 농악단에서 기접놀이를 할 때 십 미터에 이르는 장대 깃발을 흔드는 모습을 보고서 남희가 붙여 준 별명이다. 깃발은 매일 트럭에 술 박스를 싣고 전주 시내 술집을 다니며 술을 배달했다. 트럭에서 무거운 술 박스를 내려 등에 지고 계단을 오르내렸다. 그 일로 가족을 먹여 살리며 저녁이면 연습실에 가서 장구 북 꽹과리를 연습했다. 술 배달을 하다가 마침 밥 때가 되면 여기 와서 식사를 했다. 남희는 깃발에게 따뜻한 밥을 스스럼없이 내놓았다. 그는 노인을 위한 담배며 과일 같은 것으로 고마움을 대신했다.

"선생님 건강은 어뗘요?"

그는 어머니를 가리킬 때 늘 선생님이라 했다. 국악계의 어른이라고 여기며 그렇게 지칭하는 것이다. 그 속엔 자신이 수도하듯 평생 공부하는 국악에 대한 자부심도 담겨 있을 터이다.

"어디 예전 같겠어요? 아무리 병원 한번 안 갈 만큼 남달랐던 분이라 해도 여든이 넘었는데."

"요새는 아예 소리를 놓으셨다면서요?"

냄비에서 오른 김으로 깃발의 안경이 금세 흐릿해졌다.

"자존심이 강한 분이라…… 사람들 앞에선 안 하세요. 이젠 자꾸 잊어버리기도 하고, 어떤 때는 또렷이 기억하다가 어떤 때는 이것저것 소절들을 막 갖다 붙이기도 해서……."

일찍부터 자리를 잡은 손님들이 더러 있었다. 남희는 그들이 알아듣지 못하도록 조심스럽게 말했다. 어디 다른 가게 자리 좀 알아봐 달라고, 근처에 있는 완산동이나 서학동이면 좋겠다고 했다.

"아이고, 여기서 또 밀려나는고만요? 밀려나는 거지요, 안 그래요? 요새 그렇더라고요. 풍남동 교동 전동 이 근처에 작업실이 있던 예술가들도 다들 짐을 싼 지 오래랑께요. 한옥마을이 전국 명소로 뜨면서요. 미친년 널뛰듯 집세가 올라버리니 어니 가난한 예술가들이 버틸 수 있었어요? 한국 사람들 왜 그렇게 먹는 것만 밝히는지 몰라. 조용하던 한옥이 죄다 먹거리 파는 데로 바뀌고 있어라우. 허기사 나도 그 덕에 먹고사는디……"

저녁 늦게까지 운전을 해야 되니까 안 된다고 말려도, 깃발은 기어이 막걸리 한 잔을 단숨에 비웠다.

"술차잉께 술이 들어가야 잘 가겠지요."

그는 금세 웃음을 거두고 미간을 찡그렸다.

"속상해서 그러지라우. 아, 이 집이 얼매나 기가 막힌 집이요? 카페니 뭐니 해도 여그가 진짜 술집이여라우. 훈짐나고 주인 손맛 뛰어나고…… 주막이라는 이름 달고, 진짜 주막답게 남은 술집은 여그밖에 없응께."

핸드폰 액정에서 연거푸 시간을 확인하면서도 그는 일어설 줄 몰랐다.

"내가 이십 대 때, 공부를 시작혔을 때 말요, 그땐 소희주막이 교동

향교 옆에 있었고만…… 어쩌다 어른들 따라서 갔는디, 그 분위기가 참말 좋았어요. 소희 선생님이 한 번씩 창을 허시면, 어른들은 체면이고 뭐고 추임새 넣을 생각도 못 허고 입을 벌린 채 넋을 잃었당께요. 선생님도 진짜 이뻤고요. 넘 본 사람도 많았고만이라우…….”

단 한 번도 남에게 어머니를 물어 본 적 없었다. 그저 들리면 들리는 대로, 짐작하면 짐작하는 대로, 그렇게 살았다. 옛날 잘 나가던 젊은 소리꾼이 어쩐 일인지 그 좋은 데를 마다하고 전주로 내려왔다, 교동에서 자그마한 주막을 하는데 사람들이 많이 기웃거렸다, 개 중에는 국회의원 시장 재벌도 있다고 했다, 악공인가 소리꾼인가 하는 남정네와 눈이 맞았는데 그 집 여편네가 와서 난동을 부려 지방 신문에도 기사가 났다더라…… 남희는 그런 말과 글을 아무렇지도 않게 지나쳤다. 더 알려고도 하지 않았다. 자신이 국회의원의 자식이든 또는 시장 사장 악공 소리꾼 중 누구의 자식이든 상관없었다. 있는 그대로 어머니를 받아들였다. 어쩌면 어머니도 그랬는지 모른다. 남희가 자신의 딸 주희에게 그러하듯이.

＊

어은골. 물고기가 숨는 골짜기라는 뜻이라 들었다. 집세가 싸서 당장 들어올 수 있기도 했지만, 마을 이름에 끌려서 단숨에 정한 곳이다.

삼거리를 끼고 단층집들이 모여 있는 팽나무 바로 옆에 가게 한 칸을 얻었다. 골목 맞은편 집 두 칸짜리 방을 얻어 살림집도 따로 마련했다. 남부시장에서 빼 온 전세보증금은 이곳에서 가게와 살림집을 마련하고도 조금 여유가 있었다. 문제는 이 작은 동네에서 초라한 주막집으로 어떻게 생계를 이어갈 수 있겠는가, 였다. 하지만 남희는 그다지 염려하지 않기로 했다. 언제는 걱정 없이 살았던가. 사람 사는 곳 어디 가나 그 나름대로 사는 요량이 있겠지 싶었다.

우선 딸아이에게 아주 적절한 곳이어서 마음이 놓였다. 지리적으로 시내 한가운데 자리하고 있지만 어찌된 일인지 시골 동네 같은 환경이었다. 작은 골목을 사이에 두고서 마주 보고 있는 주택과 상가가 띄엄띄엄 이어져 있다. 동네 서쪽은 나지막한 산이 둘러있고, 맞은편 도로로 나가면 전주천이 흘렀다. 숨통을 열어주는 곳이었다.

노인 또한 싫은 기색이 없었다. 집집이 늙은이들만 살고 있어서 한꺼번에 많은 벗이 생긴 셈이다. 무엇보다도 노인은 자신을 버리고 있는지도 몰랐다. 공수래공수거란 말을 자주 썼다. 남희는 노인의 눈에서 갈수록 무언가를 비워내는 느낌을 받았다.

새로운 재미도 생긴 듯했다. 노인은 손녀를 데리고 매일 전주천으로 나갔다. 아이가 유치원에서 돌아오는 오후, 아이 손을 잡고 고샅을 지나 천변도로를 건너 냇가로 갔다. 느릿느릿한 외할머니 손을 잡고 아이 또한 또박또박 걸음을 내딛었다. 주막 앞에서 둘이 걸어가는 뒷모습을 보며 손을 흔들면, 주희도 뒤돌아서서 고사리 손을 흔들었다. 해가 저물 무렵 돌아올 때면 햇볕에 그을린 아이의 볼이 노을빛으로 물들어 있었다. 아이는 선물도 가지고 왔다. 쑥부쟁이며 고들빼기꽃 혹은 억새를 꺾어와 앞치마 주머니에 꽂아주었다.

마을 축제를 연다고 했다. 장소는 쌍다리 근처 둔치였다. 모처럼 열리는 마을 행사에 이웃사람들이 죄다 거기로 간다고 들떠 있었다. 노인과 아이는 서로 손을 잡고 꼭 오라면서 먼저 갔다. 옥색 저고리 치마의 노인과, 자주색 치마에 분홍색 당의를 입은 아이의 모습은 마치 행사의 주인공 같았다.

남희는 가게 문을 닫고 그리로 향했다. 동네잔치 정도로 여겼건만 현수막이 걸려 있고 풍물 치는 소리가 요란했다. 주민이래야 경로당 출입이 가능한 노인 스무 명 남짓인데, 행사를 주관한다는 문화의집 회원들, 공연에 출연하는 풍물패들, 거기에 취재하러 온 사람들까지 해서 제법 북적거렸다. 잔디밭에는 떡이며 과일도 푸짐하게 차려져 있었다.

누가 손을 흔들어서 보니까 깃발이었다. 무명으로 된 흰색 바지저고리에 검은 띠를 두르고 머리에 두건까지 써서 처음엔 누군 줄 몰랐다. 그는 싱글벙글 웃는 얼굴로 다가왔다.

"끝까지 자리 떠나지 말어라우. 오늘 특별한 일이 있응께."

정장 차림의 사람이 인사말 같은 것을 하고, 통기타 가수가 노래를 하고, 초등학교 아이들이 꼭두각시 춤을 추었다. 그리고 사회자가 난데없이 어디선가 들은 것 같은 이름을 호명했다.

"오늘 특별순서가 있습니다. 한때 국극단에서 활약을 하셨던 분입니다. 여러분 임방울 명창 다 아시죠? 그런데 이분도 하도 청이 좋아서 당대에 은방울이란 별명을 달고 다니셨답니다. 이곳 전주에 계시는데 제대로 모시질 못했군요. 죄송합니다. 벌써 팔순을 넘기셨네요. 극구 사양하셨지만, 저희가 모셨습니다. 오늘은 외손녀와 함께 소리한 대목 들려주신답니다. 은소희 선생님, 그리고 외손녀 은주희 양을 소개합니다."

무대 위에 노인과 딸아이가 서 있었다. 노인이 먼저 발림[8]과 함께 아니리로 풀기 시작했다.

이렇게 이틀 밤을 지내노니, 이제는 허물도 적을 뿐더러, 춘향모도 아는지라, 하루는 도련님이 술도 한 잔 얼근하여 춘향과 사랑가를 부르며 놀든 것이었다.[9]

진양조로 이어졌다.

사랑, 사랑, 내 사랑이야.

---

8. 판소리에서 창자唱者가 소리의 가락이나 사설의 극적인 내용에 따라서 손·발·온몸을 움직여 소리나 이야기의 감정을 표현하는 몸짓
9. 춘향가 중 한 대목

어허 어 둥둥, 내 사랑이야.

삼오신정 달 밝은 밤

무산 천 봉 완월 사랑.

목락무변수여천으 창해같이 깊은 사랑,

월하의 삼생 연분 우리 둘이 만난 사랑.

어허 어 둥둥, 내 사랑이지야.

……

노인이 숨이 차면 아이가 채우고, 아이가 가사를 까먹고 더듬으면 노인이 받아 넘겼다.

전생의 연분으로 이생에 만났으니,

추천허던 채색 줄이 월로의 적승인가.

내 보든 광한루가 초왕의 양대련가.

바람이 스칠 때마다 냇가를 따라 줄지어 서 있는 억새꽃이 구름처럼 모였다 흩어지곤 했다. 그 구름 속에 노인의 백발이, 아이의 머리에 꽂은 빨간 꽃이, 얼핏 보였다가 가려지고, 또 나타났다. 노랫가락도 다가왔다가 멀어졌다가 했다. 남희는 선글라스를 썼다. 눈이 부시고, 가슴이 싸했다. 혹시 감정이 복받쳐 오르기라도 할까 봐, 그것을 들키고 싶지 않아서였다.

모르는 남자 두엇이 다가왔다. 노래가 끝나자 가장 큰 소리로 환호하며 박수를 치던 사람들이었다.

"선생님, 존함은 익히 들어서 알고 있었습니다만, 이제 뵙네요."

노인이 그 남자를 보았다. 그의 허리춤에나 닿는 키여서 고개를 들고 올려다봐야 했다. 정장 차림의 남자가 허리를 깊이 숙였다. 찢어진 청바지의 남자는 어깨에 카메라를 맨 채 적당한 거리에서 두리번거렸다.

"저쪽 벤치에 저하고 잠깐만 앉으실까요? 긴히 여쭙고 싶은 게 있어서요."

짚이는 게 있는지 노인은 손사래를 쳤다. 남자는 빙긋 웃으며 목소리를 더 부드럽게 했다.

"지금까지 가장 기억나는 무대는 어떤 것이었어요?"

문득 노인의 입가에 미소가 번졌다.

"오늘이요, 오늘. 내 외손녀와 함께 노래할 수 있어서, 가장 보람 있고 멋진 무대였다고 생각허요."

"맞습니다. 그렇군요."

남자는 노인의 느린 걸음에 맞춰 보폭을 좁히느라 애썼다. 대충 물러설 것 같진 않아 보였다.

"몇 말씀만 더 나누시지요, 네? 부탁드립니다. 오래전부터 두문불출하신 걸로 아는데, 젊었을 때는 화려한 명성을 누리셨지 않습니까? 그런데 모두들 궁금한 게 있어서요. 왜 국극단을 그만두셨는지, 레코드 취입도 마다하셨는지…….”

노인이 멈춰 섰다. 이어서 카랑카랑한 음성으로 말했다.

“그냥 가시오. 그런 거 꼬치꼬치 물을라면…… 나는 지금 숨이 차서 걷기도 힘드요. 지나간 일 기억혀서 뭣 허겄소?”

남자는 잠깐 움찔하는 듯했지만 여전히 웃는 얼굴이었다. 원래 인상이 그런지도 모를 일이었다.

“아이고, 너무 냉정하십니다. 제가 오늘 여기 왜 온 줄 아세요? 행사보다는 선생님을 뵈러 왔다니까요. 네. 네. 알겠어요. 다음에 예의를 갖춰 찾아뵙겠습니다. 실은, 꼭 여쭙고 싶은 게 있어서. 송봉률 선생님 아시죠? 가야금 명인이셨죠. 헌데 도중에 종적을 알 수 없게 되어서요. 선생님과 친분이…….”

순간 노인의 걸음이 휘청거리는 듯했다. 남자가 얼른 노인의 팔을 부축했다.

“휴…….”

노인은 긴 한숨을 토하면서 천천히 허리를 폈다. 그리고 남자의 눈을 똑바로 올려다보았다.

“나는…… 그 사람 모르요.”

바람이 억새꽃을 타고 조용히 지나갔다. 물수제비를 뜨느라 해찰하던 아이가 쪼르르 달려와 남희 앞에서 손바닥을 펴 보였다. 물결무늬 돌멩이였다.

“나는 이미 소리를 버린 지 오래여. 소리로써, 버리는 연습을 하며 살아왔응께. 오늘은 동네잔치라, 동네 사람의 하나로 선 것일 뿐. 그리 아시면 되겠소. 그리고, 다시는 찾아올 생각 마시오. 알겠소?"

노인은 다시 등을 돌렸다. 멀쭘하니 서 있던 남자가 고개를 깊이 숙여 보였다. 본체만체하고 노인이 손을 내밀었다.

"가자. 아무것도 아녀."

기다리고 있던 아이가 재빨리 손을 잡고 따라 걸었다. 남희는 사람들에게 간단히 목례를 하고, 천천히 둑 위로 올라섰다.

거꾸로
흐르는
강

퇴근길은 발목에 모래주머니를 매단 것처럼 몸이 무겁다. 경황없이 시작했던 아침에 대한 보상이라도 받겠다는 듯 강희는 천천히 걸었다.

　비가 오려는지 서쪽 하늘 노을이 여느 때보다 붉다. 하늘도 오늘 하루를 비감하게 마감하나 보다.

　놀이터 앞에서 걸음을 멈춘다. 저만치 미끄럼대 위 빨간 모자가 제일 먼저 눈에 들어온다. 날씨가 추운 데도 아이들이 여럿 놀고 있었다. 처진 가방을 고쳐 메며 미끄럼대 쪽으로 다가갔다.

　아직 놀이에 미련이 남았는지 퍼렇게 언 얼굴로 따라오면서 승구는 자꾸 뒤를 돌아다본다. 점퍼 호주머니 밖으로 흑기사 장난감이 비죽 머리를 내밀고 있었다.

　"기사님 떨어지겠다. 추운데 집에 있지 않구."

　문득 승구가 발을 멈추고 올려다보며 말한다. 그때야 생각났다는 듯 눈이 반짝였다.

"할머니가 이상해. 아까 막 울었다."

"왜? 무슨 일로?"

"몰라. 그냥 방 닦음선 바보 멍청이같이 울던 걸."

가슴이 내려앉았다. 할머니가 그런 모습을 보였다는 것은 이례적인 일이다. 승구의 손을 꽉 잡고 걸음을 재촉했다. 별수 없이 노는 걸 단념했는지 제 딴엔 부지런히, 그래서 버겁게 따라오는 어린것의 발걸음에도 마음 쓸 여유가 없었다.

잊고 있던 간밤의 꿈이 퍼뜩 스쳐갔다.

건너편 강둑에 한 노인이 앉아 있었다. 소복을 한 노인의 주변엔 망초꽃이 하얗게 흔들거렸다. 다가가면서 보니 할머니였다. '할머니' 하고 불렀지만 대답이 없었다. 그쪽으로 건너려고 저만치 있는 다리를 향해서 뛰었다.

할머니가 앉아 있던 곳에 이르렀는데, 할머니가 보이지 않았다. 흐르는 강물 위로 망초꽃 송이들만 하얗게 떠내려 갈 뿐.

그 시퍼런 강물과 흰 망초꽃은 꿈에서 깬 후에도 선명했다. 그러나 온종일 일에 쫓겨 다니면서 그만 잊고 있었던 것이다.

허둥지둥 문을 열었다. 문틈에 끼워져 있던 광고지가 현관 바닥으로 툭 떨어지는 것에도 가슴이 내려앉았다. 아직도 불을 켜지 않다니, 급히 스위치를 올려 불부터 켰다. 거실을 점령하고 있던 어둠이 물러나면서 드러난 공간이 유난히 을씨년스럽게 느껴졌다. 다른 때 같으면 방에 불을 넣어 따뜻하게 해놓고 텔레비전을 보면서 기다리고 있을 할머니가 보이지 않았다.

안방 문을 열고 다시 불을 켜기 위해 벽을 더듬다가 강희는 깜짝 놀랐다. 불도 켜지 않은 방 한가운데에 할머니가 몸을 웅크린 채 미동도 없이 앉아 있었다. 늘 반닫이 위에 올려놓고 있던 질그릇 단지를 방 한가운데 내려놓고.

거실 불빛이 희미하게나마 방 안을 비춰주었고, 승구가 미리 들려준 말이 있었으니 망정이지, 그렇지 않았더라면 그만 혼절하고 말았을지도 모른다. 갑자기 환히 켜진 불빛에 눈이 부신 듯 할머니는 미간을 잔뜩 찌푸렸다.

"할머니."

조심스럽게 할머니의 안색을 살피며 다가앉았다. 할머니의 표정이 보통 때와 사뭇 달랐다. 앞에 있는 외손녀를 마주보는 눈이 아니었다. 게다가 너무나 무심하고 맑아 백치 같기도 하고 막 잠에서 깨어난 어린애처럼 평온한 것도 같았다. 뜻밖이었다. 서른다섯 해 동안 함께 살면서 늘 보아온, 고구마 순처럼 질기고 강한 그런 표정이 빠져나간 할머니의 멍한 얼굴은.

"어디 편찮으세요?"

그제야 할머니는 빤히 쳐다보았다. 그 무심하던 눈빛에 긴장과 초조가 몰려오는 듯했다. 행여 누가 뺏어갈세라 단지를 와락 끌어당겨 품에 안는 손짓도 뜻밖이다.

순간, 여든여덟이라는 할머니의 나이를 떠올렸다. 강희는 부르르 진저리를 쳤다. 문득 주변을 휘이 둘러본 할머니가 소리 죽여 물었다.

"그 앤 소식이 없냐?"

"누구 말에요?"

"오늘 형사들이 다녀갔다."

또다시 사방을 한 번 살핀 후 할머니는 더욱 소리 죽여 말했다.

"혹 연락이 있으면 당분간 여기 오지 말라고 해."

"절에 있는 사람이 어떻게…… 성신도 온전치 못한 사람이…….'

"그러다간 너까지 졸업 못 하겠다. 어떻게 다닌 학곤데."

"네에?"

강희는 소스라치게 놀랐다. 할머니는 몇 년 전 일을 더듬고 있는 것이다.

'아, 결국 올 것이 오고 말았구나.'

가슴을 진정시키며 할머니의 손을 잡았다. 할머니는 손을 뿌리쳤다. 그리고 단지를 껴안고 뭐라 중얼중얼 주문 같은 걸 외는 것이었다.

"자리 펴 드릴게요. 주무세요. 아무 생각 마시고."

할머니를 다독거려 겨우 자리에 눕혔다. 그래도 할머니는 한사코 단지를 놓지 않았다.

할머니는 이 단지를 유난히 애지중지했다. 우아하고 품위 있는 백자도 아니고 화려한 청자도 아니다. 그렇다고 수백 년 전 무덤에서 출토된 유물도 아니다. 초라하고 볼품없는 질그릇에 불과하다. 할머니가 시집올 때 할머니의 어머니─그러니까 강희에게는 외증조할머니였다─로부터 물려받았다는데, 집안 여자들의 내력이 여기 담겨 있다.

강희가 대학생이 되었을 때 할머니는 이 단지에 얽힌 이야기를 들려주었다.

일정 때였느니라. 이 외할미의 아버지가 글쎄, 시앗을 보지 않았더냐. 같은 동네 과부였는데 근동에선 미인이라고 소문이 자자했다지, 아마. 너의 외증조할아버진 그 과부에게 그만 넋을 빼앗긴 모양이라. 그 여자네 집에 붙어살았지. 그러다 한 번씩 본가에 다녀가고…… 그 땐 더러 그런 사람들이 있었어야. 한 동네에서 큰 각시 작은 각시 이렇게 데리고 살던. 그래서 동네 여자들이 이런 말을 했어. 아침에 우물가에 나와서 여자 표정을 보면, 남자가 간밤에 어느 집에서 잤는지 알 수 있다고. 그런데 한 동네에서 그렇게 사는 게 어디 수월했겠냐? 우세스럽기도 하지. 게다가 그 여자는 과부된 지 얼마 되지도 않아서 그랬던 모양이고. 허니, 이 양반이 그 여자하고 대처로 뜰 생각을 했던가 봐. 본가 식구들 앞으로 어느 정도 남겨놓고 전답을 처분하려고 했는데, 너의 외증조할머니가 그걸 미리 아셨던 게지. 땅문서들을 이 단지 속에 숨겨 놓았더란다. 위에다 소금을 덮어 소금단지처럼 해놓았어. 아닌 게 아니라, 이 영감님 혈안이 돼서 찾더라지 뭐냐. 그러다 많이 맞았어. 에고, 불쌍한 우리 어머니! 마당에 패대기쳐지던 모습이 지금도 내 눈에 선해. 헌데, 우리 어머니가 잘한 거였지. 과부가 나중에 다른 남정네하고 도망쳐 버렸거든. 이 영감탱이 어머니한테 싹싹 빌었지 않겠냐.

단지는 외할머니에게도 요긴하게 쓰였다고 한다. 외증조할아버지는 여자는 공부시키면 안 된다는 생각을 가지고 있었다. 그래서 외할머니는 당신 아버지 몰래 거기 책이랑 공책을 넣어 머리에 이고 물 뜨러 가는 척하며 학교에 가곤 했다는 것이다. 말하자면 책가방 구실을 했던 셈이다. 외할머니는 여섯 명의 딸 중에서 유일하게 까막눈을 면하게 되었다.

어머니는 외할머니로부터 이 단지에 대한 사연을 듣고 시집올 때 가지고 왔더란다. 된장 고추장 같은 걸 담지 않고, 소중히 지니고 있었다. 무언가 귀하게 쓰고 싶었던 모양이다. 그러다가 아버지의 꿀단지로 썼다. 거기 담긴 꿀을 채 먹기도 전에 아버지와 헤어지고 말았지만……. 그런저런 연유로 외할머니는 이 투박한 질그릇 하나를 지금껏 지키고 있는 것이다.

이런 내막을 아직 몰랐던 어린 시절, 강희는 할머니 반닫이 위에 노상 놓여 있는 단지 속에 뭐가 있나 궁금했다. 그래서 물은 적이 있다.

할머니. 저 속엔 뭐가 있어?

그러면 할머니는 나중에, 나중에 보여준다고 했다. 어린 강희는 그게 이야기 속에 나오는것처럼 요술단지라도 되는 줄 알고, 한때 호기심과 경계심을 품기도 했다.

어른이 되어 그 이야기를 듣는데 웃음도 나오고 가슴이 먹먹하기도 했다.

그럼, 이제 제 것이 되겠네요. 근데 나는 어디에 쓰지?

할머니는 팔을 벌려 강희의 어깨를 끌어안았다.

이게 다 피눈물의 증표였는데, 너한텐 용도가 달랐으면 싶다. 그래. 꽃병으로 쓰거라. 그게 좋겠구나?

할머니가 잠이 든 걸 확인하고서야 단지를 반닫이 위에 올려놓았다. 당신이 뒤척이다가 혹 깨 버릴까 싶어서였다.

웅크린 채로 누워 잠든 할머니의 모습을 강희는 한참이나 바라보았다.

승구를 재우고 나서도 잠이 오질 않았다. 책장의 빈 공간들이 유난히 드러나보여 을씨년스럽다. 졸업도 못하고 그만뒀지만, 대학에서 쓰던 전공서적만 아쉬움처럼 몇 권 달랑 남았다. 형민이 전공서적보다 더 열심히 읽었던 러시아 혁명사니, 마르크스와 프로이드, 예술과 혁명…… 이 책들에 그는 표지를 덧씌우고 다른 이름을 붙여 놓았다. 러시아 로망스니, 프로이드의 꿈이니, 예술과 사랑 이런 식으로. 그 책들은 모두 사라졌다.

그걸 바라볼 때마다 참담했다. 젊음이며 이상이며 모든 것들을 차압당한 채 백지처럼 절 마당에 쪼그려 앉아 햇볕이나 쬐고 있는 형민을 보는 것 같아서였다.

꼬박 뜬 눈으로 밤을 새웠건만, 할머니는 아무 일 없었던 사람처럼 새벽같이 일어나 텔레비전 앞에 앉아 있었다. 행여나 하는 조바심에서 유심히 살펴보았다. 지난밤의 일들은 까맣게 잊은 듯 할머니는 아무렇지도 않았다. 우선 안심은 되었지만 불안은 떨쳐 낼 수가 없었다.

젊은 원장은 한의사라기보다 체육관 사범 같은 인상이었다. 진맥은 신중히 하는 듯했는데 이렇다 할 자세한 설명을 해주지 않았다. 워낙 연세가 드셔서요, 이 말뿐이었다. 약으로 낫는 게 아니라는 말에 눈앞이 캄캄했다. 택시를 기다릴 때도 할머니는 내내 걱정이었다.

"이 나이에 무슨 보약이냐. 약 한 첩 안 먹고 이력까지 살아왔는데 원, 보험회사 직원월급이 얼마나 된다고…… 늙은이보다 사내들 틈에 끼어 일하는 늬 몸 생각이나 해얄 텐네."

일해 줄 사람을 부탁해야 싶었다. 할머니는 말도 안 된다며 거절했다. 여자 혼자 버는 돈이 몇 푼이나 된다고 사람 사서 집안일 시키느냐, 아직은 이 외할미가 도와줄 수 있지 않느냐는 것이다. 굳이 변명을 덧붙여야 했다.

"파출부 쓰자고 한 게 어디 한두 번인가요? 요즘 할머니 기력도 좀 떨어지신 듯해요. 승구 돌보는 일에 너무 지쳤나 봐. 그리고 무엇보다도 직장 일이 늘어서 퇴근 시간 맞추기가 앞으론 힘들 거예요."

이쯤에선 할머니도 고개를 끄덕였다.

"그렇잖아도 내가 옛날 같진 않구나. 자꾸 뭐든지 잊어버리기 일쑤고……."

할머니는 비로소 털어놓았다. 불 위에 국 냄비를 올려놓고도 깜박 잊어 넘기는가 하면, 냉장고 문을 열고서도 무얼 꺼내려 했는지 도통 생각나질 않아서 그냥 닫는 일이 잦아졌단다.

"돈 나가는 게 아까워 말은 안 했지만 집안일 하는 게 내심 불안

했다니까. 아무래도 일할 사람 있으면 늬 고생부터 덜 테니 좀 좋으냐?"

강희는 말했다. 회사에서 실적이 제일 뛰어나 수당이 많이 들어온다고, 시간이 없어서 그렇지 돈 걱정은 말라고. 물론 거짓말이었다. 할머니는 다행이라면서 혼잣말처럼 중얼거렸다.

"여든여덟이라…… 이젠 죽을 날이 가까워진 게여……."

통장 아줌마 덕택으로 일할 사람은 어렵지 않게 구할 수 있었다. 남편이 원양어선 선원이라 배를 타고 나갔는데, 딸아이 하나 데리고 편히 지내는 게 미안해서 스스로 일을 찾아 나선 은주 엄마라는 여자였다. 일찍 결혼을 했는지 초등학교에 다니는 딸이 있다고 했다. 나이도 강희보다 아래고, 이집 저집 전전하며 일한 경험으로 닳아빠진 그런 아낙이 아니어서 부담스럽지 않게 대할 수 있을 것 같았다.

시 변두리에 사는 은주네는 아침 일찍 딸을 학교에 보낸 후 버스로 이십 분을 달려오곤 했다. 은주네가 하얀 입김을 뿜으며 아파트 벨을 누를 때쯤이면, 강희는 아침밥을 지어놓고 출근 준비를 끝냈다. 그래야 그녀가 들어섬과 동시에 곧장 집을 나설 수 있는 것이다. 마라톤 선수끼리 바통을 주고받는 것처럼 스릴이 있다며 현관에서 두 여자가 웃은 적도 있다.

아침마다 은주네에게 당부하는 말은 승구도 그렇지만 할머니를 잘 돌봐드리라는 거였다. 퇴근해서 집에 들어설 때 그녀의 하루 일과 보고 역시 마찬가지였다.

"뭐, 특별한 일은 없었어요. 승구 밥 먹는 거 양치질 하는 거 죄다 꼼꼼히 지켜 보시구요. 유치원차 오면 승구가 탈 때까지 곁에 계세요. 떠난 후에도 한참이나 서서 차 꽁무닐 바라보시죠. 집에 들어오셔서는 회심곡 육자배기 같은 거 들려달라 하시고, 참 요즘은 칠갑산도 흥얼거리시대요. 점심때가 되면 아예 화단가에 앉아 유치원 버스 오기만 기다리세요. 할머닌 또 인정도 많으셔. 저녁밥 해놓고 나면, 얼른 가라고 얼마나 재촉하시는지…… 어린 딸애가 혼자 기다리고 있을 텐데 공연히 지체할 게 뭐냐는 거예요."

언제 그런 일이 있었던가 싶게, 할머닌 보름가량이나 별다른 증세를 보이지 않았다. 그저 잠시 우울증이 생겼던 것인지도 모른다는 생각이 들어 마음이 놓였다. 그런데 기어이 일은 벌어지고 말았다.

오전 일이 거의 끝나갈 무렵, 집에서 전화가 왔다. 빨리 와 보라는 은주네의 목소리는 다급했다. 점심을 먹으면서 계약하기로 한 약속도 취소하고 부랴부랴 집으로 갔다.

"글쎄, 세숫대야에 주방세재를 가득 풀어 가지고서 이 방 저 방 벽을 씻고 계시지 뭐예요. 잠깐 쓰레기 버리고 온 사이에…… 보세요. 그새 대강 치워놓긴 했지만."

온통 축축이 젖은 벽지가 여기저기 찢겨 나갔다. 비닐 장판 위엔 거품 섞인 물이 흥건했다.

"저쪽 방은 대충 훔쳐냈어요. 하지 마시라고 말렸더니 어찌나 화를 내시던지…… 승구 엄마가 말려야 할 것 같아 별 수 없이 전활 한 거예요."

비틀어 짠 걸레를 들고 있는 은주네의 옷도 말이 아니었다. 할머니부터 찾았다. 할머니는 안방 윗목에 이불을 뒤집어쓰고 있었다. 비로소 정신이 들어 사태를 짐작한 모양이었다. 은주네가 욕조에 따뜻한 물을 받아두었다. 급히 할머니의 옷가지들을 챙겼다.

온몸이 물에 젖은 채 떨고 있는 할머니를 감싸듯 안고 화장실로 갔다. 옷을 벗기면서 할머니의 몸이 부쩍 야윈 걸 알았다. 강희는 그 강파른 등에 잠시 얼굴을 묻었다. 할머닌, 겨울이 왔는 데도 떠나지 못한 새 같았다.

잠결에 무슨 소리가 들리는 듯했다. 눈을 감은 채 귀를 모았다. 그 소리는 매우 간헐적으로 들려왔는데 잠을 완전히 떨쳐내지 못한 상태라서 쉽게 분간되지 않았다. 사람의 웅얼거림 같기도 하고 바람소리 같기도 했다. 그러다 차츰 정신이 맑아지면서 퍼뜩 예감이 스쳤다. 벌떡 일어나서 안방으로 건너갔다.

할머니의 모습은 무서울 정도로 험했다. 비녀가 빠져나간 머리는 억새풀처럼 잔뜩 부풀어 있었고, 풀어 헤쳐진 옷 사이로 비치는 가슴엔 손톱자국이 선명했다. 윗목까지 널린 이부자리로 보아, 할머닌 여태껏 온 방을 헤맨 모양이었다.

그 모습으로 할머니는 기도를 하고 있었다. 질그릇 단지를 앞에 놓고, 손을 비비며 '성주대신……' 어쩌고 하는 주문 같은 걸 외고 있었다.

할머니는 강희를 와락 껴안았다. 그 와중에도 외손녀를 알아보았는가. 격렬한 몸부림에 갇혀 강희조차 혼미할 지경이었다.

"아가, 그 애가 잡혀갔다면서? 이를 어쩔꺼나, 응? 그 순하고 착한 것이 뭘 잘못했다고? 그놈도 어리석어. 세상 바꾸고 싶다면 지가 출세해야지? 판검사가 되든가? 아무 빽도 없는 젊은 것들이 어찌 높은 놈들과 싸워 이기겠어? 안 그래? 그러니까, 그저 남들처럼 죽은 듯 살면 되지이…… 미련한 놈. 지가 뭘 어떻게 한다고오……."

손바닥의 굳은살이 목덜미에 박혀왔다. 메마른 목소리가 귓속을 후볐다.

"아가. 넌 어쩔래? 늬 뱃속에 든 어린것은 어떻게 할 테여, 응? 이 불쌍한 것아."

잠시 멍했다. 할머니는 분명 몇 년 전 일을 재현하고 있지 않은가. 강희가 상황을 깨달은 순간, 할머니는 심한 몸부림 끝에 의식을 잃고 말았다.

찬물에 적신 수건을 할머니의 이마 위에 얹고 팔 다리를 주물렀다. 한참 후에야 고른 숨소리가 들렸다. 비로소 할머니의 얼굴이 편안해 보였다.

형민 씨. 유리창 앞에 서서 그의 이름을 마음속으로 불러보았다. 그러나 그의 존재가 힘이 돼 주기는커녕 오히려 가슴을 옭죄는 것 같았다. 벌에 습격이라도 받은 것처럼 머리가 온통 들쑤셨다.

그가 대학에서 제적을 당했을 때에도 이처럼 난감하진 않았다. 어차피 그의 졸업은 불가능했고, 그가 말하는 투쟁이란 것도 평생 끝나지 않으리란 생각에 아예 각오했던 터였다.

여리디 여린 사람인 그가 이해하기 힘들만큼 치열해져갔다. 수배를 당해 행동반경이 좁혀져도 그는 용케 피해 다녔다.

한 번은 물건을 운반하는 사람처럼 가장하고 집에 들른 적이 있었다. 모자 밑의 두 눈은 더욱 번뜩였다. 그는 강희를 와락 끌어안고 말했다.

너한테 미안할 뿐이야. 할머니께도 죄송스럽고…… 그렇지만 이해해줘. 응?

그가 하는 일을 이해 못하는 게 아니었다. 다만, 가혹하단 생각이 들었다. 내겐 따뜻한 방과 체온이 더 필요한 걸. 나는 그저 평범하게 살고 싶어…… 속으로만 한 말이었다. 무엇보다도 이미 늦은 말이었다.

내가 하는 일들을 예외로 생각하지 마. 네가 날 이해하고 기다리는 것도 이 시대를 살아가는 책임의 하나일 거야. 어쩌면, 넌 나보다 강한지도 몰라. 내가 사랑하는 여자는 너같이 강한 여자야.

됐어. 그만해. 날 학습시키려 하지 마. 어쨌든 내 걱정은 말고 무사해야 돼. 그리고 당분간 집에 오지 마. 위험해.

그 해 대학가는 가마솥처럼 뜨거웠다. 온 캠퍼스가 열기를 내뿜었고, 그에 맞서 최루탄은 거리낌 없이 터졌다. 일간지마다 '오형민'이란 이름이 주동자로 실릴 즈음, 그와 함께 걷던 밤꽃 냄새 속의 추억

에나 연연해하던 강희도 투사가 되어갔다. 기다림과 인내의 투사. 강
희는 그의 신변을 지켜 줄 수호천사가 되어야 했다.

형민이 이 년 형을 선고받았을 때에도 그다지 놀라지 않았다. 오히
려 당연한 것으로 받아들여야 했다. 가장 절망스럽던 일은 형민이 바
보가 되어 돌아온 것이었다.

기억상실이랍니다. 걱정 마세요. 신체적 건강은 극히 정상이니까.
신체적 이상이 있으면 우리 책임이지만, 정신적인 건 별개의 문제죠.
의사도 원래 정신적인 질환이 있었던 것으로 진단했고요. 덕분에 일
찍 나온 거요.

검게 번들거리는 얼굴의 형사로부터 물건을 인수받듯 그를 데리고
올 때에도, 충격보다는 현실적인 걱정이 앞섰다. 덩치만 큰 어린애처
럼 백치가 된 사람, 게다가 강희가 출산한 지 겨우 한 달째였다. 그들
의 몫까지 추슬러야 할 삶의 무게에 그저 막막할 뿐이었다.

움푹 패인 눈의 가장자리며, 몰라볼 만큼 홀쭉해진 뺨에 코만 두드
러져 보이던 그가 강희를 따라 주춤거리며 집에 들어섰을 때, 우르르
마루를 내려온 할머니는 그의 헐렁한 바지 끝을 붙잡고 주저앉아 땅
바닥을 쳤다.

누가 이랬어. 멀쩡하던 사람을 누가 이렇게 만들었냐고, 응? 말 좀
해봐.

상황이 어떻게 돌아가는지 전혀 모른다는 듯 그는 양처럼 순해 보
이는 눈만 껌벅이며 무표정하게 서 있었다.

책상 앞으로 가 서랍을 열었다. 이제는 아무것도 없다. 역사 철학이 없는 민족이니, 화이트칼라의 현주소니 하는 언어들이 꿈틀거리며 다시 살아날 것 같은 그의 노트들, 그것은 할머니의 손으로 이미 불사른 지 오래다.

형민이 책이며 옷가지 등의 짐을 맡기고 자취를 감춘 후, 정보요원들이 수시로 드나들었다. 사냥개처럼 예리한 후각으로 형민의 손때가 조금이라도 묻은 흔적이 있는 거면 모두 거두어 갔다. 심지어는 강희의 일기장까지 낱낱이 읽으며 그가 숨은 곳을 대라고 윽박질렀다.

책이 원수야. 개돼지처럼 아무것도 모르고 살아야지.

형민과의 관계로 강희가 고초를 받게 되자 할머니는 경악하다시피했다. 책이란 책은 몽땅 걷어 뒤안으로 가 불 태웠다. 불길에 책을 던지며 이제 외손녀를 책망했다.

멍청한 년! 얌전히 있다 잘난 놈 만나 시집이나 갈 것이지. 불효막심한 것! 내가 저를 어떻게 키웠는데. 에미 애비도 없이 외할미 혼자 키운 보람도 없이.

그때마다 강희는 손바닥으로 귀를 막아버렸다.

은주네가 들어섬과 동시에 허겁지겁 문을 나설 때였다. 무슨 일인지 할머니가 다급하게 불렀다.

"애야, 나가지 마라."

강희는 멈칫해서 그 자리에 섰다. 현관 손잡이의 감촉이 유독 차갑게 느껴졌다.

"이 경황 중에 어딜 가서 애빌 찾겠다고? 그렇게 나다니다 무슨 일 생기면 어쩌냐. 네 뱃속에 든 어린것도 생각해야지."

맨발인 채 현관까지 따라 내려선 할머니의 표정은 간절했다. 어깨를 붙잡고 앞을 막아서는 힘도 완강했다.

"애비는 와. 제 아무리 총으로 막아도 온다니까. 하늘이 주저앉은 것도, 땅바닥이 갈라진 것도 아니잖니. 내가 이렇게 기도하는데, 제 새끼가 있는데, 왜 안 올까?"

"……."

"봐라. 벌써 봄 아니냐. 참꽃이 지천으로 피었네. 너 몸 풀기 전엔 애비는 꼭 올 것이야."

그제야 상황이 파악되었다. 할머니는 강희를 당신의 딸, 즉 강희 어머니로 착각하고 있는 것이다. 강희는 아파트 철문에 등을 기대고 한숨을 쉬었다. 놀란 은주네는 벽에 등을 기댄 채 망연자실이었다.

"그만 들어가세요. 할머니."

강희는 고사목처럼 앙상한 노인의 어깨를 안았다. 어린애 타이르 듯 부드럽게 말했다.

차가운 물속으로 빠져 들어가는 것만 같았다. 바닥이 없는 깊은 바닷속으로. 형민의 투옥과 보석에서 머물던 할머니의 기억이 이제 서른다섯 해 전으로 거슬러 올라간 것이다. 그렇다면 앞으로 어머니의

254

대역을 해야 하는가.

그녀는 붉은 완장의 무리에 끌려간 남편을 찾아, 만삭의 몸으로 전쟁터를 헤매 다녔다. 뒹구는 주검들과 아우성 속에서도 용케 살아 돌아왔다. 그러나 이미 실성한 후였다. 여자는 꿀단지를 안고 매일 문밖을 서성였다. 그리고 딸을 낳은 후, 산후통으로 세상을 떴다.

다시 병원에 갈 준비를 했다. 무슨 대책이 있을지도 모른다는 생각이 들었다. 택시를 기다리는 한길에서 할머니는 여전히 횡설수설이었다.

"큰일 났어. 또 난리가 터진 게야."

겁에 질린 표정의 할머니를 껴안으며 사방을 돌아보았다. 거리는 머구리 끓듯 오가는 차량과 몰려가고 몰려오는 인파로 혼잡했다.

"아니? 저게 탱크 맞지? 시내 한복판까지 탱크가 들어오다니, 세상에! 인민군이냐? 국방군? 도대체 어느 쪽이야?"

할머니의 시선은 택시와 시내버스 뒤를 불안스레 좇고 있었다.

"할머니, 그건 탱크가 아니라 버스야. 지금 전쟁 같은 건 안 해요."

"애빈 어찌 됐지, 응? 애비 말이다."

"사람들이 쳐다보아요. 제발 조용히 좀……."

나중엔 발악에 가깝게 소리 지르며 버둥대는 노인의 손을 강희는 또 필사적으로 붙들고 악을 쓰다시피 말했다.

사람들이 흘깃흘깃 쳐다보았다. 쯧쯧, 혀를 차며 안 됐다는 표정으로 지나가는 이도 있었다. 둘이 싸우고 있는 줄 아는 모양이었다. 저 할머니 미쳤나 봐, 하는 어린애 목소리가 들렸다. 겨우 차를 잡았다.

"안 가, 안 간다니까."

서슬이 퍼런 할머니를 억지로 택시에 태우고 기진맥진해 시트에 널브러지듯 기댔다. 등이 후줄근했다. 참담했다. 오형민보다도, 할머니보다도, 강희 자신이야말로 정작 현실을 빼앗긴 채 살고 있는 것 같았다.

"시나일 디멘티아라라고요…… 흔히 말하는 치매 증상입니다. 노년성이죠."

안 됐다는 표정으로 의사는 말했다. 그 목소리가 크게 들려서 강희는 얼른 할머니 쪽을 돌아보았다. 병원에 들어서면서부터 왠지 유순해진 할머니는 간호사의 도움으로 옷을 고쳐 입는 중이었다. 무슨 얘길 나눈 모양인지 간호사가 네네, 하며 옷깃을 여며주고 있었다.

"치료 방법은요?"

"달리 있나요, 그저 안정시켜 드리는 수밖에요. 입원하는 방법도 있지만, 워낙 장기적인 치료를 해야 하고, 또 전문 병원이어야 하는데……."

뾰족한 수가 있으리란 기대는 하지 않았다. 그러나 줄곧 할머니의 의식을 지배하는 과거의 고통으로부터 벗어나게 할 방도는 찾고 싶었다. 시원한 해결책을 내놓지 않는 의사가 조금은 원망스러웠다. 워낙 연세가 드셔서요, 하던 한의원 원장의 말도 되새겨졌다. 엊그제까지는 그토록 건강하고 빈틈없던 할머니가 이리된 것이 거짓말 같았다.

의사가 물었다.

"요양병원으로 모실랍니까?"

강희는 망설이지 않고 고개를 흔들었다.

"아뇨."

병원 건물의 앞뜰엔 단풍잎이 선명하게 물들어 있었다.

"참 곱기도 하지야?"

잠시 제 생각에 골몰했던 강희는 다시 또 긴장을 하며 할머니를 돌아보았다. 회색 눈에 투명한 물기가 어려 있었다.

"내가 또 깜박했나 보구나. 죽으려면 조용히 죽어야 할 텐데. 그것이 복이라는데……."

"할머니, 오래 살아야 돼. 승구가 다 클 때까지. 아셨죠?"

짐짓 목소리를 띄우긴 했어도 속으론 막막했다. 빨간 단풍잎들로 시야마저 어지러웠다.

할머니 증세는 갈수록 심해졌다. 처음엔 드문드문 나타나서 언제 그랬냐 싶게 금방 아무렇지도 않더니 갈수록 빈번해지고 오래 갔다. 현재는 자꾸 달아나고, 과거의 일들이 대부분의 시간을 지배하는 모양이었다. 사람을 몰라보는 것도 다반사요, 일의 순서며 일상생활의 공간까지 구분을 못했다. 시간과 공간의 개념이 없어져 버린 것이다. 욕실과 주방도 구분을 못해 늘 따라다녀야 했다. 수도꼭지를 틀어놓고서 철철 넘치는 물에 아무거나 빨았고, 승구의 먹을 것을 욕심내어 다투기도 했다. 방에 들어간다면서 화장실 문을 열고, 화장실에 간다

기에 따라나서면 현관 밖으로 나가 두리번거렸다. 전화벨이 울리면
수화기를 들고서 그쪽에다 대고 시끄럽다며 욕을 해대기도 했다.

승구까지 합세하여 모두 할머니가 사고를 내지 않도록 철저히 신
경을 쓰지 않으면 안 되었다. 하루에도 몇 번씩 가스 안전밸브를 확
인했고, 소화제며 두통약 같은 상비 약품이나 화장품도 쓸 때를 제외
하고는 모두 장롱 속에 넣어 열쇠를 채웠다. 칼이며 송곳 가위 등을
숨기는 것은 물론, 베란다로 나가는 문에도 자물쇠를 채우고서 은주
네와 둘이서만 드나들었다.

출근 시간이 임박했는데도 은주네가 미처 오지 않으면 안절부절
못하고 시계만 쳐다보았다. 저녁에 집에 들어설 때도 기습해 오는 불
안감에 가슴부터 내려앉기 일쑤였다. 허둥지둥 달리고 가슴 조이는
긴장의 연속이라, 하루도 빠짐없이 머리가 욱신거렸다.

게다가 은주네의 눈치도 봐야 했다. 그녀 입에서 노망든 노인네 뒤
치다꺼리 더 이상 못 하겠다는 말이 언제 튀어나올지 모른다. 그래도
그녀가 자기 일처럼 집안일에 애정을 기울여주니 다행이었다.

할머니는 또 닥치는 대로 먹었다. 밥 한 그릇, 국 한 그릇을 깨끗이
비우고도 더 주지 않는다고 짜증을 냈다. 식사를 한 지 채 한 시간도
안 됐는데 배고프다고 소리 지를 때가 가장 난감하다고 은주네는 말
했다. 옛날의 허기가 되살아난 것일까. 소화가 안 되면 어쩌나 하는
염려가 무색하리만큼 할머니의 식욕은 왕성했다. 그렇건만 아무 탈
이 없는 게 신기할 정도였다. 생선에는 일체 손을 대지 않았다. 그것

을 은주네는 이해할 수 없다고 했다.

"이상도 하세요. 생선 냄새는 맡기도 싫다시니…… 전에도 그러셨어요?"

그 말을 듣는 순간, 가슴이 저릿해왔다. 뭐라 설명은 못하고, 아마 입맛이 달라지신 모양이라고만 해두었다.

심심하면 흠흠, 콧방울을 벌려 할머니의 체취를 찾았다. 아침저녁으로 생선이 담긴 나무상자를 이고 근동 마을을 다니던 할머니의 다우다 몸뻬에서 나던 비릿한 냄새, 그것은 어린 강희에게 배가 고프거나 심심해서 못 견딜 때 위안이 되었다. 초등학교 삼학년이 되면서, 아이들이 은근히 멀리하던 이유가 제 몸에서 나는 생선 냄새 때문이란 걸 알기 전까지는.

저녁마다 할머니 무릎에 누워서 그 마른 가슴을 더듬었다. 그럴 때면 할머니는 예순이 가까운 나이에 외손녀를 맡아 키우는 고통도 잠시 잊고 똑같은 얘길 되풀이했다.

내 나이 열여덟에 늬 에밀 낳았구나. 그땐 이 할미도 너무 어려서 뭐가 뭔지 모르고 에밀 키웠어. 그런데 이 늙은 나이에 또 널 키우다니…… 그래도 이 할민 네가 있어 다행이다. 강희 너도 그렇지?

할머니의 혼잣말과 깊은 한숨 소리는 달콤하게 잠을 불렀다. 어린 강희는 비릿한 냄새가 나는 할머니의 얼룩진 옷에 아늑하게 코를 묻고 잠이 들곤 했다.

수저를 든 할머니의 손이 부들부들 떨고 있었다. 강희의 시선도 할머니의 시선을 따라 텔레비전 화면을 향했다.

한 여자가 미친 듯이 산허리를 돌아 뛰어가고 있었다. 흰 저고리에 검정 치마를 입었는데, 배가 불룩한 걸로 보아 만삭인 것 같았다. 그 뒤를 한 남자가 쫓고 있었다. 미군이었다. 미군은 기어이 여자를 붙잡았다. 그리고 거칠게 쓰러뜨렸다. 흐드러지게 핀 개망초 꽃이 화면을 하얗게 메웠다.

전쟁을 다룬 특집극인가 여기며 고개를 돌리려던 순간, 느닷없이 할머니의 손이 뺨을 때렸다.

"죽일 년. 서방 찾아 나선 년이 몸만 더럽히고 와? 늬 속에 든 어린 것에게 부끄럽지도 않든?"

강희는 그만 수저를 떨어뜨렸다. 승구가 울면서 강희 품으로 파고들었다.

"왜요? 할머니?"

"차라리 죽어버려! 서방을 찾으러 나섰으면 서방이나 찾아오든지, 아니면 곱게 돌아와야지 그런 몸으로 기어들어 와? 그러게 내 뭐라든. 난리통엔 싸돌아다니는 것 아니라고 그렇게 막았는데?"

순간 만삭의 어머니가 어느 사내에게 겁탈 당하는 모습이 스쳤다. 조금 전 텔레비전 화면에 어른거리던 개망초 꽃도…… 그렇다면 내 어머니도 그 여자처럼?

이어서 형민의 행방을 조사하기 위해 밤낮없이 뒤를 밟던 형사 얼굴이 또다시 떠올랐다. 강희의 임신을 눈치 챈 그 사내는 음욕이 가득 괸 얼굴을 바짝 들이대며 말했다.

너 언제 오형민 만났어? 네가 가진 애는 그놈 것이 분명할 테고, 그걸로 봐서 적어도 몇개월 전엔 함께 잤을 거 아냐? 그런데도 모른다는 게 말이 되느냐구. 시침 떼지 말고 말해. 그 자식에 대한 네 순결을 지키고 싶으면 바른대로 대라니까.

그가 혁대를 풀었다. 저걸로 나를 고문하려나 이를 악 물던 강희의 입에서 신음이 터져 나왔다. 그는 이제 바지 호크를 내렸다.

안 돼!

자신도 모르게 외마디소리가 새어나왔다. 벌레처럼 몸을 잔뜩 웅크렸다. 때마침 전화가 울렸다. 급한 사건이라도 터졌는지, 그는 옷을 고쳐 입고 서둘러 나갔다. 그렇게 그 순간의 치욕은 면할 수 있었다. 하지만 그날 그 일은 생각만 해도 소름이 끼쳤다.

처음으로 할머니를 요양병원에 맡기고 싶단 생각이 들었으나 이내 고개를 흔들었다.

출근을 하지 않았다. 어제 저녁 받은 충격으로 한숨도 자지 못했다. 머리가 지끈지끈 아프고 입안에는 모래알이 굴러다니는 것 같았다.

게다가 할머니의 회상이 더 먼 과거로 거슬러 올라가고 있다는 사실에 왈칵 두려움이 솟구쳤다. 그동안 줄곧 해왔던 어머니의 역할이 끝나면? 거기에 생각이 이르자, 두려움이 엄습해왔다. 삼 개월 간의 길고 고통스런 연극이었다. 더욱이 할머니에겐 그 삼 개월이 서른다섯 해의 처절한 모자이크였으니 더욱 말할 것도 없었으리라.

암자로 편지를 썼다. 굳이 전화를 놓지 않는 스님의 고집이 원망스러웠다.

할머니의 기력이 다하신 것 같습니다. 저 혼자 어떻게 할지 모르겠어요. 도와주세요.

아침부터 몸부림을 한 탓인지 할머니는 초저녁부터 쓰러졌다. 잠든 할머니를 눕히고 이불을 덮으며 검버섯이 가득 핀 얼굴을 잠시 바라보았다. 내일은 목욕탕에 모시고 가야겠다는 생각이 들었다.

어린것이지만 나름대로 생각이 있었는지 승구는 할머니 옆에 눕더니 손짓으로 제 어미를 불렀다. 할머니랑 함께 잘 테니까 잠들 때까지 옆에 있어 달라는 것이다. 할머니 병이 시작되면서 거의 옆에 가질 않았던 게 마음에 걸렸던 모양이다.

"무서워하지 마. 할머닌, 마음 아픈 일이 많아서 그러시는 거야. 그걸 다 풀어야 편안해져. 그때까지 우리가 지켜드려야 해. 괜찮지?"

승구는 알아듣기라도 한 듯이 고개를 끄덕였다. 그리고 스르르 잠이 들었다. 할머니는 잠결에도 두어 번 어린것의 볼을 쓰다듬었다.

방 한가운데에 팔을 베고 누워 물끄러미 천장을 바라보았다. 사방으로 이어진 천장의 무늬가 수많은 길처럼 뻗어 있다. 그 미로 끝에서 버둥대는 할머니의 모습이 보였다. 저쪽 끝에는 또 자신의 모습이 보였다.

그러나…… 고개를 저었다. 무슨 일이 있어도 할머니처럼 과거로 거슬러 올라가진 않을 것이라고, 지나간 시간들의 기둥에 몸을 묶고 신음하는 길을 따라가진 않으리라고…… 타임머신이나 그 어떤 대단한 무엇이 있어 마음대로 시공을 날 수 있다 해도, 절대 다시는 돌이켜보고 싶지 않은 시간들. 그러나 늘 속으로 다짐했다. 그 일들을 잊은 것은 아니라고. 단지 묻어두고 있을 뿐, 지금은 현실을 살고 있는 것이라고.

승구가 시간이 뭐냐고 물은 적이 있다. 어떻게 설명해야 될까 잠시 난감해하다가 시계 바늘을 오른쪽으로 돌리며 얼버무렸다.

이렇게 바늘이 돌면서 숫자를 가리키는 지점을 말하는 거야.

그 후로 승구는 다급하면 곧잘 떼를 썼다. 원하는 곳에 빨리 가고 싶을 때, 혹은 기다리는 순간을 앞당기고 싶을 때. 시계 바늘만 돌려놓으면 그 시간이 되지 않느냐는 것이었다. 그렇게 제가 바라는 시점을 만들 수 있다고 생각했던 모양이다.

아이는 모른다. 진정한 시간의 의미를. 그리고 그 시간과 삶이 어떤 관계를 맺고 있는지를. 아이는 그저 시계 위에 나타나는 숫자상의 시간만 알고 있는 것이다.

미로 속에 형민이 나타난다. 그는 무슨 깃발을 들고 성큼 앞장서 가더니만, 곤두박질친다. 그의 깃발이 허공에서 펄럭이다가 사라진다.

그를 부르다 소스라치며 정신을 차렸다. 비몽사몽 중에도 궁금했다. 형민 씨는 지금 내가 끌고 가는 짐이 얼마나 무거운지 알기나 할까? 이제 그 어린애 같은 눈으로 무엇을 볼까? 텅 빈 머릿속엔 무엇이 채워지고 있을까…… 이런 생각들을 하며 잠이 들면 출렁이는 어두운 강물 속에서 할머니인지 어머니인지, 혹은 강희 자신인지 모를 한 여자가 자맥질하는 게 보였다.

"아가, 출근해야지?"

방문을 두드리는 할머니의 목소리에 눈을 떴다. 습관대로 벌떡 일어나려다 뒤늦게 일요일이란 데 생각이 미쳤다.

"오늘 일요일인데? 할머니."

다시 자리에 누우려던 순간 의식이 또렷해왔다. 얼마만인가. 할머니가 깨우시다니…….

새벽잠이 없는 할머니는 매일 아침 다섯 시 반이면 깨웠다. 아침이면 매번 꿈에 쫓기며 허우적대다가도, 방문을 똑똑 두드리는 소리에 정확히 눈을 뜨곤 했다. 할머니 병이 깊어지면서 잊고 지냈던 일상 가운데 하나였다.

배를 다 드러내고서 자는 승구에게 이불을 덮어주고 할머니 방으로 건너갔다.

"웬 꽃? 할머니?"

가슴이 또 철렁했다. 질그릇 단지 가득 노란 프리지어와 흰 안개꽃이 꽂혀 있었다. 얼른 할머니 안색을 살폈는데 아무렇지도 않아 보였다. 오히려 머리를 말끔히 빗어 가르마는 반듯했고, 옷매무새도 단정

해 보였다. 그러나 새삼스런 할머니 모습이 더 불안하게 했다. 모른
체하며 조심스럽게 다가갔다.

"아침에 요 앞 시장에 나갔어. 너한테, 아니지, 내가 더 그게 먹고
싶어서였지. 홍합탕이나 끓여볼까 해서 나갔더니, 글쎄 웬 할미가 나
와서 팔고 있대?"

"내참, 추운데 더 누워 계시지 않구요."

"괜찮다. 내가 정신이 말짱하니까 불안해서 그렇지?"

외손녀의 마음을 훤히 내다본 듯 할머니는 되레 안심시키려 했다.
강희는 할머니의 어깨를 감싸며 너스레를 떨었다.

"꽃 이쁘네요. 우리 할머니 멋져."

"오늘 출근 안 한다며? 더 자라. 것도 모르고 할미가 주책없이 깨
웠어야."

할머니는 꽃이 담긴 단지를 거실에 내다놓았다.

진종일 할머니는 무언가 일을 계속했다. 다시 정신이 맑아지신 걸
까. 반닫이 놋쇠장식을 윤이 나게 닦고, 흰 고무신은 말끔히 씻어 욕
실 벽에 세워두었다. 할머니의 거동이 오히려 불안해서 강희는 내내
할머니 주변을 맴돌았다.

스님으로부터 전화가 온 것은 저녁 무렵이었다. 얼마 전부터 형민
의 상태가 좋아지고 있다는 거였다. 예전의 기억을 거의 회복한 것
같다고 했다.

할머니 소식에 함께 하산하려 했는데, 눈이 쌓여 내일에나 출발할

수 있겠다며 우선 염려가 돼 큰 절에 와서 전화부터 한다고 덧붙였다.

"그동안 수고 많았구나. 형민이도 승구를 무척 보고 싶어 해. 꼭 그 말 전해달라더라 ……."

수화기를 놓기도 전에 울음이 새어나왔다. 스님은 눈치를 챘으련만 모른체했다.

형민이 온다는 말을 듣자 할머니는 기쁨을 이기지 못해 오열을 터뜨렸다.

"아가, 늬 고생이 컸다."

두 사람은 마음 놓고 울었다. 오래전부터 저장된, 그러나 함부로 열지 않았던 슬픔이어서 눈물은 걷잡을 수 없이 터져 나왔다.

새벽녘, 자꾸 누군가가 부르는 듯해서 잠에서 깼다. 할머니 방으로 가는데 마음속에 '제발 아직은……' 그런 말이 저절로 나왔다.

할머니는 내내 손녀를 부르고 있었던 모양이었다. 단지 당신의 입에서 음성이 새어나오지 못했을 뿐. 얼마나 기다렸는지, 눈빛은 간절했다. 허공에서 허둥대는 할머니 손을 잡았다. 한 줌도 못되게 까칠한 뼈만 손 안에 들어왔다.

"병원에 갈까요? 기다리세요. 내 전화할게."

할머니는 고개를 저으며 손을 놓지 않았다.

"그만 됐다…… 앞이 어둡구나. 그냥 여기, 내 옆에 있어……."

"아직 안 돼요. 승구 애비도 만나야지? 할머니, 조금만 기다려."

구급차를 불러야 되는데 할머니는 손을 놓아주지 않았다.

"네게 가장 미안한 것이…… 늬 에밀 괴롭힌 게…… 그래서 네 고생이 더……"

아니라고, 그건 당신 탓이 아니라고, 강희는 간곡히 말했다. 그러나 할머니는 알아듣지 못하는 것 같았다.

감은 눈 속에 어둠의 강물이 흘러갔다. 거기 할머니가 헤엄을 치고 있었다. 할머니는 팔을 휘저으며 물살을 거슬러 올라갔다. 또 다른 여자가 그 뒤에 있었다. 어머니라고 생각되었다. 수많은 물고기 떼가 같은 방향을 향해 갔다.

"늬 애비 늬 에미가 보여…… 승구 애빈 왜 안 오나?"

이제 회색 눈은 허공을 더듬기 시작했다.

"승구 애비가 지금 오고 있어요. 여기 승구가 있잖아. 그러니 걱정 말고…… 할머니…….."

멀어지는 시선을 따라 영혼도 그렇게 떠나는 것일까. 할머니는 주춤주춤 이승을 뒤로하고 있었다. 어쩔 수 없었다. 당신이 평생 부채처럼 지고 다니던 그림자들을 끝내 떨쳐내지 못한 채 자꾸 뒤돌아보며 어둠 속으로 빨려 들어가고 있는 할머니를 더 이상 지체하게 할 수는 없었다.

강희는 촛불을 켰다. 그리고 기다렸다. 어서 형민이 도착하기를, 그리고 할머니 체온이 다 식기 전에 그가 와서 손잡아 주기를. 할머니의 부릅뜬 눈을 편안히 감겨 주기를.

천천히 떠오른 해가 할머니의 눈시울처럼 유리창을 붉게 물들었다.

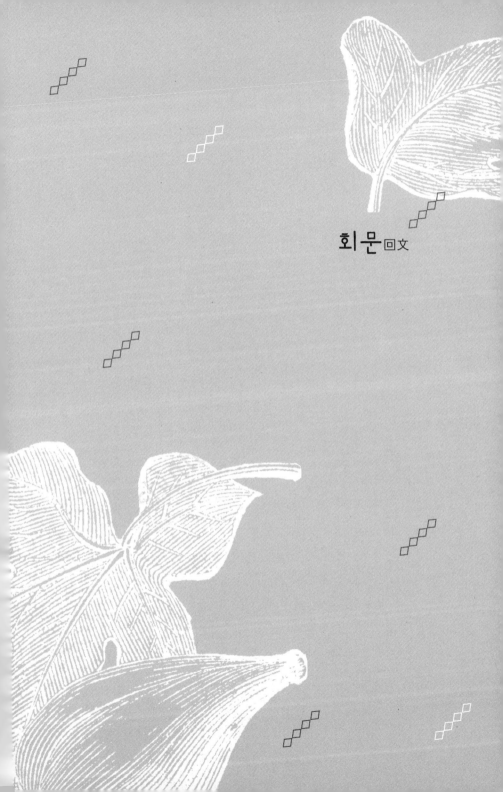

회문回文

"어이! 삼류작가! 뭐하셔?"

처음부터 시비조다. 아무리 농담이라도 그렇지, 아무리 내가 이름 없는 글쟁이라지만, 삼류라고? 그것도 내 스스로의 겸손지덕에서 나온 말이 아니라 그가 나를 대놓고 이렇게 부르다니…….

어이가 없지만 하루 이틀 아는 사이도 아니고, 그와의 우정을 생각해서 일단 참아주기로 했다. 나는 짐짓 태연하게 대답했다.

"너를 주인공으로 하는 삼류소설 구상 중."

"돈도 안 되는 소설 같은 거 쓴다고 끙끙대고 있냐? 차라리 그럴 시간에 운동을 하거나……."

나는 단호하게 상우의 말허리를 잘랐다.

"어디서 열 받고 나한테 화풀이 하지 마. 그리고 신문 기사는 누가 알아달라고 쓰는 거지만, 글은 달라. 예술이거든? 신경질 나면 너나 어디 가서 운동해. 골프를 치시던가……."

이번엔 그가 내 말꼬리를 잘랐다. 요란한 웃음소리에 귀청이 따가

울 지경이었다.

"야, 그런 말 하지마라. 남이 알아주지 않아도 예술 한다고? 다들 그렇게 말하지만 그건 위선이야. 아무도 관심 같지 않아 봐. 누가 글 쓰고 그림 그리고 그러겠어?"

"네가 삼류들만 상대하니까 그런 거야."

"알긴 아네. 야, 숙! 쑥아! 집어 쳐. 너 백날 그래봤자 소용없다. 허접한 문예지 등단 경력 가지고선 네 잭 내줄 데 없어. 창작마을이나, 문학다방…… 뭐 그런 데서 출간을 해야만 알아주는 모양인데, 그런 유명 출판사가 네 글 받아줄 것 같냐?"

"유명한 출판사 아니면 어때? 그리고 요즘엔 출판사가 얼마나 많은데? 편집, 디자인, 기획…… 탁월한 데가 쌔고 쌨어. 이 무식한 기자야."

"책이 수없이 쏟아져 나와도, 좋은 책을 만들어내는 출판사는 많지 않아. 그리고 예술가들도 급수가 있어요. 알아? 학력, 학벌, 어디를 통해 등단했는가, 독자의 구미를 땡길 수 있는, 즉 상품이 되는가…… 그렇게 이익부터 따지고 챙긴다니까. 명품 족 욕할 거 없어. 지성인이라고 하는 문학 판도 저희들끼리 알아주고 챙겨주는 명품 족이라구."

나는 탁자를 더듬거려 담배와 라이터를 찾았다. 상우의 말이 틀린 건 아니다. 내 쪽에서 응답이 없으니까 잠시 머뭇거리는 것 같더니 사뭇 다른 말투로 묻는다.

"그래. 이번엔 뭘 쓰는데?"

"너, 정희 언니 알지? 그 언니 얘기를 쓸까 해."

"그 아줌마가 어떻다고? 아! 그 아줌마 남편? 북으로 간 얘기?"

"아니, 꼭 언니 남편한테 초점을 맞추려는 건 아니고…… 또 새터민들도 있잖아?"

"뭐? 아하! 탈북자?"

"탈북자가 뭐냐? 삼류 기자야. 새터민이지."

"야야. 탈북자나 새터민이나 그게 그거야. 하긴, 탈북자란 말보다 새터민이 낫긴 하네. 그러니까 처음부터 용어를 잘 붙였어야지. 탈이 뭐냐? 북한이 감옥이냐? 몹쓸 데서 빠져나온 것처럼 탈이라는, 거 뭐드라? 접두사? 그런 걸 붙여놓고선 나중엔 마치 배려라도 하는 듯 새터민이라니…… 건 그렇고, 어떤 방향으로 쓸 건데?"

운전 중인지 말소리가 작았다가 멀어졌다가 했다. 상우의 말투는 다시 거칠어지고 있었다. 말을 오래 섞고 싶지 않아서 나는 되도록 함축해서 대답했다.

"그러니까 너도 알다시피 그 언니 남편이 북으로 갔잖아? 또 얼마 전부터 탈북자, 아니 새터민들이 많이 넘어왔잖아? 그들의 갈등? 그들을 본격적으로 내세워 쓰는 건 지금의 나로선 감당이 어려우니까, 그들을 둘러싼 가족들의 애환? 확장시키면, 어디에도 정착할 수 없는 경계인, 그러니까 디아스포라적 운명? 그런 존재들을 만들어내는 사회적 상황? 뭐 그렇게……."

잠시 전화기를 귀에서 떼야 했다. 잘못 건든 오디오 볼륨처럼 요란한 웃음소리가 고막으로 쏟아졌기 때문이다.

"디아스포라…… 야, 쑥! 삼류 작가님! 너무 째 내지 마라. 글쟁이들은 무게 있는 척하지만 실제론 가볍기 짝이 없다니까. 그까짓 언어 나부랭이에 매달리고 말야."

이쯤에선 나도 진짜 열이 받쳤는데…… 열이 받치는 건, 그의 말에 어느 정도 공감하는 바가 있기 때문인지도 모른다. 지적을 당할 때, 스스로 부족함이 있으면 더 화가 나는 법이다. 그래도 태연하게 맞짱을 떠야 했다.

"언어나부랭이라니? 웃기고 있네. 월급도 제대로 못 받으면서 폼만 재고 다니는 지방신문 기자 주제에……."

으하하핫. 왜 너구리를 끌어다 쓰는지 모르지만, 진짜 너구리같다. 송곳으로 찔러도 웃을 인간이다. 나 역시 말로 복수를 해놓고 속이 후련했다.

"와. 너 모처럼 말 한 번 잘했다. 내 실체를 정확히 짚어 주는구나. 그래도 이제 수입은 좀 있다야. 옛날처럼 찌질하진 않아. 부장이 되니까 취재한답시고 사건 현장 일일이 다니지 않아도 되고 데스크에서 지시만 내려도 되고, 기관장이니 뭐니 하는 놈들 만나 적당히 행세도 하고……."

길어진 통화로 핸드폰에서 미열이 느껴졌다. 팔도 저려왔다.

"내 말인즉슨 잘 쓰란 말이지. 내 동창이 베스트셀러 작가가 되면 얼마나 영광이겠어? 애정으로 하는 소리라니까."

짜식. 베스트셀러 작가 아니면 글쟁이들은 다 죽어야 하나? 저도
이 후미진 서해시에서 기자랍시고 거들먹거리지만 사회의 온갖 부정
부패 시원하게 파헤치는 기사 하나 제대로 못 쓰면서. 배때기에 기름
기 배고, 너스레만 늘어 나이 들어가면서 뭔 우정이라고…….

둘 다 유쾌한 웃음으로 통화를 마무리했지만, 전화를 끊고서 혼자
씩씩거렸다.

컴퓨터 앞에 앉았다. 오래 입속에 담고 있던 문장부터 모니터에 풀
어놓았다.

국경 초소에 도착한 행렬은 끝이 보이지 않았다. 한 나라의 멸망으로 '유
민流民'이라는 낯선 명함을 들고 남쪽으로 남쪽으로 내달려 온 것이다.

이렇게 자판을 누르다가 잠시 손을 멈췄다. 그리고 포스트잇에 주
제문을 써서 모니터 귀퉁이에 붙여놓았다.

백성의 운명은 그가 속한 나라의 의지에서 만들어진다.

옛날 고구려와 백제 유민, 그리고 발해 유민들에서부터 시작할 작
정이었다. 신라와 당나라가 연합하여 고구려의 숨통을 끊었을 때, 수
많은 고구려 사람들이 중국 땅으로 이주 당했다. 백제 사람들도 살

길을 찾아 일본으로 탈출했다. 발해가 멸망했을 때에도 수만 명이 고려로 넘어왔는데, 고려는 그들을 신분에 따라 대접하며 받아주었다. 한편 국가의 보호도 받지 못했던 사람들이 있다. 그들은 자신들이 살던 땅을 버리고 자유를 찾아 떠난다…… 국가가 국민을 보호하지 못할 때 오는 참담함을 오늘의 이야기로 엮는다. 목숨 걸고 경계를 넘어야 하는 운명들, 혹은 그들을 밀어낸 야만적 조직과 경계인들의 갈등…… 이런 이야기를 쓸 작정이다.

그런데 프롤로그에서 더 나가지 못한 채 보름을 넘겨 버렸다. 처음부터 너무 무겁게 시작되는 것 아냐? 그래도 무게감이 있어야지. 아냐, 좀 가벼운 터치로 해. 그렇다고 글의 수준이 떨어지는 건 아니니까. 이렇게 갈등하며 미루다 보니, 모처럼의 야심은 스르르 주저앉고 말았다. 또한 잡다한 일상에 뒤섞여 그만 흐름마저 끊겨버렸다.

전업작가로 소설만 쓰고 살 만큼 난 행복하지 않다. 직장은 밥을 해결해주는 현실이고, 소설은 꿈이다. 사람 만나는 일도 보통 일이 아니다. 아무리 사양하고 물리치고 솎아내도 만나야 할, 혹은 어쩔 수 없는 인연들이 있기 마련이다. 사람은 홀로 사는 존재가 아니니까. 헌데, 그러다 보면 내 시간이 없다. 소설 쓰기는 시간과의 싸움이다. 고된 육체적 노동이기도 하다.

내가 작가랍시고, 정희 언니는 이따금 자신의 이야기를 털어놓았다. 대하소설 몇 권은 될 만큼 집집마다 사연이 많고, 자서전을 쓰고 싶다는 사람도 수없이 보아왔기에, 그녀도 그런 부류의 한 사람일 거라는 생각으로 흘려들었다.

자주 만나다가, 또 어찌어찌해서 못 만나고 안부나 전하며 살다가, 또 잊기도 했다가, 문득 연락이 닿거나 마주치면 육친처럼 반가운 사이로 이어져 온 지 이십여 년.

우리가 처음 알게 되었던 때는 내가 서른 무렵이었고, 정희 언니는 막 마흔이 가까운 나이였다. 아! 그때의 우리는 얼마나 젊고 아름다웠을까? 하지만 당시엔 그걸 몰랐다. 정신없이 바쁘고 고민도 많았다. 생계와 일과 자식들 키우고 가르치는 일들로 젊고 아름다운 한 시절을 차압당한 것처럼 살았다. 자기 성취욕이 강했던 시기라 채워지지 않는 욕구로 갈증도 심했다.

나는 정희 언니가 가게를 옮기는 대로 따라다녔던 것 같다. 아마 서너 군데는 될까? 두어 평짜리 목로주점에서 맥주 집, 막걸리 집…… 지인들 혹은 혼자서도 자유롭게 드나들었다.

정희 언니의 일은 갈수록 늘어났다. 차나 맥주를 팔 때만 해도 한가로운 모양새로 앉아 있는 시간이 많았는데, 막걸리 집을 혼자 운영하면서부터는 일이 끝난 후가 아니면 오붓이 얘기 나눌 시간이 없었다. 나는 간혹 늦게까지 남아서 술을 홀짝거리며 그녀의 모습을 지켜보기도 했다. 그녀는 혼자서 시래깃국 김치전 청어구이 양념족발 같은 온갖 안주를 만들고, 그것들을 탁자에 나르고, 설거지를 하느라 여념이 없었다. 궂은일을 해도 자태가 곱고, 분주해도 늘 환한 웃음을 잃지 않는 여자였다.

그렇게 흘러오면서 그녀 인생을 들여다보게 된 것이다.

나는 때때로 의아했다. 고만고만한 일들로 엄살떨고 과장하는 보통 사람들과는 전혀 다른 인생 이력서를 가진 여자가 어쩌면 이렇게 곱고 순한 성미를 지켜올 수 있었을까?

어느 날 모두 가고 없는 자리에 나만 남게 되었다. 그녀가 할 말이 있다고 나를 눌러 앉혔던 것이다.

그녀는 내 앞에 오래전 발행된 시사 집지 《사실과 진실》을 내밀었다. 거기 그녀의 남편 기사가 실려 있었다. 그가 북으로 간 경위가 당시 안기부에서 말하는 것과는 다르다는 내용이었다. 아내인 그녀도 기사의 내용을 확신하는 듯했다.

"작가 동생! 이 이야기를 꼭 소설로 써 줘."

언니는 나를, 아니 작가를, 신뢰했던가. 아니면, 자신의 삶에 대한 회한을 그렇게나마 풀고 싶었을까?

"알았어요. 한번 써 볼게요. 그런데 나한테는 용량이 버겁네?"

나는 그다지 겸손하지 않게, 그렇다고 불손하지 않게 대답은 했다. 사실 내가 쓰고자 하는, 혹은 쓸 수 있는 스타일과는 달라서, 썩 내키지 않았고, 또 부담스러웠다.

솔직히 말하면, 그녀는 왜곡된 현실을 어떻게든 밝히고 싶었을 텐데, 나는 이게 소설로 잘 풀릴 수 있을지 없을지를 먼저 생각했다.

어쨌거나 상우와 통화했던 날 겨우 썼던 세 개의 문장은 지워버렸다. 역사적 사실부터 끌어오고 보니 다음 내용이 감당하기 어려울 정도로 나를 옭아맸다. 풀리지 않는 글을 가지고 전전긍긍하며 지냈다. 일을 하면서도, 잠시 쉬면서도, 온통 그 생각이었다.

토요일 저녁, 글을 쓸까 영화 한 편 볼까 궁리하면서 나는 저녁을 차렸다.

그래서 떠돌이새라고도 하고, 나그네새라고도 합니다. 산란기를 제외하고는 끊임없이 바다 위에서만 떠돌아다니기 때문이지요. 대부분의 새들이 그러하지만, 지도도 나침반도 없이 길을 잃지 않고 정확한 여행을 하는 슴새들의 비행은 경이롭기만 합니다. 태평양을 일주하는 삼만 오천 킬로미터의 대장정 도중 병이 나거나 쇠약해진 새는 파도 속으로 추락하여 숨을 거두게 됩니다.

이 떠돌이 슴새는 집단생활을 하는 대표적인 새입니다. 십팔 세기 항해자들은 억만 단위에 이르는 슴새 떼가 수백 미터의 빽빽한 행렬을 지어 상공을 나는 모습을 흔히 볼 수 있었지요. 그러나 요즘은 어마어마한 대집단을 형성하진 않습니다. 그렇다고 그들의 사회성이 무너졌거나 조직 체계가 분열된 것은 아닙니다. 지난 세기 인간들이 함부로 슴새의 번식지를 덮쳐, 어미 새는 물론 알과 새끼를 무자비하게 잡아먹었기 때문입니다. 그 맛이 양고기와 비슷해서 '양고기 새'라고도 부르니까요.

슴새는 바다 안개가 자욱하게 끼는 저녁이면 둥지를 찾지 못해 헤매다 민가의 불빛이나 사람들이 저들을 유인하려고 피워 둔 모닥불을 보고 내려앉는데, 육지 생활에 서툴러 착륙하는 순간 몸의 균형을 잃게 됩니다. 이때 사람들이 도리깨를 휘둘러 하룻밤에 수만 마리를 잡기도 합니다. 슴새 박해 사태는 1882년 고종이 울릉도 개척령을 내린 후 정점을 이루었는데요, 굶주린 개척단이 수많은 슴새 떼를 잡아먹었다는 기록이 있습니다. 이런 사정은 서양에서도 별반 다르지 않아 일백 년간에 걸쳐 일백만 마리의 슴새가 희생되어 그 수가 격감하게 된 것입니다…….

방송에서 나오는 조류학자의 설명을 처음엔 무심코 들었다. '들었다'기보다는 '들려왔다'는 게 더 정확할 것이다. 별생각 없이 프라이팬에 조기를 튀기고 있었으니까.

그러다가 '나그네새' '떠돌이새'라는 단어가 나오자 귀가 솔깃해졌다. 글을 쓰는 사람은 단어 하나에서도 많은 상상력과 느낌을 찾는다. 아울러 그것을 낚아채고 싶어 한다. 구기종목 운동에서 선수가 천재적인 순발력을 발휘하여 '슛' 하는 순간처럼.

단어뿐만이 아니다. 자연, 사건, 동물의 생리나 성향…… 이런 것들에서도 비유나 상징 또는 유사점을 찾아 어떻게든 제 것으로 만들어 보려 애를 쓴다.

근래에 와서 철새와 텃새의 구분이 잘 안 되는 새들이 더러 있습니다.

가령 여름 철새였던 왜가리 같은 경우, 십여 년 전부터 겨울이 와도 그냥 눌러앉아 살고 있지요. 구월 말쯤이면 동남아 쪽으로 떠나야 되는데, 떠날 생각은커녕 아예 둥지를 틀고 산란을 준비합니다. 이는 지구 온난화로 인하여 겨울에도 한반도가 따뜻하기 때문이며 양식장이 많아 물고기가 풍부하니까 굳이 떠날 필요를 느끼지 못합니다. 그러다 보니 텃새가 되어 버린 것입니다.

이렇게 철새였지만 텃새가 되어 버린 새들이 더러 있습니다. 왜가리 백로 오리류……

학자가 뜨직뜨직 말하는 순간에도 나는 노릇노릇 익어가는 조기 위에 뒤집개를 올려놓은 채 귀를 기울이고 있었다. 뭔가 얘기가 될 것 같았다. 그러는 사이 조기는 까맣게 타버렸다.

늦은 밤. 다시 컴퓨터 앞에 앉았다.

*

모래밭에서 올라오는 열기와 퍼붓는 뙤약볕 가운데서 그녀는 한참을 앉아 있었다. 이따금 기울어지는 양산을 들어 올리거나 자세를 고치면서도 시선은 줄곧 수평선을 향했다. 그 사이 어선 두 척이 들어왔고 한 척이 나갔다. 배가 들어오고 나갈 때마다 서너 명의 사내들이 눈에 띄었을 뿐 포구는 한적했다.

강이라고 해야 할지, 바다라고 해야 할지…… 먼 길을 돌아온 강물이 바다로 흘러드는 곳. 오연하게 굽이치다가, 소용돌이에 휘말려 요동치다가, 게으른 하품을 하며 누워 떠돌다가, 마른 자갈 사이를 에돌기도 하다가, 강기슭 갈대 뿌리를 적시다가…… 그렇게 흐르고 흐르다 보니 예까지 왔을 것이고, 이제 더 이상 노래하거나 꿈꾸거나 유유자적하거나 저항하지 못하고, 숙지근해진 머리를 풀어헤친 채 드러누워 버렸을 저 강물.

그냥 떠밀려 온 것 같아요, 누님. 이젠 더 이상 흐를 곳도 없고 되돌아 갈 곳도 없어요.

어린애처럼 손등으로 눈물을 훔치던 정섭의 독백이 물결을 따라 흘러간다. 후덥지근한 모래바람이 겨드랑이께로 몰려온다.

미연은 옷자락에 묻은 모래를 툭툭 털며 일어선다. 일순간 정물처럼 조용히 매어 있던 배가 기우뚱 흔들린다. 수평선이 생선의 지느러미처럼 파닥거린다. 이마에 손을 얹는다. 금세 땀이 배어 있다.

요즘에 와서 어지럼증이 잦다. 식은땀이 나고 얼굴이 자주 달아오른다. 조금 불쾌하고 말 일에도 화가 치밀고, 한밤중에 심장이 뛰어 잠을 못 이루기도 한다. 혹 폐경기에 접어든 것은 아닌지? 차라리 그랬으면 좋겠다는 생각이 든다. 심장병이 도지는 것보다야 그게 낫지 싶다.

그까짓 것 빨리 가라고 해. 귀찮을 뿐이야. 내 인생에서 여자로 행복했던 때가 얼마나 된다고?

두어 발짝 걷다가 샌들을 벗어 발가락 사이로 비집고 들어온 모래알들을 손가락으로 훑는다. 오래전 음식점 주방 일을 할 때, 물에 젖은 비닐 슬리

퍼 때문에 걸린 무좀으로 성한 발톱이 없다. 형편없는 발가락을 물끄러미 쳐다본다. 왜 무좀은 한 번 걸리면 영 낫질 않는지.

포구를 벗어나 시장으로 접어든다. 모든 것들이 늘어져 하품하는 한여름 오후지만, 어시장 특유의 비릿한 냄새에 퍼뜩 정신이 난다. 낮잠에서 깨어나 멍하니 있다가 비로소 현실로 돌아오는 순간 같다.

낯익은 얼굴들이 아는 체를 해온다. 빈 장바구니에 미더덕과 조개와 청어가 담기면서 몸에 비로소 생기가 도는 것 같다. 조기 파는 노인은 여전히 똑같은 말만 되풀이한다.

— 이거 중국산 아녀. 국산이랑께.

조기를 고를 때마다, 단골손님인 신문사 편집국장 말이 떠오르곤 한다.

— 아니, 서해면 서해 다 똑같은데, 중국산이니 북한산이니 남한산이니 구별할게 뭐요? 고것들이 이리 왔다 저리 갔다 하면서 짝짓기도 하고 뒤섞이기도 할 것 아니겠소? 그것을 잡은 놈들이 중국 사람이고 남한 사람이고 북한 사람인 것이지…… 이렇게 자기들 맘대로 이름을 붙여버리면, 말도 못하는 조기들이 아, 우리는 남한산도 아니고 북한산도 아닙니다, 그럴 수도 없고.

야채시장까지 들르고 나니 장바구니가 무거워 걸음을 제대로 걸을 수가 없다. 그래도 이렇게 직접 장을 봐야 싱싱한 것들을 고를 수 있다.

셔터를 올리고 가게 문을 여니 습한 공기가 훅 밀려온다. 밤새 갇혀 있던 시큼한 술 냄새며 반찬 냄새 담배 냄새까지 합세하여 속을 뒤집어놓는다. 그리고 보니 쓰레기봉투를 밖에 내놓지 않았다. 미연은 쓰레기봉투부터 밖으로 내다놓는다.

라디오를 켠다. 해질 무렵까지는 그녀만의 시간이며 공간이다. 오후 다섯 시가 넘어 퇴근길 손님들이 들어서기 전까지는.

언젠가는 너와 함께 할 거야 지금은 헤어져 있어도…….

라디오에서 흘러나오는 노래를 들으며 청소부터 시작한다. 어제 빈 술병은 박스에 채워놓았고, 재떨이며 술잔도 씻어서 정리해두었으니까 바닥을 쓸고 탁자만 닦으면 된다. 그래도 할 일은 왜 이리 많은지. 주방 일이라면 이력서 한 장을 다 채우고도 남겠지만, 막걸리 집 일을 혼자 하기란 아무래도 버겁다. 챙길 것도 많고 치울 것도 많다. 손님들이 한참 밀릴 때면 정신이 없다. 그래도 다른 술집들처럼 자정을 넘겨 영업할 필요 없이 일찍 시작하고 일찍 끝낼 수 있어 괜찮다. 게다가 미연의 음식 솜씨가 좋고 깔끔하다는 소문이 나서 요즘 들어 손님도 많은 편이다. 인접한 가게 사람들이나 직장인들이 단골이라 사람 대하기도 편하다.

전에 했던 지하의 음습한 카페에 비하면 비록 몸은 고되지만 실속 있는 장사다. 어쩐지 카페 – 비록 지하의 몇 평짜리 공간에 불과했지만 – 주인에서 막걸리집 여자로 전락한 느낌도 없진 않지만 그게 뭐 중요한가.

유난히 소음을 내며 지나가는 자동차 바퀴 소리에 '네가 있다는 것이 나를 존재하게 해 네가 있어 나는 살 수 있는 거야……'가 짓눌려 아우성처럼 들린다.

바닥을 쓸고 닦고, 탁자와 의자를 닦는다. 탁자 가장자리며 의자 등받이에 고추장이 묻어 있는 걸 보고 쯧쯧 혀를 찬다. 여기 누가 앉아 있었더라?

그래. 부동산 사장이었지. 이 집 막걸리와 안주 맛이 일품이라며 친구들을 데리고 사흘이 멀다 하고 오는 고객이다. 실없이 농담도 잘한다.

　– 이봐요, 조상 중에서 서쪽 사람들하고 불륜이라도 저지른 사람이 있나 조사 좀 해 봅시다. 이목구비도 그렇고 옷차림도 그렇고…… 도대체 이 집 주모는 막걸리 집 여자 같질 않다니까. 그래서 더욱 매력 있지만.

　그런 말 하면 성추행이라고 옆에서 말려도 아랑곳하지 않는 사람. 그 양반 옷에 고추장이 묻지나 않았는지 모르겠다.

　구석 탁자 밑에 휴대폰 하나가 떨어져 있다. 배터리가 나가서 주인이 누군지 모르겠기에 충전기에 꽂았다. 처음 온 젊은이들이 앉았던 것 같아서였다.

　조금만 더 기다려 네게 달려 갈 테니 그때까지 기다릴 수 있겠니.

　어느새 노래를 따라 부르고 있었던가. 이 구절에 와서 걸레질을 하던 손이 잠시 멈칫한다. 기다리라고? 언제까지?

　그녀는 맥주 한 병을 따 플라스틱 컵에 따랐다. 그리고 주욱 들이킨다.

"이쯤에서 우리도 술 한 잔 하는 게 어때?"

　의자에 몸을 단단히 붙들어 맨 채 찬찬히 원고를 들여다보던 정희 언니는 냉장고에서 맥주를 꺼내왔다. 나도 갈증이 나던 터였다. 모델로 삼은 실제인물이 자신에 대해 쓴 글을 읽는 걸 지켜보는 게 여간 쑥스러운 게 아니다. 우리는 의기투합이라도 하는 양 건배를 했다. 시원했다.

"작가님. 처음 부분이 서정적이고 좋기는 한데, 애 아빠의 이야기가 주된 줄거리니까 그 사람을 처음부터 등장시키는 것이 내 생각엔 나을 성싶은데……."

정희 언니는 말끝을 약간 흐리며 내 눈치를 살폈다. 순간 웃음이 나오려는 걸 꾹 참았다.

"아직 완성 된 건 아니니까 계속해서 보세요. 중간 중간 체크도 해주시고, 흐름을 파악하면서."

소설을 쓰면서 이런 일은 난생처음이다. 미완성인 글을 누구에게 보여준 적이 없다. 그러나 이번만큼은 그래야만 할 것 같았다. 그녀 역시 매우 어색했을 것이다.

목구멍에서 가슴까지 시원스레 뚫리는 것 같아서 연거푸 한 잔을 더 마시려는데, 딸의 목소리가 들리는 것 같아 순간 움찔해진다.

— 엄마. 술장사 한다고 술 많이 마시면 안 돼? 알콜 중독자 될까 겁나.

큰애를 생각하면 유난히 가슴이 찡하다. 미연이 해물탕 집에서 주방 일을 할 때는 고등학교 일학년이었지. 그 아이는, 야간 자율학습을 마친 후 곧장 해물탕 집으로 와서 설거지를 거들곤 했다. 열 시가 다 되어 무거운 책가방을 등에 메고 와선 또 엄마 일을 거들겠다고 나서면 미연은 야단을 쳤다. 그러면 큰애는 억지로 웃어 보이며 핑계를 댔다.

— 혼자 골목길 가려면 무섭단 말야. 엄마도 마찬가지고. 그러니까 빨리 끝내고 같이 가면 좋잖아?

누가 모를까. 종일 주방일에 시달렸을 어미의 수고를 조금이라도 덜어주고 싶어 하는 기특한 마음을. 이따금 제법 어른스러운 투로 충고도 했다.

─집에 올 때 무서우면 전화 해. 우리가 나가 있을 테니까. 데려다 준다는 사람 있으면 차라리 같이 오는 게 낫겠네. 단, 술 취한 남자 차는 절대 타지 말고. 엄만 아직도 이십 대 같단 말야. 또 철도 없고…… 어쩌자고 스무 살에 애를 낳아서 이 고생인지, 원.

막내 녀석도 어김없이 끼어들곤 했다. 그래도 남자라고 그 투가 거칠다.

─웃겨. 엄마가 뭐 이십 대 같다고? 자식을 셋이나 낳았는데? 누가 봐도 엄만 펑퍼짐한 동네 아줌마야.

두 딸은 대학생활 내내 아르바이트로 용돈이며 책값을 해결했다. 뒤로 묶은 머리에 빨간 모자를 쓰고서 장갑 낀 손으로 차에 기름을 넣던 큰애, 둘째는 주유소 앞에서 요란한 음악에 맞춰 춤을 추었다. 허벅지까지 올라간 빨간색 미니스커트에 흰 부츠 차림, 게다가 인형처럼 화장을 한 둘째는 그 일이 아주 신이 나 죽겠다는 표정이었다.

─언니 일하는 주유소에서 나도 일하게 됐어.

둘째가 말했을 때 미연은 신통치 않다는 표정으로 바라보았다. 큰딸처럼 부지런하거나 성실치 못한 애였다. 게다가 대학에 들어가자마자 이 일 저 일 찾아다니는 모양이 마치 공부보다는 아르바이트를 하기 위해 대학에 들어간 것 같았다. 맨 처음 시작한 일이 숯불갈비 집이었다. 거긴 너무 힘들 거라고 극구 만류했더니, 아르바이트생들은 앞치마에 이름표를 달고 홀에서 서빙만 하니까 염려 말라며 안심시켰다. 그러나 사흘도 못하고 그만두었다. 뜨거운 숯불이 왔다 갔다 할 때마다 자칫 사고라도 나면 미인대회에 나갈 몸매에 흠집 생길까 봐 덜컥 겁이 나더라는 거였다. 어미에게 미안했는지 너무나 힘이 들어서라고는 차마 못하는 것 같았다. 여름방학에는 작은 레스토랑에도 있었다.

그렇게 쉬 그만두면서도 또 일거리를 찾아 고심하는 둘째를 보면서, 그녀는 어미로서 충분한 뒷바라지를 못해준다는 자괴감이 심했다. 첫째는 워낙 의연했다. 그래서 미안하다기보다 대견스럽단 생각으로 간과했는지 모른다. 그런데 둘째를 통해서 이렇게 힘든 것을 그 동안 감추고 있었구나, 싶으니 가슴이 먹먹했다.

– 내가 하는 일은 언니하곤 달라. 그냥 길가에 서서 음악에 맞춰 춤만 추면 돼. 오늘 유니폼을 입어봤는데 나한테 너무 잘 어울리더라.

– 그럼 호객행위를 한단 말이니?

미연은 손을 내저었다.

– 얘, 얘. 그만 둬라. 난 그런 모습 진짜 싫더라. 덜썩 큰 애들이 허벅지 다 내놓고서 한길에서 몸 흔드는 걸 보면. 여자가 봐도 민망해. 그리고 지나가면서 쳐다보는 사람들 눈빛도 싫고.

– 에이, 젊은 엄마답지 않게 왜 그리 생각이 막혔어? 그게 뭐 어때서? 운동도 되고 스트레스도 풀고. 내 친구도 함께 일하기로 했어. 둘이 춤 연습을 얼마나 했는데. 혹시 알아? 그렇게 일하다가 누구 눈에 띄어 백댄서로 발탁될지도.

– 헛꿈 꾸지 마라잇? 신데렐라는 동화 속 얘기야.

비위가 좋은 둘째는 어미 어깨에 매달리며 갖은 아첨을 다했다.

― 난, 그런 일이 좋아. 골치 아픈 일, 얌전하게 고개 숙이고 다니며 몸만 죽어라 부려먹는 일은 내 성미에 안 맞아. 남의 시선도 끌고, 나도 신나고…… 스타 근성이 있어서 그래야 돼. 허락해줘. 응? 이번엔 절대 짜증 안 내고 할 자신 있어.

큰소리는 쳤어도 쉬울 리 없다. 저녁에 집에 들어가서 보면, 자매가 바닥에 나란히 누워서 퉁퉁 부은 다리를 침대에 올려놓는다, 얼음찜질을 한다, 수선이었다. 코밑에 수염이 돋기 시작하던 막내는 그 틈에도 어김없이 저녁 간식으로 라면을 끓여먹곤 했다. 뜨거운 김을 불어가며 라면을 먹는 녀석의 등을 타고 까르르 깔깔 들려오던 웃음소리.

월말이면 두 딸은 수줍은 듯 하얀 월급봉투 두 개를 내밀었다. 그 안에는 편지도 들어 있었다.

엄마! 힘내세요. 사랑해요.

첫째가 이런 식이면, 둘째는 늘 장난기를 잃지 않았다.

혹 바람피우고 싶어도 조금만 참아. 우리가 엄마 데이트하라고 예쁜 옷 사 줄 수 있을 때까지만.

내 가방 속에서 울리는 휴대폰 벨소리에 두 사람의 눈이 마주쳤다. 안경 너머 정희 언니의 눈이 젖어 있었다. 나는 휴대폰을 들고 방문을 열었다.

통화를 끝내고 방으로 들어서니 정희 언니도 화장실에 다녀오는 모양이었다. 코가 빨갰고 화장한 얼굴이 조금 얼룩져 있었다.

"우리 사는 모습을 그대로 그렸네. 숙이가 어떻게 그리 잘 알아?"

"그러니까 작가지. 안 그래요? 그리고 언니한테 늘 들었잖아요?"

"참, 기억력도 좋아. 근데 우리 서방님 얘긴 언제 나와?"

그녀는 배시시 웃으며 다시 안경을 쓰고 원고로 눈을 돌렸다.

남편이 실종된 내력은 큰딸에게만 사실대로 말했다. 헌데, 그 애가 두 동생에게 적당히 일러놓은 눈치다. '아버지는 중국 그 여자에게 정착했다. 그러니까 이젠 기다릴 것 없다⋯⋯' 그렇게들 알고 있는 듯했다.

철모르고 살았던 자신의 어린 시절에 비해 자식들은 몇 배나 성숙한 것 같았다.

정황을 제대로 모르고 있던 미연에게는 남편의 실종이 그저 황당하기만 했다. 무역을 하는 친구를 돕는다고 중국을 몇 번 왕래하더니만 그냥 종적을 감춰 버렸으니.

소식이 끊긴 지 서너 달 후 기관에서 나온 사람들이 다녀가지만 않았더라도 남편이 중국에 있는 줄로만 알았으리라. 아니, 국가의 그 거창한 정보 기관에 근무하는 남편 친구만 없었어도, 그 사람이 실종된 친구의 아내를 애틋하게 바라보는 마음만 없었더라도, 남편이 북으로 갔다는 사실조차 몰랐을지 모른다.

– 확인된 사실들입니다. 북에서 혼인도 했다는데요? 뭐 수기라든가 소설인가를 쓴다고 합디다. 그 친구가 빼어난 문사는 아니지만 옛날에 연극영

화과 다니며 시나리오에도 희곡에도 좀 관심이 있었잖아요? 어쨌거나 이용당하는 거겠지요. 그놈도 귀순이란 이름으로 북을 이용하는 거구요. 이쪽에 빚은 많고, 해결책은 없고…… 그랬으니 설 땅이 어딨겠어요.

남편 친구가 곤혹스러워하면서 전해주는 말을 들었을 때, 미연은 경악하다시피 했다. 북한이라니…… 그녀의 의식 안에 '북한'이라는 곳은 너무도 생경한 대상이었다. 익숙하면서 낯선, 빨갱이, 실향민, 간첩…… 그런 것들부터 떠올려지는, 그녀처럼 평범한 사람과는 아무 관련이 없는, 남편 같은 사람과 아무 상관없는…… 그가 만약 일본이나 미국으로 갔다면 아마 담담했을지도 모른다. 무슨 일을 저지르든, 어디에 있든, 이미 체념하고 살던 그녀에겐 타인이나 마찬가지였다. 그런데 북한이라니…….

한국 사람이면 모두 그렇듯이 그녀에게 북한은 다른 나라들과 달리 경계 밖의 세상이면서 또한 가장 경계해야 할 대상이었다. 무엇보다 자식들 앞날에 어떤 장애가 있을지, 그게 가장 걱정이었다. 아무리 연좌제라는 게 폐지된 지 오래고, 대통령을 욕하고 코미디프로그램에서 풍자하는 시대라지만, 정치권이나 사회권에서는 '빨갱이' '좌빨' 같은 단어를 치명적으로 써 먹는 시대 아닌가. 자식들이 받는 충격은 어떠할까…….

남편이 사라졌대서 아쉬울 것은 없었다. 배신감이니 미움 따위도 없었다. 오히려 더 이상 올 수 없는 곳으로 가 버려서 잘 됐다고 생각할 수도 있다. 그것으로 모두 용서할 수 있다. 하지만 북한으로 갔다, 이것만은 도저히 납득할 수 없었다.

남편의 황당함을 모르던 바는 아니었다. 중국을 드나들었을 때도 조선족

처녀와 살림을 차렸던 사람이었다. 그 조선족 여자와 통화할 때 미연은 담담했다. 얼굴도 모르는 그 여자가 울면서 말했다.

– 죄송해요. 저는 그분에게 가족이 없는 줄 알았어요.

미연은 아무렇지도 않게, 오히려 그 여자에 대한 연민어린 감정으로 타일렀다.

– 맞아요. 그이는 우리에게 이미 가족이 아니에요.

살림을 차렸던 당시, 남편 손에 돈이 좀 들어왔던 모양이었다. 하지만 미연은 단 한 푼의 돈도 받아본 적이 없었다. 남편은 기다리라고만 했다. 지금은 투자해야 할 때니까 조금만 더 기다리면 두 다리 쭉 뻗고 살 수 있게 해주마고 했다.

사실을 몰랐더라면, 남편이 그냥 종적도 없이 실종되었더라면 더 나았을 것이다. 중국에 눌러 사는 것으로 간주해버렸을 테니까.

남편의 행방을 듣고 난 후, 지린성 근처에 산다는 그 여자에게 전화를 했다. 이사를 갔다고 했다. 조선족 여자에 대해서는 더 이상 아는 게 없었다.

그 후로 이따금 생각했다. 그 여자는 남편이 북으로 간 사실을 알고 있을까? 한국에 있는 줄 알고 그저 하염없이 기다리고 있는 것은 아닌지. 아이는 잘 크고 있는지.

그런 와중에 생판 모르는 사람들이 서넛 몰려왔다. 그의 빚을 갚으라는 것이다. 그녀는 통 모르는 일이었다.

정말로 기가 막힌 일은 서울에서 왔다는 여자가 남편을 대학 교수로 알고 있는 것이었다. 교수님이, 이 교수가, 어쩌고 하는데, 처음엔 남편을 지칭하는 줄도 몰랐다. 미연이 보기에는 자신보다 한심한 여자였다.

　– 댁의 눈에는 그 사람이 교수로 보이던가요? 어느 정도 왕래가 있었으니까 돈을 빌려주었을 텐데, 그 사이 만나면서도 전혀 몰랐어요?

목이 뻣뻣했는지 정희 언니는 한숨을 쉬며 담배에 불을 붙였다. 두 여자가 내지른 담배연기로 천장이 뿌연했다. 그녀는 원고를 접어 옆에 놓고 허리를 폈다.

"숙! 그때 생각나? 그래, 기억하니까 이런 글을 썼겠지. 그날 우리 둘하고 또 한 사람 더 있었는데, 누구였더라? 상우. 그래, 너희 둘이 우연히 들렀다가 그 현장을 보았지. 나보다 숙이가 더 성깔께나 부렸던 것 같은데? 여기가 어딘데 찾아왔냐고. 불난 집에 부채질 하냐고. 당사자는 나였는데, 나를 제쳐두고 숙이하고 그 여자하고 실랑이를 벌였어. 오히려 내가 말리고 있었으니, 참…… 그래. 그랬었다."

"맞아. 내가 좀 쌈닭이잖아요. 너는 뭐냐고 그 여자가 쏘아 붙였을 때, 내가 우리 형부 어디다 숨겨놓고 와서 돈타령이냐고 대들었지. 나 욕도 막 했잖아?"

"그것도 좀 넣지 그랬어요, 작가님?"

그녀의 장난기에 나도 실없이 웃었다.

"그런데 웃기드라. 그 상황에서도 난 속으로 궁금했어. 저 여자와는 몇 번이나 잤을까? 저 여잔 남편이 있을까? 없을까? 그게 더 궁금하더라니까."

"누구라도 그랬을 거야. 아마 다른 여자들 같으면 더 심했을 걸?"

그녀는 손가락 끝으로 어깨를 누르며 웃었다. 시간이 많이 흘렀다는 생각이 들었다. 이제 그때를 떠올리며 웃을 수 있는 걸 보면.

"헌데 나중에 생각해 보니까 그 여자도 기관에서 탐색하기 위해 내려 보내지 않았나 싶기도 했어."

"그랬는지도 모르겠네…… 지금도 그건 확실치 않지? 그렇지?"

"응! 그것도 궁금한 것 중 하나야. 한동안 나 얼마나 힘들었어? 사람들이 다 무서웠잖아. 모두 어떤 의도를 가지고 접근해오는 것만 같았어. 그래도 다 잊을 수 있다니…… 건 그렇고, 우리 서방님이 너무 적나라하게 그려진 것 같지 않아? 안쓰럽기도 하고……."

"사실이잖아?"

나는 재떨이를 비우려 몸을 일으켰다.

남편이 북으로 갔다는 사실을 알고 난 후 심장병이 생겼다. 일을 하다가 혹은 잠을 자다가 갑자기 심장이 조여와서 가슴을 움켜잡고 방바닥을 헤맨 적이 한두 번이 아니었다.

그 후로는 또 멍하니 지냈다. 의사는 '공황장애'라고 했다. 탈진한 채 무기력한 상태가 한동안 계속되었다. 다음엔 우울증 증세가 나타났다. 어떤 때는 걷잡을 수 없는 분노가 솟구쳤고, 또 어떤 때는 한없이 침울했다. 혼자 발가벗겨진 채 거리에 내동댕이쳐진 듯한 수치심으로 아는 사람을 만나는 게 두려웠다.

어느 날이었던가, 시적시적 걷다가 전자상가 앞에서 발을 멈췄다. 행인들의 시선을 끌기 위해 설치해놓은 대형 텔레비전 화면에 무심히 눈이 갔다.

기형아처럼 생긴 아이들이 꾸물꾸물 움직이고 있었다. 머리통이 몸집보다 크고, 다리는 짧고 누더기 옷에 맨발…… 그 아이들은 자꾸 두리번거리며 길바닥에서 무언가를 주워 먹었다. 캄보디아라든가, 소말리아라든가, 그런 나라 아이들? 하지만 그들은 우리 모습과 너무 닮아 있었다. 그렇다면 한국의 오륙십 년대 아이들인가? 걸음을 멈추고 화면에 집중한 후 거기가 바로 북한이라는 걸 알았다. 기근이 들어 이렇게 굶주린다고, 부모가 죽거나 병들어 허기진 아이들이 떼 지어 장터와 기차역을 떠돌며 먹을 것을 줍거나 훔치고 돌아다닌다고, 그들을 꽃제비라 부른다고…….

내레이터의 목소리는 참혹한 화면 내용과 걸맞지 않게 윤기를 띠며 이어졌다. 어린 여자아이들이 매음을 하고, 매일같이 굶주림과 병으로 죽는 사람들이 많아 과수원과 야산은 공동묘지로 변해버렸단다. 신발공장도 탄광도 제철소도 가동되지 않고 있으며 배급은 끊어져 내남없이 장사에 나선단다. 목숨 걸고 두만강을 건너는 탈북 난민들이 늘고 있다는 것이다.

그들은 이제 표정도 없고 울지도 않습니다. 오랜 굶주림과 절망이 감정까지 말라붙게 했나 봅니다…….

'북한', 아니 '북'이라는 말만 들어도 심장이 조여들던 때였다. 아예 보거나 듣고 싶지도 않았다. 미연은 그 자리를 허둥지둥 빠져나왔다. 가로수 줄기가 손가락질하고 이파리를 흔들며 조롱하는 것 같았다. 거리의 차량들이 빵. 빠앙, 일제히 돌진해오는 것 같았다. 가게로 들어서자마자 그녀는 가슴을 부둥켜안고 식은땀을 흘렸다.

그 후 몇 년 동안은 남편에 대한 기억을 외면하고 살았다. 아예 처음부터 남편이란 사람은 없었거니 마음먹었다. 사실, 남편에 대한 원망이니 한이니 추억이니 그런 것들에 잠겨 있을 틈도 없었다. 하루살이처럼 그 하루가 전부인 양 억척스럽게 일만 하고 밤이면 탈진해 쓰러졌다. 머릿속에 계산기를 달고 다녔다. 몇 개의 테이블과 몇 박스의 술과 오징어 김 멸치 땅콩 오이 당근 양배추…… 그것들을 구입하고, 아이들 학비와 용돈, 아파트 관리비, 전기 요금, 가스 요금, 가게 월세…… 거기 맞추느라 웃돌 빼서 아랫돌 괴고 아랫돌 빼서 웃돌 괸다는 식이었다.

뉴스도 텔레비전 연속극도 몰랐다. 헬스를 한다, 수영을 한다, 골프, 스키 같은 것들은 딴 세상 사람들에게만 허락된 것 같았다. 십여 평 남짓한 가게와, 우르르 몰려와서 자기들끼리 떠들고 훌쩍 돌아서는 사람들의 모습과 해질 무렵에서 밤중까지…… 그 공간과 시간과 사람들만이 그녀에게 생활의 전부였다. 자식들 앞에서 어미는 무너져서는 안 될 존재였다.

그런데 마음 한구석이 허전해지기 시작했다. 생리가 있다 없다를 반복하더니 올해 들어서는 아예 기미가 없다. 폐경기에 접어들고도 남을 나이인데 왜 그런 생각을 미처 못 했을까? 갑자기 탕개가 뚝 끊어져버린 것 같았다. 악지 사지로 살아야 한다는 목표만 깃발처럼 들고 내달렸는데.

유난히 새치가 많았던 남편은 이젠 흰머리로 뒤덮였으리라. 거기서 또 자식도 낳았겠지…… 시간이 흐르면서 미움이 차츰 사라졌다. 그도 참 불쌍한 사람이란 생각이 들었다. 어쩌다 추억 같은 게 슬며시 고개를 들기라도 할라치면 단호히 고개를 내젓긴 했지만, 연민은 어쩔 수 없었다.

지금까지 잘 버텨 왔어. 이제 이삼 년만, 아니 길게 잡아 오륙 년만 이겨 내면 돼. 막내가 제대하고 대학만 졸업하면…… 그다음엔 근근이 살아가도 괜찮아. 지금까지 살아온 것에 비하면 그까짓 것은 아무것도 아니지. 미연은 냉수를 벌컥벌컥 마신다.

막걸리 세 통과 맥주 두 박스, 그리고 소주 한 박스를 주문하고, 장 봐 온 것들을 정리하기 시작한다. 당근, 오이, 배추 풋고추 등을 씻어서 냉장고 야채박스 안에 넣는다. 조개는 해금을 위해 소금물에 담가놓고, 청어는 씻어서 소쿠리에 얹은 후 소금을 뿌려둔다. 여름철이라서 음식물 관리에 여간 신경이 쓰이는 게 아니다. 그 사이 커다란 솥에서는 왕멸치와 다시마를 우리는 국물이 펄펄 끓고 있다. 국물만 끓여내면 준비가 완료되는 셈이다. 참 국수도 삶아놔야 한다.

다글다글 국물이 끓어 넘치는 솥뚜껑을 열고 왕멸치와 다시마 건더기를 건져내는데, 전화벨이 울린다.

– 언니, 거기 더워? 늘어지게 낮잠 주무시는데 깨운 건 아냐?

– 낮잠은 무슨…… 장사할 준비하고 있었지. 오랜만이다. 잘 지내니? 통 소식 없더니.

– 무소식이 희소식이래잖아? 언닌 어때? 잘 지내슈? 생리는 순조롭고?

– 야, 국제전화 요금도 비싼데 고작 그런 소리를?

– 나 귀국할까 봐. 아니 작정했어.

– 왜 도중하차야? 겨우 반년도 못 됐는데? 유럽으로 가서 횡단열차를 타

고, 또 뭐랬지? 그래 다뉴브 강 선상에서 귀족처럼 근사한 식사를 할 거라
던 계획은 어떡하고? 힘들어?

 ─ 돌아갈래. 공부야 공짜로 하니까 할 만한데 자꾸 내가 왜 여기 있지?
그런 생각만 드네. 원래 공부가 목표가 아니라서 그런 것 같아. 하여튼 갈
거야. 여기 일 좀 정리하고 다음 달 초에 비행기 탈거야.

 ─ 어렵게 잡은 기횐데 왜? 남들 다 부러워했잖아?

 ─ 정섭 씬 어때?

그가 요즘은 술만 마신다고, 술만 마시면 운다고, 밤이면 이따금 포구에
가서 밤바다만 바라보곤 한다고, 미연은 말하지 않는다.

 ─ 그저 그래. 요즘은 좀 괜찮아졌어. 왜 걱정이라도 되니?

 ─ 응. 여기까지 왔는데도 날 따라다니네? 글쎄, 어젯밤 꿈에도 보이더라
니까.

 ─ 정말 다시 만날 생각이야?

 ─ 그래. 그쪽만 괜찮다면. 여하튼 가서 얘기해.

 ─ 신중히 해. 두 번 세 번 상처 주지 말고.

 ─ 알았어. 아직은 아무 말도 하지 마. 약속은 안 할 거야. 약속이란 지킬
자신이 없으니까 다짐하는 것! 다뉴브 강이고 뭐고 된장국 먹고 싶어 죽겠
네. 언니, 건강히 잘 있어. 지금까지 그랬듯이 씩씩하게.

 ─ 나야 걱정 없다. 산전수전공중전 다 겪은 사람인데. 너나 마무리 잘하
고 와.

수화기를 내려놓고 그녀는 잠시 얼떨떨하다. 재희의 귀국은 정섭과의 재

회를 시도하려는 의미일까? 그들이 여느 사람들처럼 가정을 꾸리고 잘 살 수 있을까?

정섭의 첫인상은 마치 쫓기던 짐승처럼 불안해 보였다. 그가 탈북자라는 걸 미처 몰랐던 순간에도 그리 느껴졌다. 왜소한 체격에 검고 맑은 눈, 걸 핏하면 부끄러워서 얼굴이 발개지는 그가 어떻게 그 험한 과정을 통과해왔 는지 의아스러울 정도였다.

주춤거리며 가게로 들어선 세 사람은 구석자리에 앉았다. 남자 둘, 여자 하나였다. 그들은 여느 손님들처럼 흔연스러워 보이진 않았다. 수굿한 자 세로 찔끔찔끔 술만 마셨다. 왜소한 체격의 젊은 남자는 시골에서 막 올라 온 사람처럼 촌스럽디 촌스럽게 생겼다. 뭔가 켕기는 듯 슬그머니 주변을 훔쳐보곤 하는 게 역력했다. 또 한 남자는 전혀 달랐다. 체격이 좋고 잘생 긴 호남형이었다. 하지만 당당하게 보이려 애쓰는 것이지 그 역시 부자연 스러운 면이 없진 않았다. 나중에 알게 됐지만 현표는 김일성대학을 졸업 한 후 장교 생활도 했고, 사업차 중국을 드나들다가 남한으로 왔다고 했다. 그의 옆에서 거의 말 한 마디 없이 눈만 꿈벅거리며 앉아 있는 여자 또한 북에서 빠져나왔단다. 탈북자 교육을 받는 동안 만났는데, 현표와 곧 결혼 할 거라고 했다. 미연은 잘 생긴 현표보다 순하디 순한 작은 짐승 같은 표 정의 정섭에게서 더욱 애틋함을 느꼈다.

손님들이 다 가고 그들이 자신의 신분을 조심스레 밝혔을 때, 미연은 그 들이 온 목적을 눈치 챘다. 북에 있는 남편 소식을 전해주기 위해서라는 것 을. 그러나 그 자리에선 누구도 그 부분에 대해서는 언급하지 않았다. 정부의 주선으로 정섭이 서해대학 연구소에서 일하게 됐다고, 친인척도 아는 사람도 없으니 잘 부탁드린다고만 했다. 현표 역시 모 국가기관에 취직이 됐다며 여자와 함께 서울로 갈 거란다.

사흘 후 다시 한 자리에 모였을 때서야 현표는 조심스럽게 얘길 꺼냈다. 자신들의 탈출을 도와 준 사람이 남편과 어떻게 끈이 닿았던 모양이었다.

– 거기 있는 건 이미 알고 계셨을 것이고…… 헌데 이쪽 정부에서 말한 거하곤 좀 다릅네다. 사업하다가 빚을 져서 월북했다고 했다면서요? 그게 아닙네다. 물론 그런 부분도 없진 않지만서두. 그러니께니…… 이 선생님이 사업을 빌미로 국가 정보기관 일을 도왔는데, 쉽게 말해 프락치였다고나 할까요? 어드러케서 그 정보를 역이용해 북쪽에도 제공을 했던 모양입네다. 그래 이쪽에서 알게 된 거이고, 설 땅이 없어진 거이지요. 아마 북쪽의 납치일 가능성이 큽네다. 그것을 북에서는 귀순이라 했고, 남에서는 월북이라 했던 것입네다…….

그들에게서 자초지종을 듣고 난 후 미연은 며칠을 내리 앓았고, 몇 달을 텅 빈 마음으로 보냈다.

일부러 이 대목에서 글 읽기를 방해했다. 정희 언니의 눈을 좀 쉬게 해야 할 것 같아서였다.

"그 오리지널 탈북자 얘긴 빼려다 넣었어. 북에서 온 사람들 중에 그나마 몇 번이라도 만나서 얘기해 본 사람은 그 사람뿐이잖아. 사실 난 그 사람하고 언니하고 로맨틱한 사이로 번지지 않을까 생각도 했었어. 내 작가적 상상력으로 두 사람 합방이라도 시켜줄까 했는데, 그렇게 되면 형부 이야기에서 초점이 흐려질까 봐 관뒀지, 뭐."

"실제로 그런 맘이 있었다면 어쩔 건데?"

"모른척해 줘야겠지. 그리고 여기쯤에선 언니가 아닌 독자의 관점에서 냉정히 흐름을 파악해줬으면 해. 북에서 온 사람들 얘기가 나오는데, 상상력이 주로 반영된 부분이야. 그때 얼핏 인사만 나눴지, 아마? 이럴 줄 알았으면 술도 마시고 친해질 걸 그랬어. 그때만 해도 쉬쉬 했잖아? 팩트의 빈곤으로 픽션화하기가 힘들었어. 솔직히."

정말 그랬다. 지금이니까 기사도 나오고, 탈북자 단체도 있고, 탈북자들을 돕는 엔지오, 새터민 쉼터 같은 게 있지만, 그때만 해도 이질감이 컸다. 지구 반대편에서 온 사람보다, 우리와 전혀 다른 인종을 만났을 때보다.

상우에게서 전화가 걸려 왔다. 나는 방에서 나왔다.

"쑥! 너 어딨냐?"

"정희 언니 가게야. 왜?"

"대낮부터 뭔 술을?"

"술이 아니라…… 글 보여주고 있어. 그때 말했던 거 뭐 있잖아."

"작가가 썼으면 됐지 보여주고 자시고 할 거 있어?"

"그딴 소리 하려면 전화 끊는다? 사람 곤란하게."

"도움이 될 이야기 하나 들려줄까? 너 그런 이야기 들어봤어? 조류학자인 아버지를 두고 월남한 아들이 있었대. 그 아들도 유명한 조류학자가 되었는데, 어느 날, 북한에 있던 아버지가 무슨 새인가의 발목에 알루미늄 가락지가 끼워져 있는 걸 본 거야."

"쇠찌르레기야."

"아! 쑥 너도 아는구나?"

"그래서?"

"그런 걸 가지고 쓰란 말이지."

"그건 이미 소설로 나왔어요. 북한에서."

"알았다, 알았어. 그 아줌마 옆에 있냐?"

"아니, 왜?"

"너 조심해. 좀 이상하지 않아? 그 아줌마는 어디서 그렇게 뭐랄까…… 그쪽 사정을 훤히 알고, 그렇게 복잡한 게 많냐? 그냥, 느낌이 안 좋아. 너무 얽히지 말라고. 나만 그러는 게 아니라 남들도 그러더라?"

"야, 너 그 말이 언니가 수상하다는 말 아냐? 간첩이라도 된다는 거야, 뭐야? 네가 소설을 써라, 소설을 써. 내가 언니 기사 쓸 테니까 너는 언니 소설 쓰라고. 그래서 여기서 만나자고 할 때면 슬슬 돌렸구나? 쪼다 같은 놈. 끊어. 나쁜 놈아!"

버럭 소리를 질러놓고 방문 쪽을 흘끔거렸다. 정희 언니는 내가 쓴 글에만 신경을 모으고 있는 것 같았다.

정섭은 미연을 '누님'이라고 부르며 따랐다. 낯선 땅에 와서 외로웠을 것이다. 생사의 고투 끝에 얻은 자리였지만 그저 평화롭거나 달콤하지만은 않았으리라. 숱한 제약과 함께 이쪽 사회에 적응하는 데 어려움이 많았을 터이다. 게다가 북에 아내가 있지 않은가.

함께 탈출하기로 했던 아내가 돌연히 태도를 바꾼 것은 그날 새벽이었다.

오늘밤만 지내면 돼. 바로 내일이야.

밤새 잠들지 못하고 두 사람은 이불 속에서 서로를 끌어안았다. 어둠은 유난히 짙었으며 침묵 또한 그만큼이나 깊었다. 비장한 밤이었다.

그런데 출발 시간이 다가오면서 아내가 그만 주저앉더란다. 도저히 못 가겠다고, 혼자 떠나라고. 조용하면서도 격렬한 실랑이가 벌어졌다. 아내는 한사코 거부했다. 더 이상 다른 방법을 찾을 여유가 없는 순간이었다. 결국 정섭 혼자 나올 수밖에 없었다는 것이다.

미연은 묻지 않았다. 왜 그곳에서 도망쳐야 했는지. 사랑하는 아내와 가족들을 두고, 또 그들이 어떤 고초를 당할지 뻔히 알면서 그렇게밖에 할 수 없었는지…… 그도 어쩌면 남편처럼 설 땅이 없었는지도 모른다.

비가 추적추적 내리거나 바람이 스산한 날이면 정섭은 한두 잔 술을 마셨다. 미연은 따뜻한 국물이랑 싱싱한 굴 따위를 더 얹어주며 그의 어깨를 다독이곤 했다.

정섭과 재희의 만남은 그렇게 해서 이루어졌다. 거리낌 없이 가게를 드나들던 재희와 우연히 합석을 했던 것이다. 재희를 바라보는 정섭의 눈이 따뜻한 불빛을 보는 듯 순연해지는 것 같더니, 재희의 시선 또한 정섭의 수굿한 어깨 근처에서 다감하게 머뭇거리는 게 느껴졌다. 어디로 튈지 모르는 분방

함과 톡톡 튀는 재기를 가지고 독신을 고집해 온 서른다섯 노처녀 재희가 정섭 앞에서는 양같이 순해지고 고분고분해지는 게 신기할 정도였다.

결혼식 날짜까지 잡았던 그들의 관계가 끝나버린 것은 경제 문제였다. 정섭은 살림에 필요한 경비만 공동으로 하고 각자의 수입은 자기가 알아서 관리하자는 주장이었는데, 재희는 살림은 아내가 주관하는 것이니 수입은 하나로 모아 자기가 관리해야 한다면서 우겼다. 정섭은 재희에 대해서 지극히 순정적이었지만, 그 부분에 대해서는 끝내 용납하지 않았다. 재희는 이것이 곧 신뢰에 대한 문제라고, 그러면서도 어떻게 부부가 되겠냐면서 고개를 저었다. 그러다 독일로 떠나 버렸던 것이다.

재희가 곧 귀국할 예정이라고 정섭에게 전화를 할까 말까 잠시 망설이던 미연은 그냥 돌아선다. 아직은 속단할 일이 아닌 것 같다. 모처럼 정섭의 안부를 물으며 여지를 남기긴 했으나 함부로 나설 일이 아니다. 정섭 또한 그 미련을 지금도 가지고 있는지 확실치 않다.

어제 정섭은 가게에 와서 자정이 넘도록 술을 마셨다. 손님들이 다 빠져나간 후라 미연도 마주 앉았다. 술기운에 의지해서인지 거의 말이 없던 사람이 혼잣말처럼 중얼거렸다.

─누님! 미치겠어요. 아내가 보고 싶어요. 지금쯤 어떻게 돼 있을까, 고걸 생각하면 이렇게 살아 있는 저 자신이 가증스럽습네다. 요즘에는 자꾸 아내가 꿈에 보입네다. 무슨 일이 있는지. 상봉할 기약도 없는데…… 누님! 저에게는 이쪽이 꿈이라면, 저쪽은 현실입네다. 누님은 꿈과 현실 중 어느 것이 더 귀중하다고 생각하세요? 현실이죠? 그렇죠? 맞아요. 저도 그렇게

생각합네다. 요즘 와서 저는 스스로 의지라고 믿었던 것들이 꿈이었는가 싶어요. 더 이상 갈 곳도 없고……

미연은 친동생처럼 정섭을 다독거렸다. 이제 되돌아 갈 수 없는 길이라고. 무조건 이쪽에 정 붙이고 살아야 한다고. 가게를 나서던 정섭의 뒷모습이 유난히 후줄근해 보였다.

혼자서 아침이나 먹고 출근했는지, 속이 괜찮은지 마음에 걸린다. 퇴근길에 들르라 해서 새로 담은 김치랑 반찬을 좀 싸주어야겠다고 생각했다.

손님 받을 준비를 끝내고 밥을 먹는다. 아침은 거르고 하루 두 끼를 혼자 먹는데도 저녁은 늘 이렇게 서둘러 해치워야 한다. 냉장고에서 김치를 꺼내고, 밥통에서 밥을 퍼 온다.

두어 숟갈 입에 떠 넣다가 갑자기 젓가락질을 멈춘다. 그나저나 남편은 세 끼 밥이나 제대로 먹으며 살고 있을까? 북쪽 여자가 알뜰히 챙겨 주겠지? 신혼이니까.

미연은 아릿해오는 가슴을 진정시키고 밥그릇과 수저를 물에 담근다. 이건 갱년기 증세일 뿐 심장병은 아냐. 그렇게 험하게 살았으니 내 심장은 단련이 돼 있을 걸. 이제 와서 더 놀랄 일이나 괴로울 일이 있을까? 큰애는 이미 시집가서 아들도 하나 낳았고, 둘째는 결혼을 약속한 남자가 있으며, 막내 녀석은 곧 제대를 앞두고 있다. 앞으로는 편안한 노후만 준비하면 된다. 더 이상 바랄 게 무엇인가. 그렇게 자신을 추스렸다.

서울에서 오는 중이라고 현표로부터 전화가 왔다. 정섭이 전화를 받지 않아 그의 연구소로 전화했더니 출근을 안 했다고 하더란다. 그녀도 몇 번이나 정섭에게 연락을 했지만 도대체 받지를 않아서 걱정하던 터였다. 음성메시지를 남겨놓긴 했어도 어쩐지 께름칙했다.

아홉 시가 지나자 손님들은 썰물처럼 빠져나가고, 보세 옷가게 날개 주인과 길 건너 아씨미용실 원장만 남았다. 날개는 마흔이 넘은 노처녀이고, 아씨는 일찍이 교통사고로 남편을 잃은 여자로 이따금 셋이서 어울리곤 했다. 일이 끝나면 술도 마시고 고스톱도 치고 노래방에도 갔었다.

오늘도 날개 혼자 연신 떠든다. 민소매 옷을 입어 다 드러난 팔뚝으로 지휘라도 하는 양 말을 꺼낼 때마다 허공을 휘젓는다.

─ 언닌 왜 그렇게 살아요? 남편이 오래전에 도망쳐버렸는데, 뭘 기다려? 평소 모습으로 봐서 언니는 뭐 연애에 순정 걸고 사랑 걸고 할 사람인 것 같은데, 언니 서방님만 봐도 그래. 그 순정 사랑의 결과가 그거야? 나이 쉰이면 이제 시작이야. 게다가 아직도 언닌 곱다니까. 침 흘리는 사내들이 한둘이 아니잖아? 근데 말예요, 이건 주의사항! 로맨틱이니 뭐 그런 건 꿈도 꾸지 마. 남자들은 혼자 있는 여잘 단지 노릴 뿐이거든.

─ 아직 시집도 못 간 아가씨가 뭘 안다고.

미연이 타박을 했다. 아씨는 배시시 웃고만 있다..

미연은 접시 밖으로 흩어진 땅콩 껍질을 손바닥으로 쓸어 모으며 생각한다. 그런 남자들의 순간적인 대상이 되고 싶진 않았다고. 오래 혼자 살아오면서, 특히 술장사를 하면서 얼마나 많은 남자들을 보아왔던가. 그 많은 유혹들을 물리친 것은 자신이 지고지순해서가 아니다. 삶이, 자식들이 그녀를 붙잡고 있었다.

한때는 누군가에게 기대고 싶은 적도 있었다. 돈 많은 유부남이라도 만나고 싶었다. 대출금 상환 날짜를 앞두고 돈이 마련되지 않았을 때, 코딱지만 한 가게를 가지고 주인이 전세금을 올렸을 때, 한꺼번에 두 딸의 대학 등록금을 마련해야 했을 때, 치마폭에 돈만 놓아준다면, 브래지어 속에 지폐 몇 장만 꽂아준다면 남자와 잘 수도 있을 것 같았다. 그렇게라도 살고 싶던 때가 있었다. 한 남자의 유혹이 유희가 아니라 경제일 수 있다면.

이제 날개의 시선은 아씨에게로 향했다.

─아씨 언니, 그러다간 언니도 이 아줌마 신세 된다. 춘향이도 아닌데 수절한다고 청승떨지 말라고. 응? 에고! 뭔 팔자들이 이러냐? 이 여자 서방님은 온데간데없이 사라져 연락도 없지, 저 여자 서방님은 저 세상으로 먼저 가 버렸지…… 실종됐거나 죽었거나 현재 없는 건 다 마찬가지 아냐? 개싸가지들!

날개의 주정은 늘 이런 식이었다.

"이런 걸 리얼하다고 하나? 어쩌면 내 심정을 그렇게 잘 알아? 소설가는 역시 무섭구나."

"그럼. 사람 속을 꿰뚫어 볼 줄 알아야 소설을 쓰지."

나는 이쯤에서 그녀의 피로한 눈과 마음을 쉬게 하고 싶었다. 다시 맥주를 두 병 가져왔다. 그녀는 안경을 벗고 벽에 등을 기댔다. 몇 년 전만 해도 있는 듯 없는 듯했던 눈가의 잔주름이 굵게 자리 잡았다.

"남편은 나에 대한 첫 기억을 늘 이렇게 들려주곤 했어. 그 사람 투로 말하면 이래. 하도 많이 들어서 그대로 외울 수 있을 정도야……."

내 눈에 당신이란 사람이 맨 처음 들어왔던 때가 중학교 삼학년이었을 거야. 나중에 생각해 보니 당신은 일곱 살이었어. 겨울이었지. 눈이 하얗게 쌓였으니까. 아침에 일어나 마루에 나가 기지개를 켜는데, 옆집 마당에 웬 쬐그만 여자애가 눈에 띄더라고. 색동저고리에 빨간 치마를 입었던 걸로 보아 아마 설날이었던 것 같아. 그 여자애가 종종걸음으로 마당을 가로질러 가더니, 대문께 대추나무 아래 멈춰서 치마를 확 걷지 뭐야. 그리곤 앉아서 오줌을 누는 거였어. 하얀 눈밭에서 색동저고리에 빨간 치마, 길게 땋은 머리, 그리고 아주 작은 하얀 엉덩이…… 그게 당신에 대한 내 최초의 기억이야.

"운명의 신이 그날 내려오셨군."

맥주잔의 거품처럼 나는 넘치게 웃었다. 그녀도 따라 웃었다.

"난 그때만 해도 우리 서방님 존재를 잘 몰랐어. 옆집에 살았으니까 어른들끼리의 내왕도 있었고, 이웃의 살림살이를 훤히 내다보는 처지였을 테지만, 나이 차가 워낙 커서……."

그녀가 가진 남편에 대한 최초의 기억은 옆집 오빠가 영화를 보여준다기에 명절에 멋모르고 따라간 데서 시작되었다. 아마 열 살 무렵? 명절날에나 모처럼 극장 나들이를 하던 때였다. 극장은 사람들로 법석이었다. 앉을 자리가 없어 서 있는 사람들도 무척 많았다. 한복을 입고 고무신을 신은 여자들, 명절 음식을 배불리 먹고 나온 남자들로 극장 안은 분 냄새 술 냄새 땀 냄새가 어우러져 계집아이는 숨이 막혔다. 사람들에게 에워싸여 도저히 화면을 볼 수가 없었다. 그러자 오빠가 등에 업히라고 했다. 영화보다는 오빠 등에 업히니까 편안하고 달콤해서 잠이 들고 말았다.

"그렇게 시작이 됐어. 운명이란 게 말야. 내가 철이 들기도 전부터 옆집 오빠는 나를 가둬둔 거지. 여고에 다닐 무렵까지만 해도 나한테는 걍 옆집 오빠였는데. 제대 후 별 볼 일 없이 시간만 축내다가 전문대에 다니던 연극영화과 학생. 훤칠한 키에 얼굴이 반반했지. 나중엔 내가 더 좋아했어. 세상에서 남자란 그 사람 하나뿐인 줄 알았다니까. 죽자 살자 따라다녔어……, 우리가 세상의 주인공인 줄 알았다니까."

나는 좀 얄궂은 표정을 지어보였다.

"그래서 소설 속 주인공이 됐잖아요?"

정희언니는 휴지를 뽑아서 코를 팽, 풀었다.

"이런 소설 말고…… 거 있잖아? 위대한 개츠비? 그런 소설의 여주인공이라면 몰라도, 에이 이건 싫다, 싫어."

구긴 휴지를 쓰레기통에 던진 후 그녀는 담배를 꺼내 입에 물었다.

"스물한 살에 첫애를 낳고부터 그 사람 떠돌기 시작했어. 무슨 일을 해도 돈이 안 되니까. 실속이 없는 거지. 그래도 항상 태평이었다니까. 집에 와서 머문 게 일 년에 서너 번 정도나 됐을까? 가정에 끼친 그의 유일한 공헌은 자식 셋을 만들어준 일 뿐이야."

정희 언니는 다시 안경을 콧등에 걸쳤다.

그들은 남편이 그저 행방을 감춘 것으로만 알고 있다. 혹여 사람들이 궁금해하면 그녀는 간단하게 대답해버리곤 했다.

– 새 여자 만나서 살림 차리고 나갔어요. 오래된 걸요, 뭐.

그 말이 틀린 것도 아니다. 남편은, 그녀가 갈 수 없는 땅에서 이미 다른 여자와 살고 있지 않은가.

언젠가 재희가 물었다.

– 언닌 지금도 아저씨를 만날 수 있다고 생각하며 살아?

그럴 때면 문득 썰물 진 바다처럼 가슴이 횅하곤 했다. 웬만한 일로는 눈물도 나지 않았다. 슬픔도 암 덩어리처럼 뭉쳐져서 몸속 어느 깊숙한 곳에 숨어 있는지 모른다. 그저 어서 세월이 지나가기를, 감당하기 힘든 세월이 속히 가버리기를 바랐다.

서늘한 바람과 함께 비릿한 바다 냄새가 몰려온다. 밤이 깊어가면서 대낮의 열기가 사라졌나 보다. 그런데 오겠다던 현표는 왜 아직 나타나질 않는 걸까. 토요일이라서 길이 막히는 것인지. 자꾸 문 쪽으로 시선이 간다.

현표가 들어서자 두 여자는 서둘러 자리에서 일어선다. 웬 젊은 남자? 그런 표정이다. 그러거나 말거나 미연은 그들을 보내고 현표와 마주 앉았다.

현표는 그 사이 더욱 말쑥해져 있었다. 말투도 어색하지 않다. 어디에 가도 잘 적응할 사람이다.

정섭과 달리 여간해서 속내를 드러낼 것 같지 않아 쉽게 정이 가지 않았는데, 오늘은 좀 달라 보인다. 미연을 믿어도 좋다고 생각해서일까? 막걸리 두어 잔에 긴장과 피로가 풀린 것일까.

　－와서 보니 북에서 온 사람들에 대한 제약이 생각보다 심합니다. 정부에서 관리하는 거야 그럴 수 있다고 봅니다만, 일반인들의 편견이 심해요. 이건 뭐 인종차별도 아니고 좀 그렇습네다. 요즘은 국제결혼도 많이 하지 않습네까? 베트남, 필리핀 같은 데서 여성들을 데려오기도 하더구만요. 이쪽 사람들을 따라 술집에 가봤는데요, 러시아 여자니 필리핀 여자니……사고팔고 해요. 누님 앞에서 할 소린 아니지만 제가 사창가에도 가 봤는데요, 그 여성들은 북한 사람 남한 사람 가리지 않더구만요. 물론 돈이 목적이니까 그렇겠지만. 사실 우린 사상 때문에 여기 온 건 아닙니다. 그저 순수한 욕망, 그러니께니 먹고 일하고 그렇게 최소한의 것이라도 누리고 싶어 여기 온 것 아닙네까? 그런데 그 최소한의 것마저 박탈당할 때, 인간은 아니 새나 짐승들도…… 또 다른 곳을 꿈꾸지 않겠어요? 저야 뭐 워낙 질겨서 어드러케든 위험만, 그렇습네다. 큰 위험만 없으면 잘 살겠지만요, 정섭이는 달라요. 저보단 훨씬 순수하고 고지식한 사람이라서. 많이 힘들어하는 것 같구만요.

　긴 말 끝에서야 현표는 주춤거리며 양복 안주머니에서 서류봉투 하나를 꺼내 미연에게 내밀었다. 손으로 만지는 순간 딱딱한 모서리와 크기로 보아 녹음테이프라는 게 감지된다. 미연의 손끝이 떨려왔다. 막연했던 예감이 현실로 다가온 것 같았다.

　그녀는 얼른 서류봉투를 탁자 아래 무릎에 내려놓았다. 술 한 잔을 넘기며 가슴을 진정시켰다.

– 제 손에 들어온 지 한 달이 다 됐어요. 전화로 말씀드리기도 뭣하고 해서, 직접 가져오느라…… 요전에 소식을 들려준 연락책이 어렵게 전해온 것입니다.

– 이제 와서 소식을 알면 뭐해요…….

미연은 벌게진 눈을 천장으로 돌린다.

– 그래도 모르는 것보다는 낫지 않겠습니까?

– 나을 것도 없어요. 이산가족들은 기회만 닿으면 찾을 수라도 있지만 이런 경우는 어디…….

– 남북 사이에 왕래가 잦아지고 있어요. 요사이 다소 경직되긴 했지만 언젠가는 통일이 되겠지요. 그때를…….

갑자기 미연의 목소리가 격앙된다.

– 통일이 되면…… 그러면 뭐 뾰죽한 수라도 있답디까?

현표가 고개를 푹 꺾는다. 그제야 현표의 처지를 잊고 있었단 생각에 미연은 황망해진다. 말없이 현표의 잔에 술을 채웠다. 속으로만 중얼거렸다.

북에 있는 당신의 아내도 나와 같겠지. 무슨 사는 게 다 이 모양이야…….

술기운이 가라앉자 현표는 예의 그 모습으로 돌아왔다. 아직도 정섭과 연락이 안 되니 여관에 가서 자고, 내일 만나러 가겠다고 했다. 얼마 전에 구입했다는 하얀 승용차를 몰고 현표는 천천히 가로등 사이로 멀어져갔다.

그녀는 셔터를 내리고 방으로 들어왔다. 창문과 커튼을 다 닫았는지 확인했다. 오디오카세트에 전원을 넣었다. 수년을 쓰지 않으면서도 버리지 않은 게 천만다행이었다. 전원에 불이 들어왔다. 테이프를 집어넣는데 손이 마구 떨렸다. 플레이어 버튼을 누르자 지, 지. 하는 잡음에 이어 흠흠, 하고 목청을 다듬는 소리가 들렸다. 그리고 남편의 육성이 흘렀다.

내 아내 미연! 운명의 장난으로 치부하기엔 내 처지가 너무 가혹하게 되어 버렸소. 누군가의 배신으로 단종시에서 납치되어 감옥 생활 육 개월, 연금생활 이 년. 지금은 평양시에서 살고 있소. 미안하오. 정말 미안하오. 당신 지금 놀라고 있소? 그럴 것이오.

그 외의 것들은 자세히 말할 수 없다오. 잘못하면 여러 사람이 떼죽음을 당할 수도 있으니…… 단지 당신에게나마 진실을 전하고, 내 가족들의 불명예를 씻어 주어야겠기에 어렵게 소식을 전하는 것이오.

허나 우리 두 딸과 아들에게는 꼭 전해주시오. 아비의 국가관은 투철했다고. 위축되지 말라고. 그들이 다 성장했으니 날 이해하고 용서하리라 생각하오. 마음 착한 당신은 이미 용서했을 것으로 믿소. 아니 세월이 그렇게 만들었겠지.

우리 첫째, 둘째, 웨딩드레스 입은 모습을 꼭 보고 싶었는데…… 막내는 지금쯤 군대에 가 있겠지? 아들아, 미안하다. 내 너만 할 때 늘 읊었던 시가 있었다. 생활이 그대를 속이더라도 노하거나 슬퍼하지 말라…… 그래. 아비는 늘 속았던 것 같다. 돌이켜보면 모두 내 어리석음에서 이렇게 된 것 같구나. 하지만 내 비록 어리석었을지라도 나쁜 사람은 아니다. 그걸 이해해주기 바란다. 사랑하는 내 아들아!

여보! 내 비록 당신과 헤어져 있지만, 나는 항시 당신의 옆자리에 있소. 언젠가는 당신을 만날 것을 기대하며 살고 있다오. 내 반드시 당신의 무릎을 베고 죽을 것이니 기다려주시오.

다급하게 녹음을 한 흔적이 역력했다. 그러나 미리 써 놓고 읽어 내려간 듯 내용은 흐트러짐이 없었다.

미연은 녹음을 몇 번이고 들었다. 마치 바로 귓전에서 남편의 숨결이 느껴지는 것 같았다. 헤어진 지가 팔 년이 다 되어가지만, 남편의 모습이며 표정이 생생했다. 그녀는 터져 나오는 오열을 누르며 베개에 이마를 묻고 오래 엎드려 있었다.

나는 당신을 기다리지 않아요. 그동안에 우리가 살아 있기나 할까요? 당신이 죽는 순간 내 무릎을 베고 눈 감을 수 있을까요?

정섭이 자취를 감춘 뒤 두어 달이 지났다. 현표에게 전화로 물었으나 그도 어찌된 영문인지 모른다고 했다. 그가 살던 아파트며 다니던 연구실에 정보기관 사람들이 드나들며 조사를 하는 눈치였다. 그러다 실종으로 정리한 듯했다.

어느 날 저녁 현표가 왔다. 이제는 아내가 된, 남한에 온 후 보호센터에서 만났다며 처음 함께 왔던 그 여자와 동행했는데, 여자는 만삭이 가까운 듯 배가 불러 있었다.

－전화로 말씀드리기가 좀 그래서 미뤄왔습니다. 누님만 알아두시라요. 정섭 씨는 아마도 다시 돌아간 것 같습네다. 어드렇게 됐는지 저도 자세히는 모르겠지만서두. 국경, 그러니께니 압록강 근처에서 누가 봤다고도 하고…… 누님이 걱정하실까 봐 알려드리는 것이니 모르는 걸로 해두시라요.

미연은 이따금 포구에 나가 앉아 있었다. 철썩이는 물결 소리. 반짝이는 모래알. 허연 햇빛…… 거기 자신을 놓고 앉아 있으면, 새 떼가 몰려다니곤 했다. 도대체 어디로들 가는 것일까? 누군가가 하늘에 잿빛 종이를 갈가리 찢어 던지기라도 한 듯이, 나뭇잎을 허공에 확 뿌려놓은 듯이. 그들은 금방 바닷속으로 처박힐 것 같았다가 또 유유히 무리를 지어 한 방향으로 날아갔다. 파도를 타는 놈들은 모두 파도가 밀려가는 쪽을 향해 앉아 있었다. 그래야 가슴에 충격을 받지 않고 물살에 휩쓸리지도 않는다고 했다.

미연은 아무도 모르게 혼자 중얼거리곤 했다.

그래도 살아야 돼. 어쨌든, 살아 있어야 돼.

정희 언니는 안경을 벗었다. 벽에 등을 기대더니 한참이나 아무 말이 없었다. 나는 머쓱한 채 무어라 그쪽에서 말을 꺼내기를 기다렸다. 기다림이 길어지면서 가슴이 답답해왔다.

"왜? 맘에 안 드시나 봐?"

"……."

"기껏 애써서 썼는데…… 칭찬 좀 해주지…… 상우 말대로 삼류 작가라서 한계가……."

말은 겸손히 했지만, 속에서 은근히 부아가 났다. 정희 언니가 내 말을 가로막았다.

"숙. 그게 아니야."

"……."

"작품성이니 그런 건 난 잘 몰라. 다만……."

"……?"

"나 같이 평범한 여자가 어떻게 작품을 가지고 이러쿵저러쿵 할 수 있겠어? 다만…… 내가 생각했던 것과는 거리가 있어서……."

"괜찮아요. 언니의 생각을 솔직히 얘기해도 돼."

"그 양반 이야기가 좀 약하지 않아? 물론, 숙이나 또는 다른 사람들이 보는 관점은 다르겠지만."

"……."

한동안 침묵이 고였다. 많은 언어들이 입속에서 맴돌았다. 눈을 감고 있던 정희 언니는 천천히 말했다.

"나는 어떻게든 그 사람을 해명하고 싶었어. 혹 숙이가 쓴 글이 영향력을 발휘해서 그를 도울 수 있다면…… 그런 생각도 했고."

그녀의 눈물은 속눈썹을 적시고 볼을 더듬다가 턱에서 쇄골로 이어졌다. 나는 그녀의 눈물을 보면서 온몸에서 힘이 빠져나가는 걸 느꼈다. 속수무책이었다. 그러다가 나도 왈칵 눈물을 쏟았다. 순간이었다.

눈물에도 성분이 있으리라. 그런데 그 성분은 모든 사람이 다 똑같은 것일까? 내 식으로 우리 두 사람의 눈물을 냉정히 분석해보면 그 성분은 다를 것이다. 내 눈물이 충족되지 않는 소설 즉 내 한계로 인한 순간적인 것이었다면, 그녀의 눈물은 가슴 속에 쌓인 고통의 암덩어리에서 꾹꾹 눌러도 어쩔 수 없이 새어나오는, 오래된, 바로 그런 것이었으리라.

내 역량으로는 어쩔 수 없다고, 이까짓 소설이 무슨 힘이 있겠냐고, 하지만 좀 더 두고 손을 보아야겠다고 해놓고 돌아왔다. 진심이었다.

그 즈음 어떤 문예지에서 원고 청탁이 들어왔다. 잠시 망설였으나 수정을 못한 채 이 원고를 넘겨버렸다. 좀 께름칙했지만, 고민할 겨를이 없었다.

그 후로 오랫동안 그녀를 만나지 못했다. 서로의 불편함을 감추고 싶었는지도 모른다.

*

오랜만에 정희 언니와 마주 앉았다. 그녀는 이제 늙었다. 팔자주름이 깊게 패이고, 주름진 목은 메말라 보였다. 묶어서 틀어 올린 머리채는 뿌리 쪽이 온통 희끗희끗했다. 그래도 예전의 아름다움을 고스란히 간직하고 있었다. 갸름한 얼굴이며 둥글고 가는 어깨에 흐르는 선이 단아했다. 면으로 된 갈색 치마저고리 차림이 기품 있어 보였다.

소설 후유증으로 예전처럼 흔연스레 왕래하진 않았어도 두어 번 만난 적이 있었다.

한 번은 정희 언니가 아프다는 말을 전해 듣고 찾아갔다. 핸드폰을 귀에 걸다시피 통화를 하면서 그녀가 일러주는 대로 구불구불한 골목길을 헤집고 다녔다. 이곳 서해시에서 내내 살아왔지만, 그런 골목은 처음이었다. 겨우 찾은 연립주택은 거의 폐허에 가까웠다. 두어 가구만 이사하면 철거할 계획이라고 했다.

그녀의 방 경대 앞에는 한자로 쓴 문장이 서너 개 붙어 있었다. 대충 아는 내 실력으로 보아 법구경 구절 같았다. 그 옆에는 촛농이 수북이 쌓인 촛대 하나, 그리고 흑백사진이 든 조그만 액자가 놓여 있었다. 사진 속의 인물은 언니의 남편이었다. 나는 딱 한 번 그 사람을 본 적이 있는데, 그 즈음의 모습인 듯싶었다.

"형부 사진 치워요. 영정같이 이게 뭐야."

"나 기도하는 중이야."

"누구한테?"

"누구한테든."

그녀는 내가 가져간 귤을 무심한 표정으로 깨물었다.

"그 양반 소식을 최근에 들었어. 북쪽 어느 무인도에 갇혀 있대. 정치범이나 사상범 같은 이들을 가둬놓는 섬이라나 봐. 한 번 들어가면 영영 못 나온대. 식량도 의복도 안 주고. 일단 던져놓으면 그만이라는 거야. 거기서 풀을 뜯어먹든, 쥐를 잡아먹든…… 그러다 죽으면, 죽었다고 기록만……."

"지금도 그런 세상이……."

나를 응시하는 그녀의 눈빛을 피했다. 그 눈이 나무라는 것 같았다. 작가란 작자가 그렇게 세상을 모르냐고.

"아직 기록이 없는 걸 보면 살아 있긴 한가 본데……."

"그걸 어떻게 알아?"

"다 아는 수가 있어."

나는 그녀의 손을 잡고 어깨를 감싸 안았다. 내가 해 줄 수 있는 말이 떠오르지 않았다. 절박한 운명 앞에서, 절박한 심정 앞에서, 몇 마디 말이란 티끌처럼 무의미한 것 같았다.

그 후 얼마 안 되어 언니에게서 전화가 왔다. 남편이 그 섬에서 사망했다는 기록이 나왔다는 소식을 전해 들었다고 했다. 그때 그녀는 방문을 허락하지 않았다. 당분간 가족 외에는 아무도 만나지 않겠다고 했다.

가장 최근의 만남은 둘째를 시집보낼 때였다. 그러나 내 쪽에서만 먼발치로 보았을 뿐이다. 내가 막 결혼식장에 들어갔을 때엔 양가의 어머니가 양초에 불을 켜는 의식을 하는 중이었다. 나는 출입문 옆에 비켜서서 정희 언니의 모습을 지켜보았다. 하늘색 한복을 차려입은 그녀의 자태는 고왔다. 우리가 처음 만났던 삼십 대 시절 같았으면 휘파람이라도 불고 박수를 치며 환호를 했을 것이다. 그러나 그녀는 이미 오십 중반이었으며 나는 사십 대 후반에 이른, 점잖아야 할 나이였다. 신랑 신부가 입장하는 모습을 본 후, 다른 일이 있어 다급히 예식장을 빠져나왔다.

오늘은 정희 언니가 나를 부른 것이다. 우리는 한옥 찻집에서 마당이 보이는 창가에 앉아 차를 마셨다. 정희 언니는 휴대폰 액정에 있는 손녀의 사진을 보여 주었다.

"핑크 공주야. 뭐든지 분홍색만 고집해. 옷도 분홍. 신발도 분홍. 아이스크림 요구르트도 딸기가 들어 있는 분홍색으로 된 것만 먹으려 해. 그래서 별명이 핑크 공주라니까. 아, 글쎄 남자친구도 사귄대. 날마다 유치원 갈 때면 어찌나 거울을 들여다보는지, 원."

"요즘 애들이 다 그렇잖아요? 우리 애도 한참 유치원 다닐 땐 그랬어요. 가만 있자, 요놈이 외할머니 닮았네? 언니 어렸을 때 꼭 이랬을 것 같은데?"

그녀는 싫지 않다는 듯 웃었다. 손님이 없는 빈 방의 적요를 두 여자의 웃음소리가 잠깐 밀어냈다.

두 번째 찻물을 우려낼 때 그녀가 가라앉은 목소리로 말했다.

"숙. 이번에 우리 서방님 복권됐어. 국가유공자로 인정받은 거야."

나는 화들짝 놀라서 그녀의 얼굴을 마주보았다.

"잘 됐네요. 아주 잘……."

그러고서 내가 무슨 잘못이라도 한 것처럼 얼굴이 확 붉어졌다.

"그동안 여러 경로를 통해 알아보고 노력했는데, 정부에서 인정해

줬어. 그 양반이 국가기관의 희생양이 되었다는 걸 이제 모두 알게 된 거야."

바로 그거였다. 내가 소설을 만들려고 애를 쓸 때, 그 속에서 허구와 사실을 짜 맞추며 고심할 때, 그러다 잊고 있을 때, 그녀는 홀로 지아비를, 혹은 자신의 진실을 놓지 않고 싸웠던 것이다.

"그랬군요. 언니 고생이 너무 많았네요. 진작 그리 됐어야 했는데……."

내가 할 수 있는 말은 고작 그 정도밖에 없었다.

평범한 소시민의 일상을 벗어난 적이 없는 사람, 주관적이고 감상적인 삼류 소설가, 고만고만하게 곁에 있다가 또 잊고 마는 이웃으로서, 내가 그녀에게 해 줄 수 있는 것은, 겨우 몇 마디 위로뿐이었다.

그녀와 헤어지고 돌아오면서 생각했다. 그때 쓴 소설을 지워버리겠다고. 수없이 많은 시간 동안 단어와 문장을 붙들고 글을 써 왔지만, 허상에 매달리고 껍질만 만지작거린 건 아닐까? 내가 글을 쓰는 행위도 허접한 자기변명, 또는 유치한 명예욕에 불과하지 않을까? 그런 것들로 뒤엉켜 몹시 부끄러웠다.

집에 돌아와 컴퓨터를 켰다. 오래전 저장해 둔 원고 파일을 다시 불러냈다. 그리고 자판에 손을 얹었다.

국경 초소에 도착한 행렬은 끝이 보이지 않았다. 한 나라의 멸망으로 '유민流民'이라는 낯선 명함을 들고 남쪽으로, 남쪽으로 내달려 온 것이다. 아무 죄 없이 나라를 잃은 백성들은 살 길을 찾아 헤맬 수밖에 없었다.

이백여 년 동안 대륙 위에 굳건했던 나라는 사흘 만에 무너졌다. 위정자들은 강대국의 품에 안겼고, 백성들은 뿔뿔이 흩어졌다.

천재지변이 일어나 묻혀버린 것이 아니었다. 목숨 바쳐 싸운 성 안의 군사들을 빼고는 제대로 싸워보지도 않고 투항해버렸다. 수백 여 왕족과 귀족들, 수천의 장군들이, 자신의 안위를 보장받는 조건으로 무릎을 꿇었다. 거의 스스로 내어준 것이나 다름없었다. 오랜 내분이 가져온 결과였다. 누려온 세월은 장대하였으나 그 끝은 허망했다.

어떤 사람들은 식솔을 거느리고 여진족의 삼엄한 경계를 피해 압록강을 넘었다. 송학 땅에서는 좋은 집과 논밭을 주어 살 수 있도록 해준다는 소문이 돌았다. 그러나 그 혜택 또한 호족들에게만 허여되었다. 아랫것들은 거기에서도 노비가 되었다.

어떤 사람들은 전쟁에 동원되었다. 고려와 여진이 혹은 고려와 후백제가 싸우는 곳으로 끌려갔다. 전쟁터에서 싸우다 죽거나, 도망치다가 죽거나, 마찬가지여서, 오랜 기간에 걸쳐 도망가는 이들이 속출하였다.

한 무리의 사람들이 있었다. 수대에 이르러 종노릇하며 살아온 이들이었다. 그의 아버지도, 할아버지도, 할아버지의 아버지도, 그 아버지의 할아버지도…… 모두 노비여서 그 시작이 언제인지 몰랐다. 그렇게 살아온 이들에게 전쟁은 또 다른 삶의 물음이 되었다.

이들 중 하나가 일렀다.

― 우리는 다른 땅으로 갑시다. 주인을 따라가면 또 종살이밖에 못하오. 무엇보다도 나의 주인은 바로 나 자신이오. 그러니 더 멀리 떠납시다.

― 옳소!

비장한 얼굴로 여럿이 응답했다. 아무것도 모르는 어린것들이 그들의 가랑이 사이로 웃으며 뛰어다녔다.

그들은 배를 타고 출발했다. 남쪽으로, 남쪽으로. 더 이상 권력자의 희생양이 되지 않기 위해서. 명분 없는 싸움에 동원되어 배부른 자들의 방패막이가 되지 않기 위해서…… 그곳이 어디일지 확신할 수는 없었다. 백제 땅일지 신라 땅일지, 혹은 더 멀리 탐라 땅일지.

대륙의 초원을 누리던 그들에게 바다는 두렵고 생소했다. 그러나 무사히 반도 어느 땅에 닿기만 하면 이전의 삶보다는 나은 삶이 있을 것 같았다. 적어도 사흘 만에 무너지는 나약한 나라는 아닐 거라고 생각되었다. 개 돼지도 함부로 버릴 수 없는 법인데, 백성을 버리는 군주가 또 있을 것 같지도 않았다. 깊은 산속에 들어가 화전을 일굴망정 더 이상 종으로 살고 싶지 않았다.

나룻배나 다름없는 작은 어선에 오른 사람들은 평등하게 먹고 평등하게 배고픔을 참았다. 남은 식량보다 더한 인내를 다져야 했다. 희망의 땅이 어디일지, 그곳에 이르기나 할지, 사실은 막막하였다. 악공의 젓대 소리가 괭이갈매기의 울음소리를 밀어내면서 지친 어린것들의 자장가가 되었다.

무리를 태운 배는 항해를 계속해 나갔다. 아득한 바다 위에서 수만리를 날아온 새 떼처럼 떠서 아래로, 아래로 흘러갔다.

……..

쉴 새 없이 자판을 누르던 손을 멈추었다. 여기까지의 발해 유민 이
야기는 소설의 프롤로그인 셈이다. 이제 본격적인 내용은 이 시대 사
람들의 이야기가 될 것이다. 버려진 사람들, 짓밟힌 사람들의 이야기.
나는 모니터에 붙인 노란색 포스트잇을 조용히 주시했다.

백성의 운명은 그가 속한 나라의 의지에서 만들어진다.

그런데 이상도 하다. 뜨겁고 굵은 눈물이 한 방울 뚝, 떨어졌다. 언
제부터 마련된 것인지는 나도 잘 모르겠다. 그것이 연거푸 흘러내리
는 걸로 보아 아주 오래전부터였을지도……..

말없음의 내부에서 말하기

김대현

말없음의 내부에서 말하기

1

> 그러나 이 세상엔 드러난 것보다 은폐된 것들이 더 많지 않은가? 은폐된 것들, 즉 말없음표의 진실을 어떻게 이해해야 하나? 굳이 판단이라는 걸 해야만 할까? 「누가 무화과나무 꽃을 보았나요」(115쪽)

어떤 종류의 말은 반어의 형태를 가짐으로써 오히려 자신의 실체를 드러내는 경우가 종종 있는데 '말없음' 또한 그런 종류의 것이다. '말없음'이란 표기는 그곳에 원시적으로 '말이 없음'을 뜻하지 않는다. 진정으로 말이 부재하는 자리에는 애초부터 아무것도 표시할 필요가 없는 것이다. 안전지대는 언제나 위험지대에서 생성되는 것과 같은 원리다. 그러므로 '말없음'이란 기호는 그 안에 본디 누군가의 발화가 자리하거나 자리하려 했지만 모종의 사유로 그것이 외부로 은폐되고 있다는 신호에 해당한다. 다시 말해 '말없음'이란, 억지로 만들어진 침묵, 무언가를 말하려다 제지된 것들, 본디 '있음'이 있어야 할 자리에 강제로 자리 잡은 '없음'을 의미한다.

이런 맥락에서 '말없음'은 더 이상 안으로 들어가 사유할 필요가 없다는 은밀한 억압의 기제로 작동한다. '말없음'의 내부에 자리한 또 다른 '말'들은 담론의 장을 구성하는 주도적인 원리에 의해 이미 무가치한 것 또는 공표되지 말아야 할 것으로 평가받은 것들이기 때문이다. 말 사이의 투쟁에서 패배한 그들의 서사는 '말없음'의 영역에서 아무도 알지 못한 채 무화되어 간다.

김저운의 소설이 사유하는 것은 이 말없음 내부의 소리들이다. 다른 사람들이 '말없음'이라는 표지 앞에서 걸음을 멈추고 뒤로 돌아갈 때 소설가는 오히려 표지를 들어내고 그 안으로 깊숙이 들어간다. 그곳에서 소설가가 만나는 것은 소리 없는 자들의 소리들이다. 조금 더 정확히 말하자. 소리 없는 것이 아니라 끊임없이 소리를 내고 있지만 들리지 않는 자들의 소리가 그것이다. 들리지 않는 소리에 귀를 기울이는 소설가는 현실의 표층위로 드러나지 않고 가라앉은 자들의 서사를 외부로 복원한다.

2

「로그아웃」으로 이야기를 시작하자. 소설에 등장하는 인물들은 대화할 수 있는 누군가를 찾기 위해 매일 저녁 인터넷을 헤맨다. 일상의 관계에서 상처 입은 그들은 현실의 자신을 은폐하기 위해 다른 인격과 배경을 구비한다. 상대에게 자신이 꾸민 사실이 드러날 우려 따위는 하지 않는다. 애초에 그들의 진정한 목적은 "상대방에 대한 관심보다 자신의 말을 하기 위해 상대를 필요로 하는 것"이기 때문이다.(89쪽)"

인혜는 '고니'라는 인격으로 '권태'라는 가명을 쓴 남자를 만난다. '고니'는 결코 자신의 현실에 대해 이야기하지 않는다. 권태 또한 마찬가지다. 그 또한 자신의 인격을 고니에게 결코 보여주지 않는다. 그래서 고니와 권태의 대화는 언제나 현재형이다. 그들의 만남은 연속된 분광의 형태가 아니라 선후가 없는 점과 점으로 이루어져 있기 때문이다. 대부분 시시껄렁한 농담으로 이루어진 그들의 발화는 누적되지 않는다. 그들의 관계에 지나간 과거와 도래할 미래는 존재하지 않는 것이다.

그들은 자신이 누군가에게 말을 건네고 누군가가 그 말을 들어주고 있다는 착각을 한다. 하지만 관계의 종료와 함께 그들은 깨닫게 된다. 지금껏 그들이 나눈 것은 대화가 아니라 무의미한 혼잣말이었다는 것을. 가상의 공간에서 가상의 인격이 나눈 그들의 소리는 네트워크라는 가상의 공간으로 사라지며 현실에서 어떠한 의미도 가지지 못한다. 고니와 권태의 대화는 고니가 로그아웃한 순간 소멸한다. 하루에도 수없이 명멸하는 관계들 사이에서 재방송을 보며 키득거리는 인혜는 여전히 자신의 공간에서 고립되어 있다.

「그들도 몰랐던 그들의 진실」에 등장하는 사내의 고립 또한 인혜의 고립과 유사하다. 한때 이름을 날렸지만 이제는 한물간 음악가인 사내는 "내 음악은 팔십 년대에서 끝났어. 내 인생은 구십 년대에서 차압당했고……"(153쪽)라는 말을 던지며 자신의 고독을 해소하기 위해 과거의 연인이었던 그녀를 찾는다. 사내는 그녀에게 그간의 사정을 시시콜콜 이야기 한다. 하지만 그녀는 건성으로 듣기만 할 뿐 자신의 이야기를 하지 않는다. 그녀는 대화를 통해 이제는 후회로 남은 그와의 관계가 복원되는 것을 원치 않기 때문이다. 그와 그녀의 대화는 고니와 권태의 대화처럼 서로의 내면에 다가가지 못하며 허공으로 비산한다.

이 소설의 가장 흥미로운 지점은 그다음이다. 언제까지나 자신의 말을 들어주지 않는 그녀 앞에서 사내는 정신적으로 붕괴하기 시작한다. 사내는 "나 좀 재워 줘요."(164쪽)라는 아기의 흉내를 내며 그녀 앞에서 모든 것을 놓아버린다. 하지만 그녀는 여전히 요지부동이다. 어떤 수를 써도 움직일 수 없을 것 같은 결과 앞에서 그는 모든 것을 포기하고 그녀의 곁을 떠난다. 기적이 일어난 것은 그 무렵이다. 그녀는 왜 그런지 모르게 사내를 받아들이기로 결정한다. 소설은 이렇게 무너지는 자들을 구원하는 해피엔드로 끝나는 것으로 보인다.

하지만 독자의 기대를 배반하는 결말은 여기서부터 시작이다. 그

토록 애타게 그녀를 찾던 사내가 그녀의 어깨를 부여안고 그녀와의 유일한 연결고리인 전화기를 남기고 떠나 버린 것이다. 소설은 이 지점에서 어떤 휴머니즘을 완성한다. 김저운 식의 휴머니즘이란 이런 것이다. 진정한 휴머니즘이란 무너진 사람의 육신을 끌어안는 것이 아니라 무너진 그의 자존감을 세워주는 것이라는 것을.

무수히 많은 관계를 맺은 것처럼 보이지만 사실은 철저하게 무화된 관계 속에서 살아가는 사람들의 이야기는 「개는 어떻게 꿈꾸는가」에서도 나타난다. 재산을 자신이 기르던 개, 모리에게 물려주려는 어머니의 계획을 저지하기 위한 아들의 노력을 다룬 이 소설에서 아마도 가장 중요한 언술은 자신은 사람을 "식별한다기보다 감각한다"(16쪽)는 모리의 진술일 것이다. 소설 속에서 모리는 예전의 화려함을 잃어버린 마미의 모습에도 현혹되지 않는다. 모리는 언제나 마미의 본질을 감각한다. 하지만 아들은 다르다. 자신에게 닥쳐온 상속위기를 알려주는 친구에게 "법률가는 무슨 사무장 주제에……."(13쪽)라고 타박하는 이는 그가 감각하는 사람이 아니라 식별하는 사람이며 사람의 본질을 주어가 아닌 수식어에 방점을 찍는 사람이라는 것을 보여준다. 그들이 관계 형성에 실패하는 이유 또한 여기에 있다. 이성이 개입된 식별은 모든 것을 통째로 받아들이는 감각과 달리 필연적으로 관계 사이에 위계를 형성하기 때문이다. 그러므로 모리를 제외한 등장인물은 모두 다른 층위에 서서 서로와 고립되어 있다. 오직 모리만이 모두를 평등하게 동일한 평면에서 감각한다.

그러므로 이 소설은 오늘날 위계로 인해 형해화된 인간관계에 대한 유쾌한 야유에 해당한다. 소설에서 인간이 가져야 할 덕목은 개에게 부여되어 있으며 개가 가져야 할 것은 인간에게 있다. 인간이 꾸는 꿈이 곧 개의 꿈이고 개의 꿈이 곧 인간의 꿈이다. 우리 모두는 개와 인간의 시선이 전복된 시기에 살고 있는 것이다.

3

김저운의 소설에서 자주 만날 수 있는 인물 유형은 목격자들이다. 사건의 외부에서 사건의 내막을 알고 있는 유일한 인물인 목격자는 소설의 서사를 이끌어가는 중요한 역할을 한다. 흥미로운 것은 각각의 목격자들의 성격이 작품에 따라 조금씩 다르다는 점에 있다. 잔혹한 사건의 기억으로부터 도피하는 목격자가 있는가 하면, 사건에 적극적으로 개입하는 목격자가 있으며 사건으로부터 거리를 둔 채 방관하는 목격자도 있다.

그중 도피하는 자를 먼저 읽도록 한다. 「소도의 경계」에서 오랜만에 귀국한 진이는 고향 친구들과 여행을 떠난다. 겉으로 드러난 유쾌하고 즐거운 분위기와 달리 여행에 참가한 고향 친구 모두는 한계 상황에 처해 있는 사람들이다. 화숙은 암 투병 중이며 진태의 회사는 어렵다. 민수는 시인도 농부도 어느 하나 제대로 되지 못했다. 윤정은 자신의 가정을 신뢰하지만 진태의 추근거림이 그리 싫지만은 않다. 여행을 즐기는 과정에서 진이는 어린 시절 민수 엄마의 기억과 함께 그동안 한 번도 기억하지 못했던 민수와 잠지를 맞댄 야릇하면서도 즐거운 추억을 기억한다.

그럼에도 불구하고 진이는 옥주에게 있었던 끔찍한 기억의 핵심은 떠올리지 않는다. 친구들 또한 마찬가지다. 그들의 사춘기를 강타했던 사건에 대해 풍문으로 알고 있는 그들은 옥주의 이야기를 "진이야. 너무 마음에 담지 마. 용서하고 잊어버려야 너도 편하잖아?"(180쪽)라며 기억의 저편으로 묻어버리려 한다. 단지 진태만이 호기심의 차원에서 그날의 사정에 대해 집요하게 물을 뿐이다. 더 이상 그날의 기억으로부터 도피하는 것이 어렵다는 것을 깨달은 진이는 고해성사를 하듯 자신이 기억하는 그날의 사건을 이야기한다. 자신은 옥주가 강간의 피해자가 되었다는 것을 목격했으며, 옥주의 아버지로부터 사건의 경위에 대해 말하는 것을 금지당했다는 것을. 그리고 이후의 사건 진행은 마을 주민 모두의 묵계에 의해 수면으로 가라앉고 어떠한 응보도 없이 마을은 다시 평온해진다.

주목할 것은 이러한 과정에 사건의 피해자인 옥주의 의사는 하나도 반영되지 않았다는 점이다. 진이에게 이제 그만 스스로를 용서하라는 친구들의 권유나. 사건이 잠잠해지도록 침묵을 권유하는 과정 또한 마찬가지다. 용서와 화해의 주체는 옥주가 아니다. 진이가 사건의 기억을 끝끝내 놓지 못하고 "단지 나만 그들 속에서 부유하고 있었다."(199쪽)고 느끼는 이유는 아마도 이럴 것이다.

반면 「청학동 가는 길」의 '나'는 진이와 전혀 다른 성격을 가진다. '나'는 자신의 눈앞에서 벌어지는 부조리들을 목격하는 동시에 사건에 적극적으로 개입한다. '나'는 학생들의 내용이 주가 되어야 할 학교 신문에 자신의 글을 세 편이나 싣겠다는 교장의 '몰상식'을 반대하며, 멀쩡히 살아 있는 친일파 후손의 동상을 세워 사전 선거운동을 하겠다는 것을 반대한다. 하지만 그때마다 돌아오는 건 "매사에 부정적이시고 편견이 심"(60쪽)하다는 '나'에 대한 교장의 인물평이다. 흥미로운 것은 이러한 인물평이 자신의 의견이 거부당한 것에 악의를 품은 교장 개인의 독단만은 아니라는 점이다. 부조리에 대한 '나'의 항의에도 불구하고 사건은 언제나 "겉으로 드러나지 않고 침묵하는 다수가 기우는 쪽으로 일이 진행"(61쪽)된다. 그들은 "나약하면서 은밀했고, 은밀하면서 강했다. 침묵은, 스스로 그것을 아는 까닭에 언제나 요지부동"(61쪽)인 것이다.

거듭되는 '나'의 개입에도 부조리는 결코 개선되지 않는다. 성희롱의 희생자가 된 차 선생은 자신 하나가 입을 다물면 끝나는 일이었다며 자책한다. 옥주의 희생으로 마을이 평화를 찾은 것과 동일한 구조인 것이다. "후련함도 아니고 미련도 아닌, 어쩔 수 없다는 데서 오는 서글픔 같은"(69쪽) 체념은 이 지점에서 온다.

하지만 결정적인 파국은 아직 오지 않았다. 자신에게 주어진 원칙을 지키며 살아온 '나'의 아들이 음주운전으로 사망사고를 일으킨다.

이는 우리가 익히 알고 있는 '공정한 사회 가설'을 재인식시킨다. 결국 "혼자 정직한 척, 올바른 척하고, 아무것도 아닌 걸 가지고 시비 걸며 법석을 떨"(78쪽)며 세상을 바꾸고자 했던 '나'의 '부적절한' 태도는 세상의 규칙을 알지 못해 그 대가를 치른 것이다.

목격자가 사건으로부터 도피하거나 개입하는 것이 결과에 아무런 차이가 없다면 남은 것은 방관하는 일이다. 「누가 무화과나무 꽃을 보았나요」는 그렇게 마지막까지 방관자로 남은 사람의 이야기다.

어느 날 '나'의 주변에 수상한 사람이 맴돌기 시작한다. 한눈에 봐도 미인으로 보이는 그녀는 아무리 봐도 우연으로 가장해 엘리베이터, 주차장, 시장, 목욕탕에서 '나'와 마주친다. '나'를 궁금하게 했던 그녀의 정체는 곧 밝혀진다. 그녀는 자신이 고등학교 선생으로 있던 시절 가르쳤던 제자 명화다.

'나'는 명화의 과거를 생각한다. 고교시절 명화는 선도부의 소지품 검사에서 피임약을 가지고 있다가 걸렸다. 피임약의 처분을 묻는 명화에게 '나'는 "그걸 왜 나한테 묻니? 할머니가 주신 약이면 먹고, 아니면 버리든가 네가 알아서 하란 말야. 알겠어?"(135쪽)라며 방관한다. 조금 심한 처분이었다는 생각이 든 '나'는 명화의 집에 방문하지만 이미 때는 늦었다. '나'의 방문을 계기로 명화는 가출하고 피임의 상대방으로 추정되는 오빠가 자살한 것이다.

그럼에도 불구하고 명화는 다시 '나'를 찾아온다. 이유는 얼마 후 밝혀진다. 고교시절과 마찬가지로 명화는 누군가가 파멸로 향해가는 자신을 붙잡아주기를 바랐기 때문이다. 모두가 명화를 방관하는 세상에서 그나마 오직 '나'만이 명화를 찾아본 것이다. 하지만 명화의 바람에도 불구하고 "나는 그렇게 명화에게 방관자"(130쪽)로 남는다.

4

　김저운의 소설이 가지는 또 하나의 특징은 먼 길을 떠난 남성에 대하여 여성들이 행하는 기다림의 서사이다. 이를 페넬로페들의 서사라고 부를 수 있을 것이다. 페넬로페의 서사는 길 떠난 오디세우스가 겪는 무용담이 아니라 그를 기다리며 고초를 겪는 여성들의 이야기다.

　「거꾸로 흐르는 강」은 근현대사를 거치는 동안 남성들이 겪었던 수난에 비해 그동안 주의 깊게 다루어지지 않았던 우리 여성들의 수난사를 다룬다. 강희는 아직 자신의 도움이 필요한 승구와 함께 치매 기운이 있는 외할머니를 모시고 산다. 강희의 어머니는 한국 전쟁 때에 "붉은 완장의 무리에 끌려간 남편"(255쪽)을 찾아 만삭의 몸으로 전장을 헤매다 미군에게 성폭행을 당해 그 후유증으로 사망한다. 소설에 명확히 나오지 않지만 할아버지 없이 일제 강점기를 살아온 것으로 추정되는 할머니의 처지 또한 그리 나아 보이진 않는다. 봉건시대의 막바지에서 시앗을 본 외증조부의 폭력에 시달려야 했던 강희의 외증조모의 삶 또한 마찬가지다. 할머니가 외증조모가 아끼던 질그릇 단지를 "피눈물의 증표"(245쪽)로 삼으며 강희의 삶이 다른 방식으로 가기를 바라는 마음도 여기서 유래한다. 하지만 강희의 삶 또한 어머니나 할머니의 삶과 별반 다르지 않다. 군사독재에 반대하는 시위를 주도한 형민은 수배를 당하고 형민을 수사하던 형사는 강희를 성폭행하려다 미수에 그친다. 그 후 형사에게 끌려간 형민은 기억상실증에 걸려 바보가 되어 돌아오는 것이다.

이런 의미에서 모계로 이어지는 강희 집안의 여성들은 장대한 역사에서 제국주의와 전쟁, 독재와 이데올로기의 희생자임과 동시에 남성이라는 젠더권력의 폭력에 희생되는 이중의 희생자라는 지위를 가진다.

그동안 오디세우스들이 겪은 고난에 가려진 페넬로페들의 삶은 이렇게 신산하다. 이데올로기의 시대가 종료한 이후 남성들의 고난은 어느 정도 보상을 받았지만 여성들의 고난은 여전히 진행 중이다. 아직도 강은 거꾸로 흐르고 있는 것이다.

이번에는 기다리는 사람이 아닌 행동하는 페넬로페의 이야기다. 「회문」의 서사를 이끌어가는 정희는 소설을 쓰는 '나'를 만난다. "가정에 끼친 그의 유일한 공헌은 자식 셋을 만들어 준 일"(309쪽) 밖에 없음에도 불구하고 정희는 모종의 사유로 납북된 남편의 "왜곡된 현실을 어떻게든 밝히"(278쪽)려고 노력한다. 하지만 정희의 기대는 오래 가지 않는다. 정희와 바람과는 달리 '나'는 그 사연이 "소설로 잘 풀릴수 있을지 없을지를 먼저 생각"(278쪽)하기 때문이다. 다른 사람에게 듣는 자신의 이야기가 가지는 한계는 이런 것이다.

자신의 의도와 달리 남편에 관한 진실이 흥미 위조의 소설로 바뀌는 것을 본 정희는 더 이상 '나'에게 소설을 부탁하지 않고 스스로 남편의 진실을 밝히기 위해 이리저리 애를 쓴다. 한참의 시간이 흐르고 마침내 정희는 정부에게서 남편의 복권을 인정받는다. 그리고 '나'는 깨닫는다. "내가 소설을 만들려고 애를 쓸 때, 그 속에서 허구와 사실을 짜 맞추며 고심할 때, 그러다 잊고 있을 때, 그녀는 홀로 지아비를, 혹은 자신의 진실을 놓지 않고 싸웠던 것"(321쪽)라는 사실을. 소설의 윤리는 단순히 그들의 이야기를 전하는 것이 아니라 소설에서 그들이 자신의 목소리로 직접 말하게 하는 것이라는 걸 말이다.

마지막으로 「연」을 읽는다. 예전에 명창으로 이름을 날렸던 소희는 선박의 전복사고로 남편을 잃은 자신의 딸 남희와, 손녀 주희와 함께 주막을 운영한다. 가정에 남성이 없이 가계가 모계로 이어진다는 점에서 소설의 기본적인 구조는 「거꾸로 흐르는 강」과 유사하다.

하지만 이 소설과 다른 소설들의 차이점은 그녀들이 더 이상 돌아오지 않는 그들을 수동적으로 기다리지 않는다는 점에 있다. 남편을 잃고 찾아온 남희에게 소희는 "네가 있고 주희가 있는데 뭔 걱정이냐"(224쪽)며 남희를 위로한다. 그들에게 필요한 것은 남성이 아니라 자신들의 옆에 있는 여성들이다. 자신의 젊은 시절에 함께 했던 남자의 죽음에 소희가 무심한 것과, 남희의 아버지로 추정되는 가야금 명인의 행방을 묻는 질문에 소희가 손사래를 치며 어린 손녀의 손을 잡고 걸어가는 결말은 이후로도 그녀들만의 연대가 지속될 것이라는 암시이다.

페넬로페는 자신의 직물을 절단하고 아무리 기다려도 오지 않는 그들을 버리고 완전히 그들에게서 독립한다. 페넬로페들의 진화다. 그들의 곁에는 그들을 떠난 무정한 남성이 아니라 동일한 수난을 겪은 여성들이 자리한다. 김저운의 소설은 수난을 겪은 여성들의 연대기年代記임과 동시에 여성들이 남성으로부터 독립하여 서로의 아픔을 교환하며 치유하는 연대기連帶記가 된다.

5

그들조차도 외면해버린, 너무 외롭고 처절한 그 꽃을, 나 혼자 보고 말았노라고 말하고 싶었다. 그러나 아무도 귀 기울여 주지 않을 것 같았다. 「누가 무화과나무 꽃을 보았나요」(142쪽)

무화과의 꽃이 보이지 않는 이유는 그 꽃이 열매 안에서 피기 때문이다. 무화과의 꽃을 보기 위해서는 '꽃없음'이라는 무화과라는 이름에 현혹되지 않고 그 내부로 들어가야 한다. 소설 또한 마찬가지다. 소설이 가리키는 지점은 누구나 훤히 볼 수 있는 곳이 아니라 오직 소설가만이 볼 수 있는 지점이어야 한다. 김저운의 소설이 지향하는 바 또한 이와 같다. 그것이 비록 담론의 영역에서 추방되어 아무도 귀 기울이지 않는 비천하고 쓸모없는 이야기라 할지라도 자신이 본 것을 숨김없이 증언하는 것이다. 서사의 밀도를 유지하기 위해 덜어내야 할 것을 덜어내지 못한 몇 가지 아쉬움이 있음에도 불구하고 우리가 김저운의 소설을 숙독해야 하는 이유는 여기에 있다.

| 김대현
| 문학평론가 2012년 『실천문학』으로 등단.

내 첫사랑은 그림자처럼 발목을 잡고 따라다녔다.

애틋한 소년이던 첫사랑은 점점 거인이 되어갔다. 그의 세계가 광대해지면서, 내겐 두려운 존재가 되었다. 때론 그놈이 지겨워지기도 했다. 나를 먹여 살리지도 못하면서 옴짝달싹 못하게 하는 놈! 그가 내게서 떠나길 바란 적도 있었다. 한눈을 팔아볼까도 생각했다. 하지만 일편단심인 그놈을 배신할 순 없었다. 그놈 가슴에 파고들어 앙탈을 부린 적도 있었다. 무기력한 상태로 넋두리를 늘어놓기도 했다. 그럴 때마다 그는 제 무릎에 나를 눕히고, 내 머리를 쓸어주며 가만히 내려다보았다. 나는 그를 떠날 수 없었다.

운명은 천둥처럼 오는데, 숙명은 슬그머니 와서 함께 잔다고 한다. 필연적인 운명으로 와서, 내 의지와 상관없이 숙명으로 함께 가야 할 그놈! 운명과 의지 사이에서 대롱거리는 거미 같은 내 소설.

그래도 나는 계속 거미줄을 칠 것이다.

겨우 숙제를 마친 기분이다. 참 게을렀다.

인간의 모순, 그래서 갈등할 수밖에 없는 모습을 현미경으로 바라보고 싶었다.

어둡고 차가운 곳에도 만화경 같은 세상이 있었다.

한밤중이면 낮에 몰랐던 온갖 소리들이 들려왔다. 풀벌레 소리, 바람 소리, 주정꾼의 넋두리…….

내 곁을 지켜 준 모든 이들에게 감사한다.

2016년 10월

김저운

누가 무화과나무 꽃을 보았나요

초판 1쇄 | 인쇄 2016년 10월 24일
초판 1쇄 | 발행 2016년 10월 27일

지은이 | 김저운
펴낸이 | 최병수
편 집 | 권영임
디자인 | 여현미

예옥등록 | 제2005-64호(2005.12.20)
주 소 | 서울시 은평구 연서로 22길(대조동)명진하이빌 501호
전 화 | 02) 325-4805
팩 스 | 02) 325-4806

ISBN 978-89-93241-40-2

값 13,000원

이 도서의 국립중앙도서관 출판예정도서목록(CIP)은 서지정보유통지원시스템 홈페이지(http://seoji.nl.go.kr)와 국가자료공동목록시스템(http://www.nl.go.kr/kolisnet)에서 이용하실 수 있습니다.(CIP제어번호: CIP2016025668)